一笑

古龍著

上官鼎與武俠小說

在武俠小說發展過程中，家人同心，戮力於武俠創作的拍檔，頗不乏其人，父子後先創作的，有柳殘陽及其父親單于紅；兄弟檔的有蕭逸、古如風及上官鼎，可以說都是武壇佳話。相較於柳氏父子、蕭家兄弟的各別創作，上官鼎兄弟三人合力共創同部作品，而又能水乳交融、難以釐劃的例子，則是迄今武壇上相當罕見的。

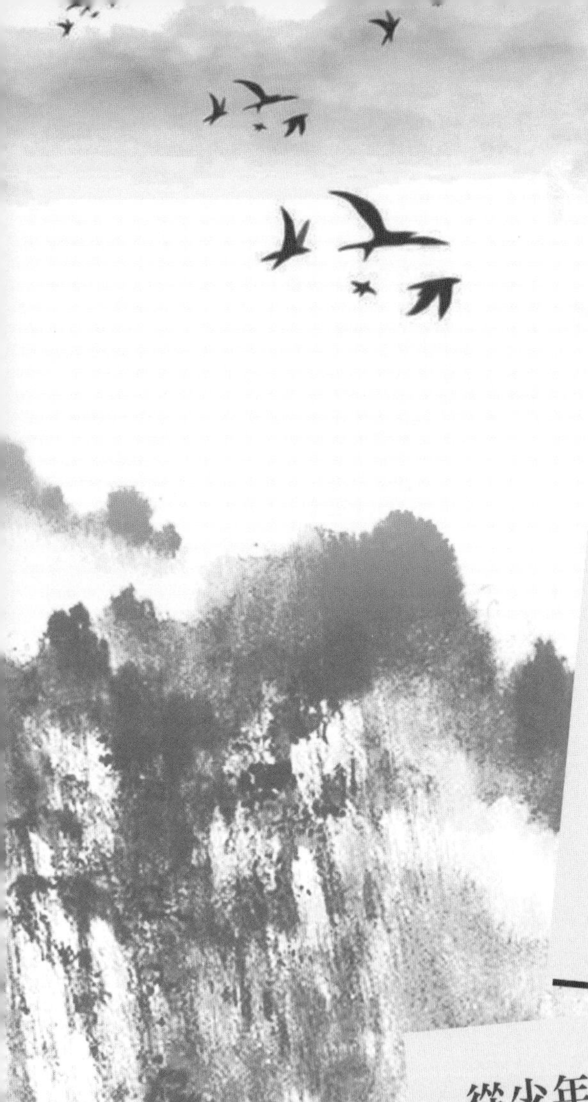

三兄弟協力，鼎取三足之意

上官鼎之名，為兆藜、兆玄、兆凱三兄弟協力共創小說的筆名，鼎取三足之意，大凡故事劇情、人物設定、重要情節，皆三兄弟於課餘閒暇商量討論而定，然後各負責其中章節，大抵兆玄擅於思想、結構，兆藜長於寫男女情感交流，兆凱則優於武打橋段，各有所長。

從少年英豪到調和鼎鼐

上官鼎之名，「上官」複姓源自於武俠說部無論是作者或書中角色刻意「摹古」的傳統；「鼎」字則取「三足鼎立」之意，暗示作品實由劉家三兄弟協力完成的。劉家三兄弟，主其事者為排行第五的劉兆玄。

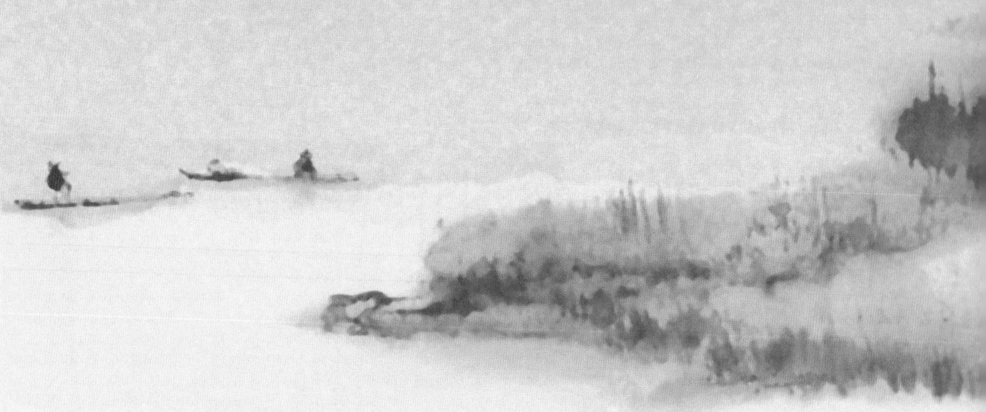

劉兆玄和大多數的武俠作家一樣，
他喜愛武俠文學，
也投入武俠創作的行列，
或者，他只是將武俠視為他的「少年英雄夢」，
而成長之後，還有更重要的夢想該去達成。
上官鼎的「鼎」，尚有「調和鼎鼐」的功能，
與他之後所擔任的職務，或可密合無間了。

林保淳

上官鼎 武俠經典復刻版4

七步干戈

(四)

大結局

上官鼎 著

(四)

目錄

五一　西北鏖兵

冬日苦短，寒日西墜，黃土的官道上一片淒涼。

蹄聲得得，一騎緩緩而來，斜陽淡影，拖得長長的身影，那馬上人輕蹙薄愁，姿態甚是纖弱，卻是眉清目秀，俊雅非常的美少年。

他一身舊衣，西北黃土區域道上沙土漫天，更顯得僕僕風塵，那少年臉上手上都蒙上一層塵土，坐在馬上，兩眼只是望著前方。那馬也愈走愈慢了，想是見著主人慵懶，也乘機歇口氣兒。

那少年走著走著，望望日落天邊，寒風漸凜，輕輕歎口氣吟道：「年年社日停針線，怎忍見，雙飛燕？今日江城春已半，一身猶在亂山深處，寂寞溪橋畔。春衫著破誰針線？點點行淚痕滿，落日解鞍芳草岸，花無人戴，酒無人勸，醉也無人管！」

他反覆吟著，那聲音極是纏綿，似乎沉醉其中不能自己，忽然背後一個清越的聲音接口道：「好詞！好詞！」

那少年吃了一驚，驀然回頭，只見身後不遠處一個三旬左右青年儒生，騎在馬上含笑頷首為禮。

那少年一驚之下忖道：「我真是神不守舍，別人騎馬跟在我後面這許久，我竟然沒有發覺，如果是敵人豈不完了？」

那三旬左右青年一揖，道：「小可非有意跟蹤兄台，只因黃直翁這『青玉案』一名詞，小可聽了也不知幾百幾千遍，從未如兄台這般神韻俱全，令人心神俱醉。」

那少年聽別人捧他，心中很是受用，微微一笑，露出兩排皓白牙齒，瑩瑩似玉，少年沉聲道：「兄台過獎了。」

那三旬左右青年道：「詞自是絕妙，兄台體會之深，歷歷就如其境，小可折服之極，只是小可有一事不解，倒要請兄台教益。」

那少年笑容斂處，眉間掠過一絲淒涼之色，緩緩道：「兄台高論，在下洗耳恭聽。」

那青年儒生道：「直翁此詞以景喻情，筆下原是春日江南，寂寞心懷，此處原野迢迢，山高水闊，兄台此景此情吟玩此詞，似乎有所不妥。」

那少年見他談吐不俗，正自沉吟不語，那青年儒生又道：「小可直言，兄台莫罪。」

那少年不發一語，望望前塵低聲喃喃道：「再過十里，便是天水城了。」

那青年儒生忽道：「兄台俊雅人，府上定是山明水秀江南之鄉，西去惡山險水，一片黃塵，簡直無甚可瞧，與其跋涉風塵，不如直北而上，以免他日失望。」

那少年道：「多謝兄台關照，小可自幼最愛遊歷，這西北地勢雄偉，山峰起伏皆在天上，就如猛將雲集，氣魄極是不凡，小可愛極此間山水，兄台趕路，便請自便。」

那青年儒生打量了少年一眼，只覺他眉目似畫，卻是憂容不展，心中微微詫異，暗自沉吟此人路數。

那少年默然不語，青年儒生心中忖道：「甘蘭道上剎日間便是烽火連天，此人年輕若斯，看那樣子雖會武功，可是失魂落魄，總不知到底爲了什麼？」

那青年儒生正是甘青總督府中第一謀士李百超，他心細之極，雖負極重任務，匆匆趕路之間，卻覺得這少年行跡可疑，是以上前搭訕想要探探口風，這時發覺對方只是個失意少年，不覺對自己多疑暗暗的好笑。

那少年抬頭見李百超仍然未去，他雙眉微皺，澀聲道：「兄台只管請便！」

李百超忖道：「這少年聰明，不知何事失意，瞧他神魂顛倒，十成倒有八成是情場失意，我既和他相逢，終不免勸他一勸。」

李百超道：「兄台似有重憂，大丈夫當馳中原，封公封侯，些許憂愁患難，正是砥礪身心，何必效女兒之態鬱鬱不展？」

那少年哼了一聲，李百超道：「男兒西北有神州，莫滴水西橋畔淚！」

他引用宋理宗時大詞人劉克莊勉勵一個友人之句。那少年詩詞嫻然於胸，自知他激勵之意，正待相答，李百超道聲珍重，已縱馬疾馳而去。

李百超縱馬奔了一會，忽然靈機一動，不禁啞然失笑忖道：「那少年分明是女扮男裝，不然世上哪有如此秀麗男子，虧我李百超還自命心細，竟是雌雄莫辨，我以男兒壯志相激，真是牛頭不對馬嘴。」

那少年仍是慢馬前行，又走了一個時辰，已是新月初上，漫天星斗，這才走到天水城，只見門禁森嚴，軍士都是披甲帶盔，一派緊張氣氛。

他投了宿，漫步走到城中，他雖穿著破舊，可是一向闊綽已慣，不由又上一家最大酒樓，那夥計可是只看衣冠不看人，這時正當晚飯時刻，酒肆中客人極多，笑語喧嘩，與先前進城那種森嚴氣氛大不相襯。

那少年等了一會不見有人前來招呼，心中大是有氣，堪堪就待發作，又硬生生忍了下來，恰巧一個夥計臉色死板板上來招呼，那少年道：「下碗麵點兒，快點快點！」

那夥計懶洋洋不屑地道：「爺們就只要碗麵條嗎？」

那少年強忍著氣，正在此時，忽然樓中一靜，一個年輕少女走了進來，那少女白衫輕裘，明艷已極，眾人都覺眼前一花，自然肅靜下來。

那少女落落大方，向眾人微微點頭，一種高貴氣質流露無遺，那方才招呼少年的小二，也忘了向廚房吆喝，便自上去打拱作揖獻慇勤，那少年再也忍耐不住，伸手用筷子一夾夥計手臂低聲道：「先替我端上麪來。」

那夥計用力伸臂，只覺右臂猶如一箍鐵環套住，休想移動半分，那少年微微一運勁，夥計痛得冷汗直流，這時正當酒客高朋滿座之時，他再痛也不敢高聲呼叫，口中急得結結巴巴地道：「爺們放……放手，小的……小的……馬上送麪……送麪上來。」

那少年手一鬆，夥計再也不敢逗留，向廚房走去了，口中卻是嘀咕不清，邊走邊罵：「你小子真橫，明兒生個大疔瘡，包管滿地亂爬，爺爺親娘亂叫。」

那少女似乎瞧見這少年露了一手，向少年看了兩眼，那少年眼圈一紅，偷偷別過頭去。

那少年獨自吃麵，口中淡然沒有一點味兒，忽然街上蹄聲大作，一隊鐵甲兵士擁著一個將軍來到酒樓之前。

酒樓掌櫃臉色大變，不知犯了何罪，他顫然站起，正待迎將下去，那將軍飛身下馬，身手甚是矯捷，直上酒樓樓梯。

眾酒客雖感詫異，倒是絕不驚慌，要知西方自甘青總督安靖原鎮守以來，吏治清明，政通民和，官民之間，極是相洽，是以眾人雖見鐵甲入樓，卻是問心無愧，並未惶恐。

那少女秀眉一皺，悄悄地走到一處最不惹人注目的位子坐下，那鐵甲將軍甚是精明，他上樓來一眼掃去，只見角落處一人伏桌而睡，陰影將整臉整頭遮住，當下大踏步走向角落，恭身道：「卑職天水將軍史大剛，恭請小姐返回督爺府。」

那伏案假寐的正是先前上樓的輕裘少女，她見隱藏不住，只得板起臉道：「史將軍，是誰叫你來找我回去的？」

那鐵甲將軍恭恭敬敬地道：「督爺不放心小姐，李軍師發下緊急軍令，務催小姐返回蘭州府。」

那少女嘟著嘴很不樂意，口中喃喃道：「偏偏李大哥多事，我跑出來散散心也要小題大作。」

她轉身對天水將軍道：「好啦！好啦！史大將軍，小女子束手待擒，就請你縛著我雙手，作爲第一件功吧。」

那天水將軍史大剛爲人恭謹多禮，明明知道總督小姐是在說笑話，口中仍不自禁地道：「卑將該死，請小姐恕罪。」

那少女正是安明兒，她因其心突然不告而別，心中總覺放心不下，不由又私自行走江湖，想要打聽消息，卻不知西北各地戰火立至，甘青總督因欲奇襲取勝，是以將此事極端保密，安大人得知女兒又獨自離家，如是平時，他知愛女武藝不弱，保身大是有餘，可是此刻一個失閃，那可是遺恨終身，是以李百超發了緊急軍令，克令各地官府相助尋找安明兒。

安明兒似笑非笑地看著天水將軍，眾人見這掌管兵符的將軍，被一個女孩兒弄得沒作手腳處，都不禁暗暗好笑。

安明兒無奈，只有怏怏跟著史將軍而去，眾酒客見那少女原來就是威鎮西陲的安總督獨生愛女，心中都暗道難怪如此高貴。

那少年卻視若未睹，吃了半碗麵，摸出了一兩銀子，順手拋在桌上，揚長而去，眾伙計暗暗稱奇，想不到這人穿得破舊，出手倒是不小。

那少年走回旅舍，才一轉角，便見那隊甲士在客舍門前，他心中忖道：「難不成還有總督千金什麼的在客舍中？」

他邁步進了門檻，走到所居院落，忽聞方才在酒樓上那少女道：「史將軍，你寸步不離，簡直把我比犯人還看得緊，我想休息一晚，等明兒一早走都不成，好，好，算你成，咱們這就起程，免得你大將軍替我一個小女子守衛，折殺死我了。」

那史將軍道：「小姐要休息只管休息，卑職明日親自陪小姐回去。」

安明兒道：「你說得怪好聽，你大將軍嘍，還有什麼參將先鋒嘍，都守住這客舍，我一個人勞動這許多人，你瞧我能心安嗎？」

她雖是不滿之詞，可是話音卻絲毫不見淩厲，到有七分像頑皮的小女孩向年老的祖父無理撒嬌似的；那史大剛行武出身，要他攻堅破城，那是內行之極，如說要和一個聰明伶俐的女孩鬥口，卻大大不成，當下只道：「卑職叫他們都退下去，小姐好好休息。」

安明兒道：「史將軍，您也好好歇歇吧！我答應你明早回去便回去，我安明兒從不說謊，誰叫我倒楣被你捉住了呢？」

史大剛低聲道：「小姐明鑒，西北數省，近日便有大變，是以李軍師焦急小姐離府他去。」

安明兒嗯了一聲道：「有什麼大變，我怎麼沒有聽說過？」

史大剛臉有難色，安明兒何等聰明，知他有難言之隱，便止口不說了，忽然想起一事，急道：「這天水城防是史將軍你的部下防守了？」

史大剛點點頭，安明兒又道：「請你替我打聽一個人，我騎了青驄快馬一路趕來找他，卻是不見人影，這青驄馬日行千里，只怕早就趕過了頭，這人一定會東去中原的。」

史大剛道：「這個容易，天水爲東西必經之地，只要小姐說出此人形貌姓名，小將一定不辱所命。」

安明兒喜道：「那真好極了，此人是個……是個……」

她忽然想到，自己要托史將軍尋找的是個少年男子，一時之間，竟是沉吟難言，玉頰上泛起淡淡紅暈。那史將軍道：「此人姓什名誰？」

安明兒鼓起勇氣道：「這人是我一個……一個……親戚……很親的親戚，是個……是個很……很標緻的少年，他……他姓董，名其心。」

她很快地說著，好像是在交差一般，她第一次向別人吐露心上人的名字，心中又是快樂又是羞澀。

這人雖是她父親部屬，對她心事又是半點不知，可是她少女心性，竟是作賊心虛，大感不好意思。

那院中少年原本想回房，聽她說出董其心的名字，真是如雷轟頂，再也不能走開。偏偏史大剛沒有聽清，又自問了一遍，安明兒沒好氣地道：「董就是千里草那個董。」史大剛應了，轉身外出，那院中少年躲在牆角陰暗之處，臉上一陣白一陣紅，半晌作聲不得。

黑暗中，他心中不住忖道：「董其心哪裡會有這等大官親戚，這倒奇了，那總督小姐聽她欲言又止的模樣兒，難道是……是愛上了他不成？」

他心中激動沸騰，幾乎不能自持，想破窗而入問個究竟，他呆呆站在牆角，也不知站了有多久，一陣北風，這才清醒過來，舉步走向後院房中。

他內心感到恐惶不已，他曾發誓不再想董其心這個可恨的少年，可是一點也沒辦法，他心中想：「我這次單身跋涉幾千里，我每天都提醒自己，要打聽齊公子齊天心的音訊，可是我心底下不也渴望見見那薄情忘恩的人嗎？江湖上人都說他做了賣國漢奸，真是千夫所指，我不是每夜都在替他擔心嗎？莊玲啊！莊玲！就是你不顧父仇原諒於他，他和人家千金小姐作了朋友，還能眼裡有你這苦命孤兒嗎？」

原來這少年正是莊玲，她喬裝男子爲了行走方便，她原爲打聽齊天心生死音訊而離開北京，後來聽說董其心投降凌月國，成了江湖公敵，人人得而誅之，她竟不能自持，就這樣迷迷糊糊來到西北，騎馬西行，又想見著其心問個明白，又想永遠不再見這負心仇人，心中這樣反覆交戰，每天就如行屍走肉一般騎在馬上，一路向西。

那齊天心公子，容貌高華俊雅是不用說的了，就是武功也不在董其心之下，而且誠摯坦坦，富可敵國，條件比起董其心勝過實多，莊玲昔日在洛陽和他交遊，就如沐浴春風，親切喜歡，她也曾暗下對自己說過，齊天心是最好的伴侶，可是少女初戀之情，卻是深植難除，她又是癡情任性的脾氣，若是平時無事，倒還分不出孰重孰輕，但若同時聽到兩人危難，不由自主對其心關懷得多些，可憐的齊天心，如果他知道自己全心全意第一次喜愛的一個少女，對另一人關心還比對他來得多，真不知要作何感想了。

莊玲坐在床上，心中傷痛得什麼也不能想，一種報仇的怒火從心中直冒上來，她血液中本有父親莊人儀的陰鷙，只是本性還很善良，如果善心增長，自能將此惡根剷除，但如惡念陡生，卻是如虎添翼，當下她悲痛之情一消，惱怒嫉恨之心大增，一時之間，頭腦倒冷靜下來。

她心中想道：「我總得想個法兒將這賤人除掉，好讓董其心痛苦一輩子，可是瞧那賤人模樣，武功不弱，要想個好計策下手。」

她心中轉了幾個轉，忽然靈機一動，悄然走到前院，就在安明兒屋前窗外不遠喃喃道：「唉！已經是正月初五日了，董大哥怎麼還不來，豈不叫人心焦麼，難道是出了什麼事不成？」

她一邊說一邊耳目並用，注意四面八方，果然安明兒房內一陣悉窣，她知安明兒已聽見她自言自語，當下又道：「這幾天老是做惡夢，董大哥武藝雖高，可是他仇人遍佈天下，尤其在這甘蘭道上，董大哥說他有一個仇人，本事比他強得多，如果遇上了，真是不堪設想，唉！年前我勸他快回中原，他偏偏說什麼要到蘭州看一個姓……姓安的小姑娘，董大哥孤零零一個人，從來都是我行我素，這次竟會去看一個小女孩家，姓安的姑娘只怕萬般惹人愛憐。」

室內安明兒聽得甜美無比，心中忖道：「她所說的董大哥自然是董其心大哥了，那安姑娘豈不是我？原來他是專誠瞧我來著，董大哥，董大哥，你雖面嫩不好意思說出，這番心意我安明兒可是理會了的。」

她心中歡暢已極，幾乎忍不住發出歡聲，只聽見窗外那人又自言自語道：「董大哥明明說好初二在此會面，我天天望穿門檻，卻是人影全無，我們在臘月分手，到今兒已是半個月了，唉！如果他被仇人聯手攻擊，實在叫人擔心，他雖想去瞧那安姑娘，人家知道他這番心意嗎？如果有個三長兩短，教我怎生得了？」

莊玲憂心忡忡地說著，彷彿其心危機重重，安明兒再也忍耐不住，一躍跳出窗子叫道：「你是董……董其心的朋友嗎？你放心，我……我前幾天還和他在一塊玩。」

莊玲從牆角走了出來，安明兒一怔道：「你……你剛才不是在酒樓上捉弄那酒保的人？」

莊玲微笑點頭，她將頭上方巾一拉，露出一頭青絲來，月光下，莊玲雖是略具憔悴，可掩不住天生美麗，安明兒一驚之下，竟自呆了。

莊玲奇道：「小姐，你……你也認得我董大哥？」

安明兒滿臉疑惑，她見目前這人是個女子，看來和董其心很有交情，心中雖然不悅，可是她到底是名門千金，豈可失了儀態，當下點頭不語。

莊玲喜道：「小姐真的幾天前和董大哥在一起兒？」

安明兒點點頭道：「請問你是誰？」

莊玲笑道：「小女子是董……董其心表妹，姓莊名玲。」

安明兒道：「董公子與你約在此相會嗎？」

莊玲見她神色焦急不安，知她懷疑自己，想來其心定和她很是不錯，莊玲心中一痛，強自鎮靜道：「小女子自幼父母雙亡，我那表兄雖比小女子大不了幾歲，可是自幼一直照顧小女子，真是無微不至，還勝親生父母。」

莊玲見安明兒神色愈來愈是不善，她心中甚感得意，暗自忖道：「我先氣氣她再說。」

莊玲道：「我和表兄自幼未曾離開過，此次一別已是半月，我真是放心不下。」

安明兒心中道：「雖是至親表兄妹，可是男女有別，這女子生得雖然不錯，可是不識禮數，這種話說出，也不怕人笑話？」

她愈聽愈不是味兒，可是她是閨秀名媛教養，終於忍住不曾發作；莊玲望著天上鈎月，自言自語又道：「不知董大哥到了何處，他晚上睡覺總是亂踢被子，唉，現下可沒有人替他再三蓋上，不知會不會受了風寒？」

安明兒冷冷道：「區區風寒，豈能病倒一個男子漢？」

莊玲故意氣她，接口道：「小姐，你可不知道我表哥嘍……」

她話未說完，安明兒揮手道：「天色不早，我可要去睡啦！」

莊玲故作一怔，隨即道：「小姐不用多心，小女子自幼許配齊家。」

她此言太過露骨，安明兒大羞，心下卻是暗喜。莊玲道：「小女子有個猜測，不知對也不對，小姐姓安，我表兄就是瞧小姐去的。」

安明兒這時才將敵意消除，聞言含笑默認。莊玲道：「小姐真如仙子一般，又是總督千金，難怪我表兄傾倒如此。」

安明兒忖道：「你表兄豈是因爲我是總督女兒而來瞧我？董大哥如此高雅，怎麼他表妹這等庸俗？」

但聽莊玲出言無忌，心中雖不惱怒，可是羞意難泯，一張嫣紅嫩臉，一直低在胸前。

安明兒忽道：「我已吩咐天水將軍史大剛注意令兄行蹤，再託他傳訊令兄，你與其在此苦等，不如咱們結伴返回蘭州可好？」

莊玲沉吟一會道：「這樣也好。」

安明兒便邀莊玲同宿一室，莊玲胸中暗藏陰謀，著意對安明兒奉承，安明兒人雖聰明，到底年輕，只覺莊玲十分投緣。次日一早那天水將軍前來客舍，見著安明兒道：「卑將頃接軍令，要去接應從關中運來之大軍糧草，小姐見諒，小將派吳總兵護送。」

安明兒道：「我有手有腳又有駿馬，史將軍你軍務忙碌，不必分兵送我，此去蘭州又沒有什麼險阻。」

史大剛知這位總督小姐功力十分了得，想了想只得依了安明兒之言，可是依然派了一名軍士快馬在前，向沿途官府打招呼。

安明兒莊玲兩人並馬而馳，一路上早有地方官偷偷安排得妥貼，並不要安明兒費點心，行了數日，兩人愈談愈是融洽，莊玲心中卻愈是陰沉，只待機會下手。

這日兩人投宿，晚餐後兩人談論唐詩宋詞，十分高興，安明兒只覺莊玲見地甚是不凡，都和自己不約而同，不禁大起知己之感。

談到中夜，安明兒疲倦睡去，莊玲抬頭推窗一望，天空中半個明月，夜寒似水，她在窗前倚立一陣，只感到無限空虛，想起前人詞中「獨自莫憑欄」的句子，心中真是哀傷悲涼。

那安明兒生於大貴之家，哪曾有什麼牽掛，這數日被莊玲花言巧語相騙，只道心上人其心對自己也是一片真情，但覺世間玩樂，人間並無憾事，容顏也更是煥發。

莊玲轉身見安明兒睡得十分安詳，嘴角還掛著輕笑，想來她睡前一定是心情愉快，多半是又想起與董其心這魔頭共遊之事，莊玲愈想心中大爲嫉怒。

她用計和安明兒結識，便是要在安明兒不備中殺害，這幾日和安明兒同宿同行，只覺安明兒實在不討人厭，雖是頗多良機，總是往後推，自思機會尚多，何必急於一時。

忽然安明兒翻了個身，口中喃喃語道：「董大哥，我知道你的意思，只要你有這個心，就是我死了也是願意。」

莊玲聽她夢中猶念念於其心，知她對其心鍾情已深，那語氣柔情密意，極盡相思纏綿。莊玲一咬牙，心中惡念陡生，抓出短劍，一步步走近安明兒。

她嫉恨之下，理智早失，一劍刺向安明兒胸前，才刺出一半，心中忽然想道：「這賤人正和董其心夢中相會，我這樣殺了她，她倒甜甜蜜蜜死去，並無半點遺憾，我……我可不能便宜她，啊，對了，對了，我在她臉上劃個十字，破了她如花似玉的容顏，讓董其心這魔鬼愛也不是，恨也不是。」

她心中惡毒異常，要知她這數年，長日裡心中儘是愛恨交織，糾纏不清，也不知嘗了多少愁苦，暗暗流了多少回淚，一個人孤孤零零，真是花無人戴，酒無人勸，醉也無人管。如今發現自己每回想上千百遍的董其心，竟然移情別戀，心中如何不恨？

她一劍向安明兒玉頰劃去，忽然安明兒轉了個身，莊玲心中一震，只道安明兒已然醒轉，慌忙將短劍塞入袖中。

安明兒輕輕歎了口氣，聲音又是放心又是歡愉，莊玲鬆了口氣，正待再度出手，安明兒驀然叫道：「董大哥慢走，我跟你到江湖上去。」

莊玲一怔，只見安明兒雙手亂舞，神色極是焦急，像是縱馬趕前，過了一會，安明兒悠悠驚醒，她一睜睡眼，只見莊玲坐在床前，劈口便問道：「董大哥哩？」

莊玲知道今夜是不能下手的了，她心中氣憤，口中漫然道：「小姐，你在夢中吧！」

安明兒這才從夢境中轉了過來，心中只是「人去樓空」之感，她見莊玲目光灼灼望著自己，不由甚是羞愧。

莊玲道：「小姐成天儘想我那表兄，如果他回了中原，這場相思卻又如何了得？」

安明兒道：「誰相思了?誰相思了?姐姐，你……你別亂講成不成？」

莊玲見她羞容滿面，情態大是動人，心中更是不樂，當下便道：「小姐，我有一個計較兒，保管你想不到的。」

安明兒知她又是取笑自己，便轉臉蒙頭再睡。莊玲又道：「聽不聽可由得你，我這個計較啊，可是十全十美之計，端的馬上見效，靈驗無比。」

安明兒忍不住掀開被角柔聲道：「什麼計較，倒說來聽聽看。」

莊玲道：「這個計較巧到極處，就叫『釜底抽薪』，不對不對！該叫它一舉兩得比較好些！」

安明兒求道：「好姐姐，不要賣關子啦！」

莊玲一笑道：「小姐既和我表兄心心相印，想必定是早已有所安排了！」

安明兒知她會說到此事，口中連道：「呸！呸！你什麼話都說得出，我……我……不愛聽啦！」

其實她心中仍是願意聽，莊玲接著道：「我表兄一介寒士，小姐是千金閨秀，如要令總督大人答應，真是難上又難，難比登上青天也。」

安明兒忖道：「偏你胡說八道，爹爹對他傾倒已極，怎會不答應了？」

莊玲正色道：「如是私訂終身，將來定是好事多乖。」

安明兒低聲道：「我豈能做出這種事來，姐姐快別亂說。」

莊玲心中一喜，也不知爲了什麼，她問道：「那麼家表兄也向小姐有所表示？」

安明兒搖搖頭，隨即道：「那不必的，只要他知我心，我知他心，又何必……何必……」

莊玲見她說得一往情深，心中惱怒忖道：「這就叫心曲相通了，哼，好歹要教你這賤人和那小子知道我手段。」

莊玲笑道：「小姐，我表兄雖是寒士，可是文武都臻上乘，令尊如能拔識他賞個什麼官兒，一來可以留在蘭州與小姐常見，二來……二來讓他成就些事業，令尊自會另眼看待。」

她這話正是安明兒心中之意，此時聽她娓娓道來，不覺怦然心動，安明兒忖道：「我心中早有此意，就怕說出來羞辱了他，其實自來英雄總是相識相拔，我爹爹對他豈止賞識，簡直就是傾倒備至，上次姆媽在過年家宴中也曾提過，可是他像並不熱中功名似的。」

莊玲又道：「這一舉兩得之計，小姐你瞧如何？」

安明兒低頭不好意思回答，莊玲話一出口，心中又大為懊惱，心中忖道：「我教她這法兒，看她那種心動模樣，分明是要依計而行，我……我……豈不是……豈不是和自己為難？」

安明兒問道：「你表兄……他……對功名真的感興趣嗎？」

莊玲笑道：「誰會對功名不感興趣，那是違心之論，自命清高的假君子。」

安明兒道：「那也不見得。咱們談天一談就是好久，姐姐，你也去睡吧！」

莊玲笑笑也睡了。

次日，兩人愈行愈西，一路上軍旅森然，大非平日太平模樣，百姓不知是為何事，都暗暗擔憂，但對鎮西安靖原一向視為擎天支柱，是以雖亂，市面仍是井井有條。

兩人快馬疾奔，又過了幾天來到蘭州府，守城參將見總督小姐安然歸來，連忙迎出門來，安明兒帶著莊玲往總督府走去，入了府門，莊玲只見總督府中氣象雄偉，建築雖不華麗，可是莊嚴深沉，也不知到底有多深，饒她自幼生於富家，但草澤之上，比起官家氣勢，自是大大不如，心中對安明兒又是羨慕，又是嫉恨。

安明兒引莊玲去見母親，安夫人擔心女兒身在外，此時得到通報女兒無恙歸來，早就在內廳中等待。

安夫人一見安明兒便板下臉道：「明兒你好大膽，你也不瞧瞧現在是什麼時節，偷偷溜到外面去玩，你爹爹要被你氣得瘋了。」

安明兒吐舌頭道：「我出去散散心，怎麼要如此興師動眾，一定又是李大哥搗的鬼，他一天到晚小心翼翼，真是，真是，真是……姆媽不是常說你江南家鄉有句話『吃豆腐怕刺』，李大哥正是如此。」

她一路上所見都是振甲雄師，明知有大事發生，可是口頭上仍是強辯，安夫人輕叱道：「明兒你胡說什麼，你李大哥也是你能說嘴的嗎，看你爹爹回來要如何重重罰你一頓。」

安明兒聳聳鼻子道：「還請姆媽多進幾句美言，饒過明兒一遭。」

她一臉滿不在乎，似乎根本沒把母親恫嚇之言放在心上，安夫人沉臉道：「你爹爹怪我將你寵慣了，這回他脾氣發得可真大，我不敢去勸，再說你無法無天，離家也不講一言半語，也實在太不成話，就讓你爹爹痛打一頓也是好的。」

她說得嚴厲，可是掩不住嘴角帶笑，安明兒裝得很是害怕，連連頓足道：「這便如何是好，媽你得救我一難，不然……不然我只有又逃走了。」

安夫人明知她十分中有九分是在作僞，可是還真怕這寶貝女兒講得出做得到，當下笑罵道：「你真要有這十分之一的怕你爹爹，那就好了，唉，我真悔不該答應你姑姑教你武藝，你武藝學成了，翅膀也長硬啦！爹爹姆媽哪裡管得住你？」

安明兒見母親真的生氣，連忙湊過去扶住母親雙肩央求告饒道：「明兒下次再也不敢了！」

安夫人揮手道：「別盡磨人了，你瞧咱娘兒倆淨管說話，冷落了這位姑娘，明兒，這位姑娘是誰呀，你也不向姆媽介紹？」

莊玲在一旁見安明兒向安夫人撒嬌使賴，娘兒倆好不親熱，不由得呆了。她母親早死後，這幾年後杜公公伴她生活，一些心中的委屈再無人理會，此時見安夫人雍容慈祥，那是不用說的了，安明兒更玉雪可愛，也難怪母親如此喜歡。

莊玲原來滿是憤恨之心，這時想到自己母親，心中不由一痛，怔怔然眼圈泛紅。安明兒道：「姆媽，你瞧我真是糊塗，這位莊姑娘，是……是……董公子……董公子的至親表妹。」

安夫人聽了一驚，又仔細打量莊玲幾眼，只覺她明艷皓潔，比起自己寶貝女兒並不少讓，心中沉吟順口道：「原來是董公子表妹，真是稀客，明兒，你要好好招待她呀！」

安明兒道：「董公子不久也要來的。」

安夫人道：「這樣最好，兵荒馬亂之中，還是府中比較安全些。」

安明兒道：「姆媽，你說什麼？明兒一路來看到的都是大軍銜枚疾行，到底爲了什麼？」

安夫人道：「這個我也不太清楚，你好好在府上陪著莊姑娘便是了。」

安明兒知母親不肯說出此事，只怕當真秘密，心想我要知道還不容易，等爹爹和李大哥相商之時，我偷偷倒掛在窗外偷聽，誰也不知道的。要知安明兒武功出自九音神尼親授，功力頗爲不弱，輕功更是一等，在總督府中如論高來高去，只怕真的她爲第一人了。

安明兒道：「姆媽你不是要到佛堂去嗎？唉呀！快到午時了，姆媽真是對不起，打擾了你十幾年的功課。」

她轉身對莊玲道：「莊姐姐，我帶你到寢室去，那裡佈置得很是清雅，你定是喜歡。」

她伸手摟住莊玲並肩出廳。安夫人心中忖道：「爲了你這丫頭，哪還管得十幾年功課？這姓莊的姑娘是董公子的表妹，人又生得惹人憐愛，明兒天真無邪，心無城府，看來對董公子鍾情已深，愛屋及烏，是以和莊姑娘交好。」

她轉念又想道：「明兒一生在父祖膝前，世情真是一竅不通，瞧她對莊姑娘親熱要好，沒有一點懷疑之意，明兒，明兒，萬一莊姑娘是董公子愛侶，唉……」

她愈想愈是擔憂，她知女兒生性雖是隨和，可是眼界極高，如今一心一意愛上那姓董的少年，如果不能成功，後果真令人不敢想像。

其實她哪裡知道，莊玲施詭計騙安明兒，表明身分，已釋了安明兒之疑，那安明兒雖是天真無邪，可是女子吃醋善疑原是生性，安明兒人是灑脫，卻也不能無此天性，做母親的永遠只把兒女當作幾歲的小娃兒看，卻也太低瞧安明兒了。

安明兒和莊玲走到後面寢室，安明兒指指前一徑一排房子道：「大年初一，你表哥就住在那裡。」

莊玲漫聲應道：「是嗎？」

安明兒道：「你表哥真是了不得的人，又好脾氣，唉！從前……從前我初認識他的時候，對他很是不好，他也不生氣，倒是我自己不好意思了。」

莊玲道：「他脾氣是好，從不發脾氣。」心中卻尋思道：「你哪裡知道他心中想的是什麼，他臉上永遠是那樣，你打他、罵他、辱他，他還是這樣，你掏心肝給他，他也是這樣，只有……唉，只有上次分手，他……竟流露出依依不捨之情，當時我再也按制不住，唉……我儘想這些幹麼？」

安明兒又道：「我對他很凶，他一定以為我是個壞脾氣姑娘，可是他……他仍關心我來看我，我知道他很不願顯露武功，可是見我被人欺侮了，卻不管一切上前幫我。」

她一直沒將心事向人傾訴過，就是母親也只是講了幾句，這時碰到莊玲，既是心上人之表妹，最重要是已許配別人，是以無絲毫顧忌將心上話向莊玲說出。

莊玲聽她說得款款情切，眼前就好像看到董其心正在向安明兒深情凝注，不由嫉妒之心大熾，心中啐道：「他這樣是因為你生得美了？還是因為你是有錢有勢的千金？」

五二　大戰凌月

且說莊玲在甘青總督府中住下，那總督小姐安明兒對她十分友善，整日陪她在府中談笑遊玩，安夫人見自己寶貝女兒和她十分融洽，心中雖爲一事發愁，可是人家一個雙十年華的閨女，又不便啓齒相詢，只有暗怪自己女兒，怎麼讀書學武全是絕頂聰明，這種事倒糊塗了。

過了兩日，莊玲並未見到安明兒父親總督大人，安明兒素知爹爹無論如何繁忙，每天必定要抽空回到後府來，跟姆媽和自己閒聊幾句，除非他離開蘭州，安明兒自懂事以來便是如此，這十年來甘青邊境安寧，安大人鎮守西陲，威名遠播，群蠻早服，帥旗從未離開蘭州總督府中。安明兒心中稱奇，她向母親問了數次，都被母親支吾過去，心中更是好奇，暗忖道：「難道我自己不會去探聽？」當下故作賭氣，便不再問。

又過了幾天，已是元月十四日，那月兒從一彎尖鈎漸漸變爲半圓，又從半圓盈盈長得滿了，莊玲眼見安明兒對自己一片誠摯，絲毫沒有半點千金小姐架子，她畢竟是個女子，哪裡還下得了手？

這天午後，兩人攜手走入後花園中，那園裡安明兒養了成千成萬隻鴿子，都在冬陽下懶閒地啄著羽毛，安明兒一踏進花園小門，呼呼之聲大作，頓時間肩上手中都站滿了白鴿，安明兒笑道：「這些鴿子都識得我哩！」

莊玲淡然道：「你從小餵牠撫牠，牠自然聽你的話，不要說鴿子天性善良，便是毒蛇猛獸，也可以聽人號令，驅之使之。」

安明兒道：「真有如此怪事？」

莊玲道：「我爹爹從前有個朋友，便具驅獸之能，世上萬物都能感動受命，只有人心難測，那才是真的可怕。」

安明兒一怔，不解她話中之意，莊玲也不再說。安明兒搭訕道：「日後你碰上令尊的朋友，請他傳授一兩套驅獸大法，咱們去六盤山收服幾頭老虎玩玩豈不是好？」

莊玲道：「好啊！好啊！我可要收服一大群毒蛇，只聽我的號令。」

安明兒咋舌道：「姐姐，你說是要收取臭長蟲嗎？喲，如果像你這般如花似玉的大姑娘，後面跟了一大群臭長蟲，那豈不是不倫不類嗎？」

莊玲道：「只要牠忠心於我，管牠那麼多，那時候，我要害誰便害誰，有些人惹得我恨起來，我要用最毒最毒的蛇，對準他心房咬上一百口，看是心毒還是蛇毒。」

她臉上飛快閃過一陣殘忍的表情，安明兒只當她是說笑，並未注意這些，接口笑道：「那可真是『蛇蠍美人』了，那時候我可不敢和你這個『長蟲姐姐』在一塊玩兒，噢，就是董大哥也不敢啦！」

她隨意說著，莊玲聽得卻大爲惱怒，心中忖道：「你說我是『蛇蠍美人』，我就是如此，你……你這賤人不理我，我豈又希罕了，我……我一定要想個毒法兒，叫你兩人痛苦一輩子。」

兩人漫步前走，安明兒又想起其心遲遲不來，心中擔憂，也不再言語。
莊玲道：「小姐，你又在想我表哥了？」
安明兒臉上一紅，答不出話來，莊玲忖道：「我此刻計策尚未想出，還是和這小賤人廝混，免得露出破綻，董其心神出鬼沒，他豈會被天水將軍找著了？」
當下莊玲道：「我那表哥雖是細節不拘，譬如常常爲了一件事，幾天不吃不睡那是有的，等到事完了，一睡便是一天一夜，一吃飯便是十多碗大米飯，衣著隨便更不用說了，可是他有一個最大的優點……」
她尚未說完，安明兒輕蹙秀眉低聲道：「幾天不吃不睡，這怎麼成，對身體很不好的呀！」
莊玲淡淡地道：「他如肯聽人勸告便好了。」
安明兒道：「他一定是流浪慣了，真可憐，姐姐，你說他不聽你勸告嗎？我下次要好好地勸他，一定不可以這樣。」
莊玲冷冷地道：「他能聽你的話？」
安明兒鄭重地點頭道：「他一定會聽，姐姐你想想看，如果他如此勸我，我會不接受嗎？那……那是爲他……爲他好呀！」
她一往情深地說著，已忘了少女的羞澀；莊玲大感不是味道，又逼了一句：「如果他還是不聽呢？」
安明兒呆了半晌，她根本就沒有想到這個問題，是以一時之間愕然，好半天才結結巴巴地道：「那我……我會生氣……會很生氣的。」

莊玲心中暗哼一聲忖道：「你倒生氣瞧瞧看！」

安明兒忽道：「今日天氣晴朗，我早就說過咱們到黃河邊去玩，現在左右無事，便一塊兒去吧！」

莊玲拍手叫好，兩人漫步出城，到了黃河岸邊，這半月以來恰好碰上甘西連降大雪，是以黃河水面的冰愈結得厚了！

冰面上不時有來往驢馬車子，鐵輪在冰上發出清脆的響聲，那趕車的馬伕，一抖手劈劈拍拍的皮鞭聲響，混雜著叱喝聲，此起彼落，一片粗獷本色。

安明兒輕聲道：「這種風光如何？」

她穿著雪白皮裘，全身都擁在裘中，這曠野之地，雖是冬日苦照，可是北風凜冽，比起城裡府中不知冷了好幾倍，莊玲則著了一襲墨綠狐裘，更顯得人白似玉。

莊玲道：「北地山高水長，真令人豪氣頓生。」

她說話之際，呼出團團白氣，久久凝聚不散，安明兒道：「明兒又要下雪啦！」

兩人談話之間，忽然河岸邊傳來一陣爭執之聲，安明兒舉目望去，只見一大堆孩子正圍在一塊爭吵，天氣如此寒冷，可是這群孩子卻只穿了短衣短褲，赤足立在冰中，一張張小臉凍得通紅，寒風中並不畏縮，一個個十分有精神。

安明兒向莊玲微微一笑，兩人上前走近那孩子群，原來那群孩子在冰面上鑿了一個大眼孔，正自用小網捕魚，只因爲爭奪一條斤多重的鯉魚，兩幫孩子發生爭吵，各不讓步，又吵了幾句，便打鬥起來。

安明兒正待上前勸架，那手中執著一條尺許鯉魚的孩子，已被數人掀翻冰上，他同伙的孩子紛紛上前搶救，眾童亂成一團，在冰上翻滾。

那執魚的孩子被壓在冰上，他連滾帶踢，眼看得手中大魚要被別人搶去，他大不甘心，又滾了幾個身，眼看滾近冰眼，他忽然一鬆手將那魚往冰眼中拋去，眾孩童見他下此絕招，大怒之下，齊力一推，撲通一聲，將他推入冰眼中。

驀然金光一閃，接著白影一動，那條魚拋在空中，被一支髮釵穿住，落在數丈之外，那落水的孩子頭尚未沒水，已被人從水中拉了起來。

莊玲心中大驚忖道：「我只道安明兒一個千金小姐，雖然得名師傳授，但總難免嬌生慣養，練武不純，誰知她武功練到了這個地步，那一招『穆王神箭』從取下髮釵刺魚，到凌空出手求人，我只怕也無此功力。」

安明兒提起濕淋的孩子，見那孩子凍得臉孔嘴唇全紫了，她生性隨和慈善，當下也不顧郊外寒冰，脫下皮裘替孩子披上。

眾孩子只覺眼睛一花，眼前來了個白衣如仙的女子，都怔怔地瞪著一雙小眼直瞧。安明兒柔聲道：「不准再打架了，快送這孩子回家去。」

眾孩子宛若未聞，眼光只從安明兒頭上瞧到腳下，又移到莊玲身上，安明兒心中又是好笑又是好氣，還有幾分沾沾自喜之感，孩子雖小，但人生性愛美惡醜，竟捨不得移開目光。

忽然一個孩子似乎想通了一個問題叫道：「我知道，我知道，兩個姐姐不是人，是山上的神仙姐姐！」

安明兒笑道：「別胡說啦！都回家去吧！」

眾孩子一個個點頭，竟十分聽話，依依不捨望著兩人，慢慢走開，先前打作一團所搶的魚也沒人要了。

安明兒心中好笑，她走前拾起鯉魚，已自凍成硬塊，她將髮釵拔下，收入袋中，一陣寒風，她皮裘已除，衣著單薄，不由打了個寒戰。

忽然背後一個清越的聲音道：「小姐真好本事，我真是捨近求遠了。」

安明兒一驚回頭，只見數丈外停著一輛馬車，那駕馬的人帽子低壓，連眉毛都蓋住了大半，卻是面容白皙，氣派昂藏。

安明兒喜道：「李大哥，原來是你啦！」

那駕車的人哈哈一笑，順手除了呢帽，正是總督府中軍師李百超，他向莊玲作了一揖道：「不意在此又遇兄台，小弟心喜不已。」

莊玲臉一紅，安明兒暗暗好笑，李百超又道：「衣無人換，愁無人憐，醉也無人管！」

莊玲知他在取笑自己，心中惱也不是，氣也不是，只有白他一眼。安明兒道：「李大哥，你回城中去嗎?就請相煩載我們一途吧！」

李百超下馬將後面車門開了，讓安明兒莊玲進入車內，他翻身上馬，鞭子一抖，雙馬疾奔，冰上一陣嘩啦之聲，有若凌虛御風，如飛而去。

李百超縱聲念道：「富貴如可求，雖執鞭之士，吾亦為之……雖執鞭之士，吾亦為之。」

安明兒拉開厚呢毯子伸頭向李百超道：「李大哥，你求了多年富貴，目下還是執鞭之士，倒是這馬給你一趕，真像起了飛一樣。」

李百超微微一笑，回頭道：「明兒！明兒！你小女孩家知道些什麼？你李大叔豈和你一般見識？」

他平日和安明兒說笑無忌，甘青總督安大人原對他禮遇甚隆，原來要安明兒以叔禮相待，可是他一直自居晚輩，安明兒見他年紀輕輕，從不肯以大叔相稱，久而久之，他自然矮了一輩，和明兒稱兄道妹起來，若說他年紀，確也只能作明兒大哥，比起明兒不過大了七八歲，只因終日運籌，看起來不由老了幾歲，其實他實在不過二旬五六而已。

安明兒聽他叫自己明兒，心中大感緊張，忖道：「這稱呼萬萬不能讓他叫得順口了，不然我豈不憑空又多了個長輩，這個便宜卻不能讓於他。」

其實她名字就叫明兒，她母親在她兒時喊得慣了，後來覺得如果改了名字，便顯得生分，是以便一直叫下去，她姆媽喊起明兒時，便會油然想起一個梳雙辮，圓臉大眼，雪白牙齒的小姑娘來，心中真是瀰漫著無限愛憐，不管明兒長得多大了。

安明兒心念一動沉聲道：「百超，你最近馬不停蹄東奔西跑，倒底爲了什麼，想必是鑽營富貴吧！」

李百超一笑道：「好好好，算你厲害，你百超百超地亂喊，被總督聽到了，我可又有好戲看了！」

安明兒道：「什麼好戲？」

李百超道：「有一個可憐兮兮的小姑娘，端端地站著挨罵，眼淚在眼眶中滾來滾去，可就不敢流下來。」

安明兒啐了一口道：「胡說八道！真是信口開河！你口口聲聲明兒明兒，我告訴姆媽去，叫她好好訓你一頓。」

她口中說得輕鬆，心中卻大感惱怒，原來一年多以前，有一次一個守城姓余的青年參將怠忽職守，在禁衛時溜回家去看新婚妻子，不巧總督巡城被發覺了，守衛城門是何等大事，這青年參將自知罪大，性命難保，便自縛至總督府待罪，正好總督來了貴賓，匆匆訊問了數句，便命先押在府中牢裡，明日午刻斬首，總督自去陪貴賓了。

安明兒見那參將年輕可憐，心中大是不忍，待他被帶了出去，不由多瞧了他幾眼，那青年參將原來俯首認罪，並無半點怨懟求憐之色，這時見安明兒瞧他，不自禁也瞧了安明兒幾眼，眼中竟流露出淒涼留戀之色。

安明兒待他被帶走了，心中愈想愈是不忍，她知參將看到她一定想起了新婚妻子，是以竟然留戀不捨，當下再也忍不住，乘夜裡將守總督府中要犯之牢官點倒，搜出鑰匙將牢門打開，放走余參將。

事後總督大人發怒，她母親一再求情，這才重重責罵了她一頓，又罰她三個月之內不准出外遊玩，此事原本無人知道，想不到李百超竟會知道，看來當時自己受罰慘狀也被他看了個清楚。

她想一句話反擊，一時之間卻是想不出來，不一刻馬車轉入大街，速度放慢，緩緩進了府門。

安明兒賭氣和莊玲往內府走去，李百超笑吟吟道：「哈哈！小姐！今天李大哥可占了上風了。」

安明兒恨恨哼了一聲，邁步走入內府，才一進屋，安明兒已聽到父親的聲音，她心念一動，推說換衣支開莊玲，卻偷偷溜到後室，輕輕一躍上了屋頂，伏行數徑，身子倒竄，勾在一處屋簷之下。

她伸手輕輕點破窗上棉紙，只見父親神色凝重坐在太師椅上，母親倚著他坐，臉上也帶著薄憂。

安大人輕聲道：「夫人，目下一切都已準備好，兵貴神速，又貴奇襲，下官拜別夫人，午夜乘黑西進，全軍銜枚疾行，到時候只怕不及再看夫人。」

安夫人一言不發，忽然眼圈一紅哽咽道：「你……難道非要你親自出馬嗎？你十多年未臨戰陣，派百超他們去不成嗎？」

安大人柔聲道：「夫人休要擔憂，此次全師盡去，總有三四十萬大軍，從前我西征時不過十萬帶甲之上，便能所向無敵，現在多了將近幾倍，還會有甚危險？」

安夫人想了想道：「那時候……那時候，你是很年輕……很年輕的，騎在馬上就好像一尊戰神一樣……現在……卻……」

她兩眼慢慢前視，說著說著就不說了，恍若又回到數十年前的情景，不由心神俱醉。

安大人哈哈笑道：「夫人你這話便不對了，不說我安靖原寶刀未老，就是真的血氣衰弱，亦當老而彌堅，戮力王事，夫人你只管放心，此去多則三月，少則一月，一定班師而返，那時可得打擾夫人親手溫熱一杯酒啦！」

他豪氣十足地說著，安明兒只覺父親一刻之間年輕了不少。安夫人道：「作一個軍人的妻子，又希望夫君勇敢殺敵，名揚天下，又希望他不要蹈險，這種心理，豈是你們男人理會得了的？」

安大人道：「此次出征，事關中國命運及我朝皇祚，這種大軍出擊，一個指揮失誤，那便是滿局皆墨，下官雖曾南征北討。可是帶部如此之眾，倒是從未有之事，是以不得不小心謹慎。」

安夫人道：「你一路音訊消息，每天要著人向我報知。」

安大人笑道：「這個當然，下官思念夫人，一夜之間，騎馬趕個兩百多里，來見夫人一面也未可知。」

安夫人臉一紅，原來當年安靖原年少得意，他新婚未滿三朝，便接緊急軍令，漏夜趕赴前方率部攻堅，他氣憤之下，神威大發，連斬敵人三員上將，攻破敵人堅守之陣，當夜馬不停蹄趕了兩百里路，回來時新娘子正好在洗手做晨羹，他看了夫人也不知幾百幾千遍，喝了半碗熱羹，又自上前方去了。

安夫人聽他說到少年時相愛之情，心中更是不捨，她望著這重鎮一方的夫君，半晌柔聲道：「你這幾天睡得太少，你看你眼眶好深一層黑暈，頭髮也亂了，來，我替你梳一梳。」

安大人笑道：「不敢有勞夫人玉手。」

安夫人啐道：「瞧你一張油嘴，從來就沒誠心說過一句話。」

兩人並肩走到梳妝台銅鏡之前，安夫人替他除了頭巾，慢慢地梳了起來。那安大人道：「頭盔啊頭盔，今日夫人親手梳理，今夜便被你蓋住了，真是可惜。」

安夫人輕輕一笑，斜睇著安大人，目光中又是愛憐又是歡喜，安明兒掛在屋上，不由瞧得癡了。

安夫人梳了一會，將頭髮梳清，安大人一抬頭，嘴唇正好在安夫人頰上親了一下，安夫人臉色嫣紅，也不知他是故意還是無意。

安明兒見父母情深如此，心中不禁想起其心，暗自想道：「如果你對我有爹爹對母親一半好，我也就滿意了。」

安大人忽道：「凝君，你去喚明兒來，我要好好交代她幾樁事。」

安明兒從未聽父親喚過母親之名，心中大感新奇，安夫人道：「你今晚帶她一同去？」

安大人道：「凝君，你一個人寂寞，我還待吩咐明兒好生陪你，怎可跟我去了？」

安夫人道：「明兒武藝不錯，你帶在身旁大有裨益，上次不是有江湖上人要行刺你嗎？多多防備總是好的。」

安大人沉吟道：「百超也是如此勸我，好！好！好！我就依你。」

屋簷上明兒聽得大喜，幾乎忍不住要跳下去，忽然一個可怕的念頭興起，她心中忖道：「我可以如此潛入內府竊聽，那麼別人不也可如此麼？」

她立刻四下巡視，並無人跡，爹爹已走了。

安明兒知母親不久便要喚自己，連忙溜回自己屋中，只見莊玲呆呆坐在那裡。她和莊玲閒聊數句，果然安夫人著人來叫，她裝作不知的模樣去見母親，安夫人便將要她隨父遠征的事說了。

安明兒心中喜悅，可是想到母親一個人在蘭州要好幾個月，那喜悅之心便減了一半。娘兒倆正在談話，忽婢女來報，李軍師來訪夫人，安夫人心中詫異，那李百超視她爲長輩，直入內府廳中，他見安明兒也在，劈口便道：「小姐在此正好，晚生想請小姐隨大人遠征。」

安明兒似笑非笑望了他一眼，安夫人道：「這個我已向大人說過，大人也答應了。」

李百超大喜道：「夫人真是女中豪傑，晚生爲保大人軍中安全，連夜奔波於甘蘭道上，想要尋找大人令妹九音神尼，可是神尼雲蹤無定，一時間哪裡尋得到？晚生又去尋找西北道上盟主馬回回，此人與晚生昔年有一面之緣，是個義薄雲天的好漢，只要動以情義，定能捨命相護大人，可是也沒尋到。」

安明兒插口道：「馬回回麼，我也見過，的確是個好漢子。」

安夫人憂慮道：「明兒姑姑不在絕塵寺嗎？」

李百超點點頭，原來九音神尼與甘青總督原是同胞兄妹，幼時因黃河氾濫，全家失散，九音神尼隨著一個孀孀流浪天涯，那安靖原弱冠投軍，他文武雙勝，終成一代名將，他妹子也連逢機緣，成了漠南金沙一派掌門人。

李百超見安夫人憂愁不展，連忙安慰道：「軍中森嚴，要想有所圖謀，那可是萬萬不能，晚生凡事總愛過慮，有小姐在，凡事只須抵擋半刻，那麼鐵甲立至，任是千手萬腳，也不能讓他施展了。」

他來意就是要安夫人相勸總督，帶安明兒隨軍而行，此時見目的達到，便起身告辭，臨行之際，卻向安明兒使了個眼色。

安明兒逗留一會也走出廳去，直往前府走去，只見李百超正在一株白樺樹之前等待，那樺樹又高又直，雖是葉落已盡，可是依然雄壯無比。

李百超湊前道：「小姐，你知道那董姓少年目下在何處？」

安明兒一驚急問道：「李大哥，你說什麼，他出了事嗎？」

李百超暗暗好笑忖道：「你貴爲總督千金，對這平民少年如此關心，也不怕外人笑話。」只是目下也無心取笑她了。

安明兒又催了兩聲，李百超道：「只要此人在大人身旁，那可是百無一失的了。」

安明兒心中一鬆，隨即想到莊玲說其心一定會來蘭州，自己這一出征就是一、兩個月，只怕又要錯過見面機會，日後天涯茫茫，哪裡容易找他，那剩下的五分喜悅，連一分也無了，她喃喃道：「他不久便要來蘭州，我也不知他在哪裡。」

李百超沉吟半晌道：「那姓莊的姑娘看來也有一身本事，小姐你和她一同隨行軍中？」

安明兒心念一動忖道：「如果莊玲和我一塊去，那麼董大哥一定便會在蘭州等，說不定會西行相尋，這倒是好計較。」

當下忙點頭道：「李大哥，我也是這個意思。」

她說完便去邀莊玲，莊玲想了想便答應了。安明兒想到可能又要和意中人錯過，心中很是失望，可是想到自己要保護父親，又甚是驕傲。

這一天下午好像特別長，安明兒一會兒找母親有一句沒一句地亂搭話，一會兒又和莊玲望著滴漏，心中十分不安，好容易吃過晚飯，母親又將她和莊玲叫住叮嚀再三，從腕上脫下兩個玉環，替每人套上一個，道：「這玉環相傳有避邪功用，明兒你在軍中諸事小心，莫要任性惹事，軍法森嚴，你一個小女孩家只要看人家怎樣就怎樣得啦！還有莊姑娘，你保護明兒爹爹，老身在此先謝。」

兩人連聲答應，那莊玲安明兒都是少女心性，想到不久便可見數十萬大軍作戰，心中都覺緊張刺激，安夫人叮囑之話，十成中聽進了一成也就不錯了。

安夫人歎口氣，這時已是初更，李百超翩然而來，帶來口信，總督已在城外大營之中，不再回來看視夫人。

安夫人見到這一對年齡相若的女孩子，都是一般躍躍欲試，知道少年人不經一事不長一智，這數十萬大軍對壘，一個戰敗，後果真不敢設想，又哪裡好玩了？她只道這兩個女孩子一般心思，其實哪知莊玲心懷鬼胎，隨時隨刻想害自己寶貝女兒。

安明兒莊玲雙雙向安夫人告辭，安夫人向李百超囑說了幾句，府內衛士牽過馬來，三人上馬出了府門，放韁疾馳，跑出西城城門，馬行半個時辰，只見前面火光一閃，一小隊騎兵迎了過來。

那隊騎兵在前引路，又跑了半個時辰，走到一處曠野，一片地總有幾十里方圓，安明兒只覺黑壓壓的一片，天上彤雲密佈，星月無光，她定神一瞧，黑暗中到處閃爍著鐵甲刀劍暗暗的光芒，似乎整個平原都佈滿了戰士，也不知連綿有多廣。

眾騎行到一處大帳，帳門上懸著一盞小石油燈，安明兒眼尖，已見父親甘青總督大旗在帳前轟然而立，疾風中獵獵作響。

那騎兵隊長下馬道：「總督請李軍師入內議事。」李百超領了安明兒、莊琀入內，只見大帳中也點著一盞小燈，十幾個人席地而坐，安明兒識得這十幾人是父親麾下百戰勇將。父親甘青總督坐在上首主位。

眾將見兩人來到，都紛紛站起為禮，李百超年紀雖輕，卻是軍中軍師，眾將都受他節制；那安明兒是元帥獨生愛女，更不用說的了。

安大人道：「百超你來得好，步兵主力十日以前已由魏將軍率領先行，先鋒部隊只怕已在數百里之外，咱們也好啟程了。」

李百超點頭稱是。安大人又對莊琀道：「難得姑娘如此熱心，老夫先行謝過，姑娘是董賢侄至親，老夫僭越了。」

眾將軍齊道：「請元帥發下軍令，小將等立刻啟程。」

安大人從箭囊中拔出十四支令箭，一個個吩咐完了，眾將接了令箭，紛紛拜別主帥，分批領軍而去，一時之間原野上蹄聲如雷，大軍行動，雖是儘量噤聲，可是十幾萬人馬走動，又怎能不震動大地？

這後行部隊都是精銳騎兵，直到四鼓已盡，天邊已顯微明，這才走完，安大人自率一萬騎兵殿後而行。

一路上無事就短，第二天果然下了大雪，騎兵冒雪而進，二日之間行進了三百餘里，與步兵主力相去不遠了。

大軍西行數日，並未見凌月國軍隊，安大人老謀深算，早在得到其心消息之日，便飛騎傳令道上守軍嚴密注意細作，大軍進行之日起，更禁客旅西行，是以整個一條河西走廊，封鎖得有若鐵桶，除了西行大軍，根本就不見一個行旅。

安大人計劃以主力繞過凌月國大軍，進入凌月國先拔其根本，以小兵力與凌月國大軍相持於玉門關一帶，然後前後夾擊，潰滅敵人於玉門關以外，是以行軍神速秘密，不願早期與凌月國主力相逢。

又行了數日，騎兵主力已達玉門一帶，步兵前鋒也到了，安大人等步兵主力一到，當夜便聚眾將於大營之內，商討最後決戰方策，安明兒、莊玲隨侍在側。

是夜滿天星斗，各軍相繼趕到，軍容大盛，安大人從懷中取出一張路線圖來，用沉著的口氣對諸將道：「咱們行軍騎兵將近半月，步卒更是跋涉將及一月，大軍本應休息整頓幾天，可是軍貴神速，本帥決定明日破曉時刻，分兵直進，諸位意下如何？」

眾將齊道：「元帥不辭辛勞，小將豈敢怠慢，恭聽大帥命令。」

安大人瞧了瞧眾將，那十多張臉孔，有的粗獷兇猛，有的溫儒爾雅，可是卻都是一時之選，久經戰陣之良將，他看了半晌，都覺得一般優秀，不由大感放心，緩緩道：「本帥決定以主力直搗凌月，由李軍師指揮調度，本帥親領三萬鐵甲兵，尋敵軍於玉門關以西，佯攻纏守，使敵人不暇後顧。」

他話一說完，李百超起身道：「此次敵人傾國之兵東來，大帥三萬鐵甲，雖是勇猛絕倫，但眾寡之數太以懸殊，晚生請元帥多領步軍七萬。」

眾將紛紛稱是，安大人道：「凌月國勵精圖治，這十年來國勢鼎盛，已為西域之霸，此戰必須毀滅其舉國兵力，本帥估計其國內至少猶留精兵一、二成，如果咱們主力分散，能否挾雷霆之勢，一擊而下，便成了問題，如果不能一舉而下凌月，便失去奇襲之精神，再者師老無功，凌月國也大有能人在，他分兵阻住本帥，大軍回師救援，豈不變成咱們被夾攻？雙方主力交戰於凌月，敵人得地利人和，我軍處勢極為不利。」

他是一代名將，侃侃道來真是滿盤皆顧，眾將雖覺元帥孤軍阻敵大是不妥，可是找不出良好理由來阻止。

李百超沉吟半晌道：「元帥是全軍靈魂，豈可輕易蹈險，這阻敵之事，交給晚生好了。」

安大人哈哈笑道：「百超，運籌帷幄我不如你，戰陣攻守，你不如我，我可以和你賭個東道，你能堅守十天，我以同樣的兵力至少可多支持二旬。」

他平日對部下諸將甚是隨和，都是直呼其名，李百超見元帥豪氣陡生，目射神光，不由心儀不已，當下道：「元帥神威，後生豈敢比效？只是晚生再說一句，元帥乃西北一方之鎮，還請三思而行。」

安大人揮揮手道：「百超休再多言，如果情報不錯，凌月國元月中旬發兵，大軍此刻離玉門關只怕有兩、三百里，破曉時刻，百超你領騎兵主力北繞星星峽先行，步軍主力緊跟而進。」

百超及眾將應了，安大人自挑了一支精銳騎兵，那領兵的將軍是甘軍中有名的儒將，姓秦名孝恭，平日棋琴書畫均所擅長，而且風流俊雅，風月場中也頗涉足，可是打起仗來，端的智勇兼備。

安大人道：「孝恭，這次委屈你了，不能親自揚威外國，開疆拓邊。」

他知秦孝恭爲人豁達淡泊，戰必勇猛不讓別人，班師後卻退讓謙虛，從不搶功，是以選了他隨自己打這場強弱已定的苦戰。

李百超接口道：「以寡敵眾，望秦將軍立不世之功。」

秦孝恭起身答謝，安大人吩咐已畢，一拍手，親兵提上一大桶酒來，安大人舉大瓢飲了一口，遞給秦孝恭道：「你此次任務艱苦，是吃力難討好的事，你應飲第一口。」

秦孝恭飲了一口，順次諸將都飲了，安大人一抖手將瓢擲出帳外道：「破敵之日，再與諸位痛飲！」

眾將歡呼一聲，各自回部準備起拔，安大人攜著秦孝恭走出帳外，安明兒、莊玲跟在身後，兩人著了軍上男裝，甲胄森森。

這時沙漠上營火點點，延綿無限，戰營相連，也不知到底何處是盡頭，寒風中戰馬嘶嘶，雄壯中透出淒厲，除了口令詢問之聲，再無喧雜之音，安大人看視良久，對秦孝恭道：「孝恭，凌月國有咱們這種精銳軍隊嗎？」

秦孝恭道：「豈只凌月國無，就是本朝中原，也找不出和元帥麾下如此雄師。」

安大人撫然道：「那凌月國勢力不弱，凌月國主處心積慮便圖在此一舉，可是我有此大軍鎭守西陲，他是半步也不能東來，唉！怕就怕在……孝恭，我有時真想像你一樣，做個先鋒將軍，除了受命打仗，攻敵取勝之外，便無半點憂慮。」

秦孝恭不知大帥爲何愀然不樂。安大人忽然心中一凜忖道：「兩軍尙未交兵，我豈可先自挫了銳氣。」當下一轉臉色笑道：「孝恭，聽說你上次酒肆花叢胡鬧可是真的？」

秦孝恭俊臉通紅，結結巴巴說不出一句話來，半晌才道：「元帥別聽外人渲染，小將做事向來極有分寸。」

安大人笑道：「有分寸眞有分寸，聽說你把皇上貴的金杯和南海名珠都給姐兒們作纏頭資了，如果給皇上知道了，哈哈孝恭，你有幾個腦袋，真是荒唐。孝恭，此次戰勝，元帥夫人替你作媒，物色一個名門小姐成了親吧！」

秦孝恭一臉窘容，想辯說又插不上口，安明兒和莊玲瞧到這模樣都樂了。莊玲心中暗想：「安大人很是慈和，可是又有一番威嚴，難怪他部下都傾服如此。」

原來秦孝恭雖生得清秀，可是天性豪爽，揮金如土，他一個人領將軍的薪俸也不少了，可是從來都是花得光光，身無餘資，上次酒醉之下，竟然將天子賞他出生入死西征立功的金酒杯也給兌了作爲纏頭資，他部下從來只要有人向他借錢，他總是將身上一半錢借出，有時接連有幾個部下來借，那他十兩中便只剩一兩，此人細中有粗，粗中有細，原是一個人傑，用來統率部隊，當真是最得其人了。

安大人佇立良久，四鼓已盡，拂曉已臨，空中起了一層薄霧，北行星星峽的各軍已經開始行動，那領軍將軍一個個向元帥告別，騎兵以後便是步軍，都是箭強矢利，戰馬騰躍，眼看殘月西垂，曉星無光，慢慢的旭日東昇，天色大明，又漸漸地日上三竿，那隊伍才走得差不多了。

安明兒瞧得眉飛色舞，她回頭對莊玲道：「是天上的星星多呢？還是我爹的兵多？」

莊玲也瞧得振奮已極，她接口道：「我瞧是兵多。」

安大人聽這雙小女孩家談得天真，心中大感有趣，笑吟吟正要進入帳內進餐，忽然最後一支騎兵擁著李百超前來，安大人道：「百超，我在此支撐二旬以後，就要看你的了。」

李百超高聲道：「元帥寬心，晚生至多半月便可將凌月佔領，親率大軍前來支援元帥。」

安大人連聲叫好！疾風中，安明兒只見父親就像一座城牆一般，矗然而立，只是從盔前散出幾根斑白的頭髮來，心中也不知是悲是喜。

李百超又道：「元帥視情而變，這河西走廊千多里，元帥正可以此疲勞敵師。」

他說完行禮而別。安大人進帳用過早餐，下令三萬騎兵西出玉門關。

那玉門離玉門關尚有一日路程，這日傍晚安大人軍隊出了玉門關，舉目一片沙漠，正是野戰好場所，安大人心中忖道：「敵人兵多，如在平原沙漠之地，我軍易被包圍，必須移師地勢高險之地以待敵。」

他下令軍隊立刻就地用食休息，三更再造飯，漏夜行軍，佔領玉門關以西百餘里沿途高地沙丘。

到了二更時分，突然下起大雪來，沙漠氣候變化無常，眼看雪愈下愈大，安大人見騎兵及馬匹都露疲乏畏寒之色，他沉吟一會，派出重兵警戒，下令架營聚駐。

次晨一大早，大雪停止，一片黃沙突然變成一身銀妝，甘軍常於冰雪中作戰，自然攜有防雪御寒之具，一路繼續西行，馬匹過處，雪上留下無數蹄印。

走到中午時分，突然快馬飛鞭前哨傳警，發覺敵蹤。安大人下令疾行搶奪數十里外高地，眾騎士飛奔而去，一時間馬鞭之聲大作。

才跑了十餘里，突然前面殺聲轟天，先鋒部隊已遭強敵，安大人整頓隊伍，立刻投入戰場。

安大人前哨部隊兩千餘騎，正被敵人十倍騎兵包圍激戰，那凌月國騎兵又高又大，甘軍雖多北方人，但身形比起凌月國人還遜一籌，此時被團團圍住，從外面幾乎看不見了。安大人主力一投入，被圍騎兵士氣大振，紛紛力戰突圍，尋思和援軍會合。

那秦孝恭手下都是老兵精銳，凌月國起初雖以十倍兵力攻擊，可是死傷慘重，並未能一舉殲滅，此時安大人主軍一到，立刻主客易勢，凌月國兵力居了下風反被包圍，鏖戰良久，漸漸不支。

安大人親自衝鋒陷陣，士氣更是高昂，安明兒、莊玲緊緊跟在後面，四周兩千親兵護持，直往敵軍中心殺去。

那凌月國先鋒主將見己方傷亡太重，再撐下去只怕要吃虧，一聲號令，鐵騎紛紛倒轉突圍，奔出老遠又會合西遁，安大人正想下令追擊，突然想到一事，臉色大變，傳令秦孝恭道：

「你分軍三路，快快追上凌月國先鋒部隊，乘彼主軍未到之際，將前面高地佔領，記住不可戀戰，爭取時間要緊。」

秦孝恭傳令下去，甘軍奮馬狂奔，前面凌月國部隊也是訓練有素，眼看追得近了，一聲令下，揮馬布成戰陣，又欲和甘軍決戰。

秦孝恭一馬當先，殺開一條血路。甘軍邊戰邊進，並不放手廝殺，待凌月國先鋒將軍發覺有異，甘軍已突破戰線，踏雪疾西而去。

安大人、秦孝恭率先縱騎飛奔，凌月國部隊在後追趕，恰好和適才又變了一個形勢，這樣首尾相接奔了卅多里，只見前面雪地旌旗蔽天，安大人舉目一看，四下險要都被敵人佔據，一眼看去，遍地都是敵軍，那中間最高一座小山，飄著一面大旗，旗上繡著幾個大字：「凌月東征六軍大元帥胡。」

安大人知已陷絕地，如不當機立斷，只怕立刻全軍覆沒，眼看敵人陣腳尚未穩住，當下長劍一揮，便往附近一座高地搶去。

眾騎兵見主帥進攻，也拚命向山旁逼去，殺聲動天，山上敵軍箭矢如雨，甘軍騎兵一批批上前又被逼退，損失極大。

安大人、秦孝恭眼見敵軍又派一隊來，當下一咬牙下令全師齊攻，這種敵暗我明，在攀登之際只有挨打的份兒，一刻之間又被射殺了數千精兵，秦孝恭雙目盡赤，揮動長槍踏屍而進，連連撥開十幾支箭矢，單身衝下山頭，見敵便刺，長槍如帶雨梨花，一剎那刺翻十餘名敵人。

這時甘軍冒死上衝，又上來了幾十名，秦孝恭率領幾十名勇士反覆劈殺，敵陣一亂，箭矢威力一發，安大人在親兵護持之下也上了山頭。

那山頭守軍數千，再是佔地利優勢，幾盡消耗也就差不多打完了，凌月大軍萬萬想不到敵人已成甕中之鱉，猶還能不顧死活搶攻，待到四下援軍齊齊包圍來到，安大人已佔了山頭。

那來援的凌月將軍大怒，正待發兵再奪回山頭，六軍元帥胡大將軍卻鳴金止兵，招見先鋒將軍，他是老成大將，戰陣之間決不意氣用事，想此時搶攻，敵人銳氣正盛，己方傷亡定重，自己受皇帝重命問鼎中原，這兵力消耗非得小心謹慎才成，目下敵人已成甕鱉，等到夜裡進攻，必可減少傷亡，而且他心中疑惑，是以先招各軍將領商討。

安大人佈置山上，他略點點人馬，折損了一半，戰馬受傷更多，他心中大憂，忖道：「那夜如果我乘雪行軍，便能早一日到此，這四下險要豈非盡在我手中，一著之差，滿盤大損。」

他巡視防務，安慰受傷戰士，天色一分分黑了下來，安大人心中也一分分沉重起來，他傳令一半軍隊乘夜趕挖一條十丈寬一丈深大溝，作為阻敵之用。

太陽終於在沙漠地平面落了下去，甘軍在安大人令下拚命挖溝，那四周敵軍暫不進攻，卻不時齊發箭矢，甘軍山中燈火俱熄，黑暗中不時有人被箭射中了，發出臨終慘叫。

安明兒見父親雙眉幾乎凝在一起，知他憂心焦急，她從未經過戰陣，雖知已陷絕境，可是自忖武功，保護父親出圍是不成問題，她豈知鐵甲數千，任你有天大本事，也只有成活活累死、或是被砍為肉醬的份兒。

安大人漫步到山頂，安、莊二女緊跟在後，莊玲和安大人相處，只覺他慈愛威儀，此時見他憂心如焚，不自禁也替他擔憂，三人站在山頭，只見敵軍營火連綿，西域盛產石油，軍中多用石油浸綿布爲火，那石油火炬光亮極強，又能抗強風不熄。

安明兒見敵軍雲集，半個多月之前她曾見過父親麾下大軍集密，那聲威至今仍是歷歷如在目前，心中雀躍不禁，眼下又見大軍聲勢，只是此刻心情全然不同了。

莊玲偷眼看看安明兒，只見她一臉頹喪之色，莊玲對姓安的一家並無恨意，只對安明兒有切齒之恨，此時見她憂傷不已，心中大感得意，正想低聲在安明兒耳畔問上一句：「是天上星星多，還是兵多？」

可是一瞧安大人，便不忍說出口，安大人默然四望，喃喃道：「想不到我南征北伐，今日會畢命於此。」

安明兒急道：「爹爹你別亂說，咱們還有一萬多精兵，只要支撐幾天，李大哥便會來援助。」

安大人笑笑，笑容斂處卻是一片淒涼，他望望安明兒，又望望莊玲，從這樣一個領眾數十萬的大將軍眼中，竟流露出憐惜目光來。安明兒極爲乖覺，她知父親意思說活命的機會極少，她心中雖是不服，卻也是一陣頹喪。

安大人歎息一聲，又令親兵傳令，挖溝必須加緊，天明之時務必完成。

他又令親兵傳秦將軍來，不一刻秦孝恭來到。安大人對他道：「孝恭，敵人已將我等握在掌中，你瞧他們爲什麼不進攻？」

秦孝恭想了想道：「這個……這個小將想見敵人怕兵力無謂損失，想以圍困來逼降我軍。」

安大人道：「孝恭你知其一不知其二，敵人此次東攻中原是極端機密之事，他突然發現我軍在邊界之外出現，又見我帥旗，敵軍之中難保有識得我的，他們一定判斷我以總督之尊，親自率軍西去，只怕是他們行動洩露了，所以疑惑不定。」

秦孝恭道：「元帥神機妙算，小將五體投地。」

安大人道：「他們一定懷疑我埋伏重軍在後，是以不敢急切東進，想要誘我大軍在此決戰，此地他們佔盡地利，自可一舉殲毀我軍，既是不急東進，又何必拚命搶咱們這山頭，多造死傷。」

秦孝恭喜道：「元帥料敵如神，敵人這樣正好，咱們和他對耗，等李軍師捷音傳來，斷了敵人後路，敵人不攻自亂，那時再來一個兩面夾攻，豈不正合元帥之意？」

安大人沉吟片刻道：「凌月軍中豈乏能人，目下只有兩個可能，第一是他們知我中國有備，大軍退回，只是這個可能不大，凌月積多年準備於此一舉，豈肯就此罷手，第二個可能便是……便是兇猛攻下我軍，看來十有八九採取第二策——」

秦孝恭脫口道：「元帥，你說他們想擒賊擒首……啊！小將失言，罪該萬死，罪該萬死！」

他一出口，立刻想到話中語病，心中窘極，安大人微微一笑道：「自古敗者爲寇，孝恭你話不錯，敵人正想擒我以亂西北軍民之心，乘勝以取中原。」

孝恭默然不語，安大人道：「孝恭，你下去好好各處看看，我猜敵人必於今夜以後進攻，如能挺過今夜，說不定有轉機。」

秦孝恭道：「元帥有何妙策，小將可否先行得知？」

安大人道：「我就利用敵人弱點，派一支精兵乘敵人防守鬆懈之際，兼程趕回玉門關附近，調集一部人馬，作勢前進，再由細作故意被俘，漏露軍情，敵人有了顧忌，不敢用重兵攻我，這樣說不定可以多支持數日，這是下策，目前也只好死中求生，能支持多久便算多久了。」

秦孝恭行禮而去，甘軍知這道壕溝關係全軍命運，都賣命掘挖，到了中夜，已經挖好大半，忽然北風一緊，空中竟飄起雪花來。

那些挖溝軍士看到大雪將臨，更加緊挖掘，這雪來得真快，只半盞茶時間，已是漫天白茫茫，山下遍地焰火都看不見了，安大人下令眾軍士各就地形搭營而駐。

那雪愈下愈大，好在這山是石灰岩所成，到處都是洞孔，彎彎曲曲都可相連，眾軍士待將各洞口防風雪之帆布帳搭好，回顧四下，雪已落了半尺，山下雪光反映，敵人都撤退去避雪了。

安大人舒了口氣忖道：「如果天意助我成此大功，那便多下幾日大雪。」

這一夜安大人幾次起身，只見雪下得更歡了，他心中一喜，回到洞中只見安明兒和莊玲睡得正甜，心知她兩人連日勞頓，此時一放下心，自然支持不住。

這場大風雪下了整整兩日兩夜，端的是天昏地暗，星月無光，氣候愈來愈是寒冽，呼氣成冰，那能隨主人衝上山頭的坐騎總有近萬，此刻洞中擠滿了人，倒有一半無處容身，耐寒不住，一夜之間凍死了六、七千匹馬。安大人心想：「坐騎一失，就連最後一點突圍之機也完了，只有在此死守。」

第三天清晨雪停了，沙漠上積雪總有五六尺厚，積壓之下，下面都成冰塊，這是千年難逢的大雪，山脊上都是堅冰如刀，敵人要想進攻，絕無可立足之地，秦孝恭暗稱僥倖，這場大雪不但阻敵，而且軍中用水問題是解決了，不然敵人包圍守住沙漠上水源，大軍十數日無水可飲，只有坐以待斃。

秦孝恭巡視一周，只見山上到處都是凍僵坐騎，兵士也凍倒不少，他直奔元帥洞中對安大人道：「小將請元帥發出五百小軍，今夜便往玉門關去。」

安大人沉吟半晌道：「好，孝恭，目前冰雪封山，敵人進攻困難，我在此苦撐局面，敵人不久會識破咱們空城之計，你入玉門關以後，調集省內餘軍替我在後助威，記住，千萬不可冒然來救遭了滅亡，那時敵軍長驅直入，可是不堪設想。」

秦孝恭應了，又向元帥報告軍情，他剛一退下，忽然兩個軍士慌慌張張跑了上來，秦孝恭正待喝問，那兩個軍士氣吁吁地道：「元帥，偏騎將軍請看……天候……就要……大變。」

安大人、秦孝恭走出洞來，只見那兩個年老軍士指著天邊，遠遠地一片紅色，只一刻又變成藍色，清朗已極。

安大人歎口氣道：「孝恭，火眼風就要來了，咱們仗著冰雪阻敵，一個時辰之後，便是冰消瓦解，敵人可以進攻了。」

秦孝恭在沙漠上作戰也曾見過這種怪風，風之至處，一刻之間可由隆冬變為盛夏，冰雪立融，這原是沙漠地帶特殊氣候，近代稱為焚風。

果然才半個時辰，一陣和風吹過，眾軍士只覺臉上又暖又濕，有說不出的舒服，那風不停吹著，雖是來勢緩緩，可是氣溫愈來愈高，漸漸地堅冰厚雪都次第融解，眼看白雪愈來愈薄，那冰雪一融，雪水立刻被黃沙吸去，過了一個時辰，又是一片黃沙，變成原來世界，天上一片清朗，彷彿從夢中醒轉，景象全非。

安明兒、莊玲見此奇景，對於造物者之神妙力量真是彌自敬仰；秦孝恭督令戰士備戰。

那和風仍是不停吹著，真使人有置身江南春日之感，秦孝恭出身江南世家，卻因幼放蕩不羈，又因父母早死，是以不到二十歲便將家產揮霍精光，那時征西將軍安大人正在西河募兵求將，秦孝恭迢迢千里跑去投軍，出生入死，成了今日地位。秦孝恭浴著和風，彷彿又回到江南，可是瞻顧前程，心中了無喜意。

他剛佈置好，急然蹄聲大作，從另一座山後轉出數支人馬，秦孝恭心想：「敵人幾十萬大軍，這場大雪中不知安紮在哪裡，說不定折損了不少。」

其實這一帶多是石灰岩山，是以凌月國軍也都躲入洞中，那馬匹損失是不用說的了。

敵軍漸漸逼進，秦孝恭一聲令下箭矢如雨，凌月國軍隊訓練有素，一手執盾，一手執兵器，忽然排成三列，每列總有萬人左右，一聲叱喝，冒箭縱馬搶攻過來。

秦孝恭見敵人身著鐵甲，又有皮盾護面，箭矢可射之處極少，當下不由叫苦，忽然靈機一動，高叫道：「射馬！」

甘軍軍士一悟，紛紛瞄向馬身，可是已遲了半刻，敵人第一列已衝向山邊，眼看愈行愈近，箭矢無功，甘軍刀劍出鞘，準備肉搏。

驀然情勢一變，那第一列凌月國軍剛剛走近山邊，突然馬身一沉，紛紛下陷，那馬上騎兵一驚之下，連忙提韁欲起，可是地下軟泥吃力不住，眼看著迅速下沉，只片刻已陷至身，進退不得。

這時甘軍吶喊射箭，凌月國軍手足失措，有些騎士失神之下躍下馬來，才一落地，腳下一軟，再想跳起已晚，一點點下沉，不一會，只剩一個頭在泥土之外，又過了一刻，連頭也陷下去了，慘叫一聲，便自寂然。

這支凌月國軍隊都是重甲騎兵，原是衝鋒陷陣，身子本就沉重不得了，此時落在泥淖之中，那是萬無生理了。甘軍派上五百小軍，站在泥淖之邊，見到偶有身手矯捷的敵人，藉著尚未沉下的馬匹踏腳渡過泥淖，便刀劍齊揮，又逼入泥淖之中。

那第二列凌月國軍隊眼看變生突然，一時之間呆住了，待趕到泥淖邊，想用繩索拖救已自遲了，只一刻功夫，再無慘叫之聲，這近萬人精兵，竟活生生被泥淖吞沒。

安大人在山上觀看，心中不住狂跳忖道：「我挖溝渠原是阻敵鐵騎，本以爲一場大雪泥沙淤積，白費心機，想不到雪後融冰，雪水都往此流，終於造成泥淖，前次一場雪誤了我全盤計劃，這次大雪卻勝我一時。」

凌月國軍隊退後半里，軍士們紛紛用袋裝黃沙。安大人心知敵人要塡泥溝，心想這溝畢竟挖得太淺，不然真可成一大險阻，敵人兵多人眾，自能塡滿此溝。

果然凌月國軍飛騎溝邊，紛紛投下沙包，又退去裝沙。安大人命甘軍弓箭手盡力阻止，兩軍隔著一條十丈多寬大溝弓箭互射，凌月國軍隊雖然傷亡重大，兩個時辰以後，終於塡了一條寬數丈之路。

安大人下令退軍山上有利地形，這時敵人支援部隊也上前了，一聲呼喝，紛紛渡溝搶攻上山，甘軍拚命阻止，敵人自相擁擠下溝的不可勝數，甘軍佔住了有利地勢，敵人雖則渡過大溝，卻也進攻不上。

雙方愈戰愈烈，寸土必爭，安大人眼見敵人愈湧愈多，心中發涼不已，那秦孝恭身先士卒，領了五百精兵逕自下山，在敵人陣中反覆衝殺。

又戰了半個時辰，甘軍雖是勇敢，但終究人數太少，已漸呈不支之勢，箭矢也將用盡，安大人瞻顧遠方，絕無可突圍之處，心下一決，他親兵都已派出，只剩十數名衛士，忽見敵人後隊中躍出三個少年，身手矯捷已極，揮劍衝入軍中如入無人之境，一刻之間，已然衝上山來。

山上守軍紛紛射箭，那三個少年身形一拔，箭矢從腳下飛去，幾個起落已翻上山頂，直往安大人大旗之處奔去。

五三　成事在天

這三人行如疾風，一上山頂更是威風八面，眼看逼近帥旗，隨手劍擊足起，眾兵紛紛倒仆，一個直奔帥旗，另兩個人竟往安大人走去，安大人目眦皆張，刷地一聲拔出一柄長劍來，陽光下閃閃放光，這正是御賜先斬後奏的上方寶劍。

安明兒、莊玲雙雙護在安大人身前，那兩個少年大咧咧上前擒拿，忽見劍光一閃，直往眉心刺來，來勢甚疾，兩人吃了一驚，倒退半步，卻見兩個清秀軍士執劍而立。

那三個少年正是金南道徒兒，隨軍進攻，他三人見自己數十萬大軍第一仗便連敵人區區前哨都勝不了，當下心中煩躁，便相約出手想生擒安大人，不意甘軍之中，竟也有武功高手。

安明兒、莊玲身著軍裝，那兩個少年竟未看出，他兩人略一沉吟，揮劍直上，安明兒、莊玲也雙雙起而應戰。

那邊安大人見另一個少年想拔自己帥旗，他知帥旗一拔，敵人一號召，那正在酣戰部隊立刻瓦解，當下也是疾奔而去。

安大人步馬不但嫻熟，而且武功也有根底，他天生力大，極負異稟，此時保護自己帥旗，長劍揮起，雖是招術簡單，但名將風格，自有一番凜然氣度。

安明兒、莊玲接了數招，只覺敵人強極，不但招式奇特，而且勢大力沉，又過幾招已是險象環生，堪堪抵擋不住了。

安明兒關心父親，雖在危險之中猶自時時注視父親，只見父親被逼不住後退，那對手敵人似乎不欲傷了父親，招勢之間並不放盡。

她這一分心，更是招招受制，香汗淋漓，那莊玲武功與她差不了許多，也是自顧不暇，慌忙之中，一個神疏，肩上中了一劍，她一生何曾受過半點傷痛，只痛得花容失色，長劍幾乎把持不住。

此時安大人長劍已被擊飛，知目下已臨絕境，他是一方上將，如何能受被擒之辱，心中默念：「凝君凝君！爲夫先走一步。」當下不假思索便欲躍下山頂，忽然全身一軟，已被點中了穴道。

安明兒心急如焚，拚死攻了一招，搶著向父親跑去，身上又著了兩劍，雖是未傷要害，可是已是血濕軍衣，才走了兩步，腳下一軟，已被敵人絆倒。

那和安大人交手的少年哈哈大笑，走近帥旗，正待運勁一拔，忽然背後風聲一起，一柄長劍射了過來，他身子一閃一轉，只見一人從山坡上手足並用爬了上來，適才想是將帥旗被拔，急切之間長劍擲出了手。

那人三旬左右，滿面黑髯，將臉孔蓋住大半，他一上山頭，便向那少年撲去，那少年輕輕一閃，伸腳將他絆倒，那人倒地之際，雙手忽然將少年雙腿抱住。

那少年武功雖高，可是雙腿被人牢牢抱住，偏生那人又是力大無窮，一時之間竟移動不得，那少年喝道：「你要命不要？」

那黑鬍青年只是運盡全身力道緊緊抱住少年，那少年陰陰一笑，一掌下切，咔嚓一聲，擊斷那黑鬍青年右手腕骨。

那黑鬍青年左手仍是不放，一口咬向少年右腿，那少年是武學高手，一生之中見過高手無數，這種不要命的人倒還少見，他一痛之下大怒，劈面一個耳光，打落黑鬍青年半片牙齒，反手一運勁又在那青年背上擊了一掌。

此時那少年兩個夥伴早已擊倒莊、安二人，見師弟被一個不會武功的莽漢纏上了，不覺大感好笑，正想將安大人擒住，拔下帥旗，正在此時，忽然身後一個冷冷的聲音道：「統統替我停手！」

那三個少年抬頭一看，山頂上不知何時來了一個儒裝老人，臉上陰森森的沒有一點人味。

那儒裝老人上前伸手就去解安大人穴道，那兩少年一齊橫身攔阻，老人連眼都不睜，飛起兩腳踢開兩人，那兩個少年也是高手，只覺敵人腿影飄忽，雖是輕描淡寫兩腳，卻是無處可躲，只有倒退一步。

那老人俯身解了安大人穴道，又上前伸手摸摸那黑鬍青年心脈，推拿一番搖了搖頭，那黑鬍青年悠悠醒來。

安大人一起身先注意這捨命護自己帥旗的青年，忽覺面熟之極，那青年也凝注安大人，眼中流下淚來。

安大人驀然靈光一閃，脫口叫道：「你……你不是……余參將？」

那青年點點頭道：「小將是余興璞，聽……聽說元帥出兵，這便……趕……來軍中，充當……充當一名小卒……」

原來這人正是上次安明兒偷放走的參將，安大人見他心念故帥，一聞自己有事西北，竟寧願委屈充當一個小卒跟隨，安大人面對這重傷逃犯，心中感動之極，真是欲哭無淚了。

那余參將斷斷續續地道：「稟……大帥，小將……小將一來想……想念大帥，二來……二來想立功……贖罪，是以混在……混在小將昔日所領……隊中……大帥……大帥……您……」

他一句未說完，一口逆氣上升，不能竟語，安大人執著他雙手垂淚道：「興璞，你這是何苦，你既離開軍隊，不找個山明水秀的地方和年輕妻子共聚共守，又何必巴巴跑來？唉！」

余參將歇了歇又道：「元帥……我犯了……犯了您將令，早……早就該死了……今日能爲護大帥將旗而死，真……真是……死得其所……」

安大人連連搓手歎息，余參將忽然目中神光聚集，安大人一陣悲傷，知他是迴光反照。余參將清晰地說道：「小將在死前有一事必須說出，元帥您小姐上次放走小將，元帥原是知道，故意要饒小將一命。」

安大人道：「興璞，你別胡思亂想。」

余參將神色焦急，只覺氣息愈弱，可是心中有話，不說完大是不成，當下鼓足氣力道：「總督府中要牢之匙原爲李軍師本人掌管，怎會在一個獄卒身上，小將此次在軍中詢問那獄卒，更證實了此事，元帥，元帥，您待我有如慈母，可是我……余興璞……不能再替……替您分……分……」

他雙眼一閉，安然而逝，原來他混入軍中，眾軍士昔日對這參將都是甚好，又知他想立功贖罪，是以替他相瞞，上次他誤了軍令，安大人不忍殺他，又不能寬恕，後來李百超獻計，終於借安明兒之手放了他，不然這等大事，豈會讓安明兒一個女兒家在旁觀看。

這時那三個少年已起而圍攻老人，那老人應付裕如，戰到分際，那老者掌力大放，劈手奪過一劍，一抖手擲劍向其中一個少年飛去，那劍子飛到半空，忽然咔嚓兩聲斷成三截，分別擊向三人。

他露了這手，那三個少年嚇得幾乎連躲都給忘了，正在這時，秦孝恭已率了幾百軍士浴血殺出重圍，上山前來救援主帥。

那三個少年見佔不了便宜，呼嘯一聲翻下山去，那老人也不理會，拍開安明兒、莊玲穴道，安大人長身一揖道：「如非大俠相救，下官已受禁囚之辱，大恩大德，永銘心中。」

那老者伸手一抹，顯出原來面孔來，卻是氣勢昂藏，好一副相貌，老者微微一笑，還了一揖道：「安大人何必言謝，大人造福生民，天下誰人不敬？」

安明兒一眼瞧見那老者，只覺甚是親切熟悉；莊玲看了老者一眼，臉色陡然大變，如見到鬼魅。

那老者道：「目下形勢已到緊急地步，老夫保護安大人突圍，趕回去徵調大軍。」

安大人道：「大俠有所不知，下官部下大軍已盡調出，此刻已將臨凌月國了。」

那老者一怔，隨即恍然。安大人忽道：「下官有個不情之請，還望大俠見諒。」

那老者道：「大人只管說來。」

安大人道：「請大俠騎上下官青驄千里馬，這馬是百年不可一見之名種，大俠武功高強，只需一脫圍，敵人便趕將不上，請大俠帶了下官將令，傳令將甘肅境內剩下可用之兵，盡調玉門關死守，萬萬不可自投羅網前來救援。」

他知老者是俠義之上，雖是萍水相逢，竟將如此大事相托。那老者沉吟半晌，道：「這個老夫自可不辱使命，但大人身繫一方之安危，如陷入敵手，豈不使百姓失望嗎？」

安大人聽得一凜，隨即釋然，這時秦孝恭也來相勸，安大人淡淡道：「孝恭，我平日如何教你來著？」

秦孝恭哽咽道：「這是非常之時，您再不走，小將可要用強了。」

安大人拾起被擊落的「上方寶劍」，揮劍凜然道：「孝恭，這上方寶劍斬為將不忠，臨敵不勇之人，你……你想陷我不義？你……你……見過元帥臨陣退脫嗎？」

那老者知安大人決不肯隨他突圍，這時秦孝恭上了山頂，甘軍少了他這員勇將，更顯得抵擋不住，安大人取出令箭，那老者長歎一聲接道：「大人珍重。」

他身子一起，已在五丈以外。安大人突叫道：「大俠留步，下官真是失禮之極，竟忘了請教尊姓大名。」

那老者停步正待答話，突然耳聞東方傳來蹄聲，雖是相隔遙遠，但他內力深湛，已聽出來騎甚眾，當下定目一瞧，只見十里外一縷淡淡黃煙，移將過來。

他轉身對安大人道：「有大軍從玉門關方向而來，局勢大有改變。」

那安大人頓足道：「如是我方留守軍隊得訊來報，那真是自投羅網。」

只等了半盞茶時刻，果然東方塵頭大作，激起一片黃塵，昏茫茫的根本看不清到底有多少人馬。

甘軍一見援軍來到，頓時精神大作，全都出了險阻地勢山洞，一齊下山投入戰場之中。又過了半盞茶時間，只見來援軍隊前面張起一面大旗，愈跑愈近；凌月國軍隊以逸待勞，只待再走近便全線出擊。

那帶軍的將軍在馬上高聲叫道：「卑職天水史大剛，元帥安心，小將就來解圍。」可是因爲相隔太遠，安大人並未聽清，面貌也未瞧清，那老者道：「來將自稱天水史大剛，定是大人麾下勇將。」

安大人歎息道：「果然是他，我叫他鎮守安西，他不守將令來此，大俠請你快發命令，命他退將回去。」

那老者真氣一提，也不見他如何使勁，發聲叫道：「史將軍小心中伏。」他聲音不高，可是傳得老遠，那史大剛聽得清清楚楚，當下令軍緩進，自己帶了一隊前哨，繼續向前。

史大剛又前行一里，離伏敵伏兵數十丈而止，只見前面一處小山，安字大旗安然矗立，旗下立著幾人，隱約間就有安元帥本人。

他知元帥被圍，只有拚命令師齊攻搶救，他明知敵人埋伏以待，可是目下又無良計可施，他正自沉吟，忽然山上又傳來一個聲音：「史將軍全線進攻！」

史大剛一凜，只見山上安字大旗拔下，山上甘軍喝聲大作，揮動兵器往山下敵軍中心攻去，他恍然大悟，軍令一下，數萬軍隊齊進；那埋伏的凌月軍見對方明知有伏猶自持強而攻，也布好陣勢迎了上來。

安大人騎了青驄馬，安明兒、莊玲在兩旁，那老者手執長劍，領了一千多名軍士，騎馬在前開道，秦孝恭率軍斷後，那老者長劍如風，當真劍起劍落，全是敵人首級。

史大剛見主帥突圍，急忙也領一支軍隊趕前深入接近；那老者實在勇猛，凌月軍被他那一千軍士東闖西闖，竟自隊形大亂，他一路攻去，死了十幾員凌月勇將，都是一招便刺倒砍倒馬下，這些大將在凌月軍中都是以勇猛聞名，落在那老者手中只不過一招半式全部了帳，凌月軍士大嚇之下，陣式更是不可收拾，甘軍漸漸會合了。

史大剛領軍開道，衝殺出一條血路，安大人一行漸漸突圍而出，到了史部之後方，這一定息，安大人立刻下令退兵三十里。

甘軍邊戰邊退，凌月國見甘軍未敗而退，只怕後面有埋伏，也按兵不動。

其實，此刻凌月國軍隊不下三十萬，史大剛不過只有四五萬之眾，如果迂迴後方，史大剛有如安大人所料，正是自投羅網，可是一來凌月主將胡大元帥年歲已高，行動太過謹慎，二來他軍中謀士均認爲敵人是置重兵於後，既有這種先入爲主的觀念，是以從不敢冒然以大軍盡出，這種不能集中力量攻擊，逐次使用兵力，還是兵家大忌，可是凌月諸將均認爲中國是泱泱大國，除了奇襲只怕萬難成功，目下敵人已有準備，心裡大受打擊，是以更不敢輕動，依那中軍監軍三朝老臣太子太傅意思，不如大軍回國，靜待皇上命令行事。

要知凌月國自金南道突然失蹤，朝內頓失重心，出師之際已自挫了數分銳氣，那胡大將軍患得患失，他是凌月國第一大將，又知對方安靖原乃是一代名將，極強的一個角色，生怕損了威名，也自力主持重。

凌月軍待安大人軍隊退了，那太子太傅極力主張率師回國，諸將商量之下，雖則不願就此班師，但顧慮之下，進攻之決心大大消失，決定屯兵於高地，進可攻退可守，以待國主之命。其中只有禁衛軍青年統領李將軍反對，此人年輕進取，就是上次僞裝凌月國國主之子，去騙其心之人。

且說安大人退兵三十里安營，那老者便欲告辭，安大人想起適才一陣厮殺，全仗此人仗義救援，心中說不出的感激，他知俠義之士不願居功，正如那少年董其心一般，當下只緊執老者之手道：「大俠兩救下官，萬望相告大名。」

那老者微微一笑道：「在下此來原想打聽一個人，不知此人見過大人否？」

安大人道：「大俠要問何人？」

老者沉吟一會道：「此人姓董名其心，是老夫小兒。」

他此言一出，安大人滿面喜色；安明兒更是芳心怦怦跳動，忖道：「原來他是董大哥的父親，瞧他運劍殺人，彷彿劍未到敵首即落，已達通玄地步，難怪董大哥如此好本事。」

莊玲更是吃驚，忖道：「原來這人便是董其心的父親，怎麼和從前咱們莊中孫大叔做的面具那麼相像呢？」

安大人道：「原來閣下是董老先生，令郎英姿天縱，下官好生欽佩，他大年新正到府中告知下官凌月陰謀，這才有今日擊凌月之舉。」

那安大人自接其心密告，原本以八百里快馬呈報皇上，可是轉念忽想到其心告知皇上身旁親信徐學士暗通凌月國主，當下立刻命李百超騎了自己青驄趕回信使，他調軍籌劃，北京不知曉，他出兵之際，想到朝廷小人得勢，這事功成之後，還不知要排誹自己些什麼？是以對秦孝恭喟然而歎。

安明兒心中不喜，忖道：「董大哥畢竟不是專程看我，他連他表妹也瞞了。」舉目一看莊玲，卻見她低頭不語。

地煞董無公道：「小兒與凌月國主鬥智鬥力，老夫雖知他謹慎，終是放心不下，是以忍不住趕來接應，老夫生平只此一子，老來舐犢之情總是不能釋然，倒教大人見笑。」

原來地煞董無公和其心分手後，調查那昔年兄弟反目之事，卻是並無結果，想起其心孤身一人，對手太過強勁，終於放心不下，西行找尋，不意恰好碰上兩國開戰，解了安大人之危。

董無公拱手道：「既是小兒已走，大人安守於此，破敵指日可待，老夫先行告辭。」

安大人知留他不住，也不再勉強，安明兒望著心上人父親，又是欽佩又是崇愛，心裡實在想和他說幾句話，可是卻接不上口。

董無公何等人物，早看出安明兒是女扮男裝，瞧她神色，只道小女孩家定是見自己大展神功，想學上幾手，當下心中一笑，大步往東而去。

安大人望著他背影消失，轉頭向安明兒道：「明兒，他比你師父如何？」

安明兒道：「就是……就是董……大，不，董其心也高過師父武功。」

安大人點點頭，揮手叫她和莊玲退下。安大人臉色一整，對史大剛道：「大剛，你不守軍令，該當如何！」

史大剛道：「元帥息怒，我奉李軍師之命，一月前便抽調甘東青海軍隊，元帥發兵之際，要我西去鎮守安西，李軍師又授小將錦囊一則。」

安大人聽是李百超之計劃，臉色一緩。史大剛道：「李將軍知元帥必會親身涉險，是以早就安排妙計，他令元帥親兵參將吳仲元，一遇有險，立刻不顧一切快馬報信。」

安大人恍然道：「難怪不見仲元，我還道他戰死了。」他話未說完，軍中走出一員參軍躬身行禮道：「元帥請恕小將吳仲元之罪。」

安大人默然。史大剛又道：「小將將甘青軍隊已調集一空，此時如果有人從中原西攻，就是一族之眾，也可直驅而入。」

安大人聽他此言不怒反喜道：「大剛，你神通廣大，到底搜括了多少軍隊，你在玉門關還留下多少人？」

史大剛道：「總來七八萬之眾。」

安大人撫掌大喜道：「大剛，你進步了不少啦！我就怕敵人分兵與我軍相持，再乘隙往玉門關攻去，如此說來，真是萬無一失，坐等勝利了。」

史大剛道：「這是李軍師妙計，他說留軍甘蘭毫無意義，是以令小將著意搜括。」

安大人哈哈大笑，諸將各去佈置。安大人轉危爲安，回顧莊玲、明兒，兩人臉色慘白，血跡斑斑，想起女兒身上中劍，適才又一陣拚殺，不由心疼不已，忙命軍中醫生替她倆包紮，但忽想到男女有別，不由好生爲難。

安明兒身中數劍，雖是刺得不深，她適才緊張倒不覺得，這時父親一提起，不由大感疼痛，連臉都痛得青了，那血跡已乾，一動衣服更是疼痛，還好她身體健康，傷口極易癒合，不然她剛才一陣騎馬揮劍，早就又使傷口迸裂了。

史大剛找了兩個年紀最老的醫生，雙手巍顫顫替這兩個小女孩換上藥包紮起來。安明兒失血甚多，疼痛一減，疲倦得連眼皮都張不開，便到父親帳中去睡了。

安大人坐在帳中，心中思潮起伏，他昔日曾發誓要和愛妻廝守至老，可是今日就差一點不能遵守諾言，他正胡思亂想，忽聞軍中號角起落，他推帳門而去，只見日已薄暮，原來已經過了一日廝殺。

是夜敵人並未進擊，過了三天仍是了無動靜，這倒大出安大人意外，軍中警戒，更是不敢輕忽怠慢。

大軍進駐原地，無事即短，日子過得真快，匆匆又是五日，敵人並不進兵，是日午後安大人軍中又來了兩萬青海部落酋長勁族，一時之間軍容更盛，安大人心中大為高興，要知青海部落一向強悍，常為西北之患，安大人盛名遠震，恩威並施，這才收服諸部，是以史大剛傳下軍令，其中最強兩部果然前來赴難。

是夜安大人宴群將，因在軍務倥傯之際，酒過一巡便各自散了，安明兒傷勢早癒，她見父親名望，再因己方勢力大增，又恢復昔日活潑性兒來。

安大人推定敵人不敢妄舉，是以心中大安，到了第十三天午夜，忽見凌月軍隊潮湧而至，他心中大喜，知道李百超大軍返師，與凌月國軍隊幹上了，那幾十萬都是甘軍精銳，凌月國軍再強，也被壓迫後退。

安大人舉令攻擊，全師本來一直居於劣勢，此時下令反攻，自是氣勢如虹，那凌月國軍隊前後受敵，只有各自爲戰。那李百超一支大軍就如從天而降，凌月軍人人自危，後路已斷，戰力更是大減。

這一戰從午夜打到天明，甘軍兩部漸漸會師，又打到中午，已成合圍之勢。安大人估算日程，那李百超兵行神速，進攻凌月國不但如摧枯拉朽，便是返師也是馬不停蹄，日夜兼程才會如此之快。

戰鬥繼續猛烈進行，而到傍晚，這才控制整個局勢，凌月軍非戰死即被俘，中軍元帥胡大將軍兵敗自刎，那逃出去的只有金南道弟子和幾個有數勇將而已。此戰打了七八個時辰，凌月軍全軍覆沒，沙漠上黃沙爲之紅染，三十萬大軍毀於一片沙漠之中。

安大人令全軍痛飲，凌月國虎視眈眈爲中國之患，這一戰兵敗國亡，要想重新建國，只怕在十年之內是不可能的了，安大人論功行賞，只覺董其心應居首功。

天上月兒初現，沙漠上燈火輝煌，處處歌聲笑聲，喝酒行令，這亙古罕見之大戰，便告結束。

安明兒望著新月，想起其心如果在此，一定是父親席上首席貴賓，可是此刻不知他在何處，也不知到了蘭州沒有，心中悵然不樂。

次日全軍班師，行前安大人令全軍士卒將敵人屍首埋了，黃沙翻起，蓋住了血跡，也蓋住了連天戰火。沙漠是偉大的，這近百萬雄師踐踏後，又恢復了老樣子，就這樣吞沒了數十萬戰士。

過了幾天，一人一騎飛奔到了這沙漠，他顯然是避過安大人班師之眾，他下馬憑望無邊沙漠，仰天大哭三聲，又復大笑三聲，口中喃喃道：「謀事在人，成事在天！」

一口鮮血噴了出來，他略在四周看了看，步履之間有著龍行虎躍，相貌更是出眾，最後躍身上馬，心中忖道：「我還是敗給董其心這小子，他雖死猶能用計，凌鴻勛，你自命文武蓋世，想不到世間還有如此少年。」

他愈走愈遠，口中仍是不停地道：「成事在天！成事在天！」

如果他知道此刻董其心活生生又在進行另一件大事，不知他作何感想了。

五四　大戰天禽

恐怖籠罩了下來，董其心和齊天心駭然地四目相對，已經死了的人居然又說起話來！

雷以惇伸手止住了正要開口的齊天心，他俯下身去把耳朵貼在怪老人的胸口細聽，忽然他滿面疑容地抬起頭來，齊天心忍不住問道：「怎麼了？」

雷以惇道：「奇怪的事發生了——」

其心道：「莫非他死而復生？」

雷以惇面帶驚色地道：「正是，這老人的心臟突然又開始跳動了。」

齊天心忍不住叫了起來：「這是不可能的事啊，方才咱們分明見他已經死去了……」

這時，地上躺著的老人已經開始動了一動，雷以惇道：「現在二位可以用內力助他一臂之力了……」

其心和齊天心幾乎是同時伸出掌抵著老人的背脊，過了片刻，那瘋老兒忽然一聲長歎，掙扎著坐了起來。

他睜開眼來，望了其心一眼，臉上現出一種難以形容的表情，接著又望了齊天心一眼，微微地點了點頭。

齊天心道：「老前輩你現在覺得怎樣？」

那怪老人搖了搖頭道：「沒什麼不舒服呀——」

齊天心道：「那天魁與前輩拚了一掌，他口吐鮮血匆匆逃走了。」

怪老人仰首望著天空，喃喃地道：「天魁、天魁，你自命為天下第一高手，天下人也以為你是第一高手，我可知道，你算不了第一，絕對算不了第一……」

齊天心道：「那天魁原就是胡吹自誇的——」

怪老人卻似沒有聽見一般，只顧自己喃喃地道：「我知道，我知道，……有一個人一出來，天魁你便不是對手了……」

其心見這怪老人此刻一片清靈，一點瘋樣也沒有，他問道：「老前輩你……你怎能死而復生？」

那怪老人望了其心一眼，並不立刻作答，只呆望著其心，那目光似乎包含著某種深意，又似乎要看穿到其心的心底裡去；其心感到一些不安，他把自己的目光避了開去。

老人忽然道：「我與天魁動手之前，已經中了絕毒！」

齊天心驚呼了一聲道：「什麼絕毒？怎麼會中毒的？」

老人道：「你們可曾聽說過『南中五毒』嗎？」

其心點了點頭，同時他心中微微地震動了一下，回想他的往事，幾乎件件大事都多少關係著南中五毒，不是南中五毒，他就不會碰上瞽目神睛唐君棣，不是南中五毒，他就不會陪著藍文侯上黃山，不上黃山，他就無法碰上他的父親，就因為在黃山碰到了父親，莊人儀的那份秘圖才使威名赫赫的地煞董無公恢復了蓋世神功……

這一切往事一幕幕回憶起來，其心不禁呆住了，直到老人的聲音提高了一些，才使他回到現實。

老人道：「在前山上，我碰見了天魁和另一個老鬼，他們正在商量什麼事，我老兒就老實不客氣地潛近偷聽，那兩個老鬼站在一棵樹下，指指點點不知在說什麼，我仔細側耳傾聽，只聽到那天魁道：『管他的哩，那小子遲早總得除去的，否則總會出毛病……』另一個老鬼道：『雖說這小子最喜吃這玩意，可是你怎能保險他走過時一定會吃它？倒不如索性出手把他幹掉算了。』那天魁道：『聽老夫的話一定不錯，那小子一定會中計的，咱們先走開，靜待佳音吧。』接著兩人便走開了，我老兒覺得有趣，便輕輕走到他們方才立足那棵樹下，心中正在暗思這兩個老兒在搞什麼鬼名堂，猛一抬頭，只見自己正站在一棵桃樹下，頭頂上便掛著一個特肥特紅的大桃子，任何人看了也會不加考慮地先吃這一個桃子，我老兒的口水馬上就流了出來，不知不覺便伸手摘了下來，咬了一口——」

齊天心聽到這裡，叫道：「桃子有毒？」

那老人道：「正在這時，忽然那天魁又一個人走了回來，他一瞧見我老兒手中拿著又紅又肥的大半個桃兒，登時氣得鬍子都倒豎起來，當時我覺得好有趣，心想一定是這老鬼用花言巧語把另一個老鬼支開了，自己一個人溜回來獨享這個大肥桃，卻不料被我老兒捷足先登了，嘻嘻……」

怪老人說到這裡，彷彿整個人的思想已完全回到當時的情景中，竟然忍不住瞇著老眼笑出聲來。

其心和雷以惇面面相對，作聲不得，卻聽老人繼續道：「那天魁突然大叫道：『鄉巴佬，誰叫你吃的？唉，我就想到這個問題才立刻趕回來，想不到遲了一步……』這個老鬼竟叫我鄉巴佬，我就索性裝得土裡土氣對他笑了一笑。天魁氣道：『你笑吧，馬上就要笑不出來了。』我老兒便問道：『什麼笑不出來？』天魁喝道：『這桃子上有南中五毒……罷了，說給你這鄉巴佬聽也是枉然，他媽的，算我倒楣——』說罷，轉身便走。我老兒一聽『南中五毒』，頓時把桃子丟在地上，心中也給嚇慌了，原來天魁和另外那一個老鬼商量的正就是用這桃子來害一個人，卻被我吃掉了——」

怪老人說到這裡，口中氣憤不已地喃喃罵了幾句粗話，只因聲音過分含糊，大家都聽不清楚他在罵什麼，過了一會，他繼續道：「當時我就大叫一聲追上前去和天魁這老鬼拚命，他沒有料到我老兒並不是個鄉巴佬，所以更必須把我宰了滅口，哪曉得我老兒也是非擒住他不成，不過毒一發了那就沒有救啦，咱們從前面一路打到這裡，我的毒突然要發了，便被他一掌打倒地上，我以爲我是死了——」

他左看看，右看看，突然叫起來：「奇怪，我現在中的毒似乎也解了，這是怎麼一回事？」

沒有一個人能解釋這樁奇蹟，那怪老人抓了抓頭，道：「莫非你們這裡面有人身上帶著什麼稀世靈藥嗎？」

三人都搖了搖頭，老人道：「奇了，我現下除了有點虛弱沒有體力外，一切都正常……」

正在這時，突然一聲比梟鳥叫聲還要難聽的冷笑傳入眾人的耳中：「你們四個人都死定了！」

其心猛一抬頭，只見一個氣度威嚴的老人站在五丈之外，那老人的身邊站著兩個青年，正是郭庭君與羅之林。

其心低聲叫道：「天禽！天禽！」

雷以惇悄悄地站了起來，他低聲地道：「一場大戰免不了啦，鎮靜，記著！」

其心也緩緩地站了起來，他冷然地對天禽道：「天禽，今天你放不過我，我也放不過你啦，你的秘密我都知道啦。」

他故意這麼說，天禽果然微微一怔，其心趁這機會飛快地對齊天心道：「全神戒備，天禽的輕身功夫，天下大約找不出第二個來，五丈距離對他只等於五尺！」

天禽溫萬里道：「董其心，不管你怎麼說，今天你是死定了，我看你快快自刎吧！」

其心淡淡冷笑了一下道：「等我打敗了的時候，自然就會自刎的。」

天禽朝他們四人打量了一眼，口中喃喃自語道：「姓董的，姓齊的，還有這個瘋老兒，殺死了都是人心大快的，倒是這一位是——」

他斜睨著雷以惇，雷以惇冷笑了一聲，沉聲道：「雷以惇。」

天禽點了點頭道：「啊，好像是那什麼叫丐幫的老二是罷？嗯，聽說是條好漢子呢。」

雷以惇冷笑一聲沒有回答。其心知道眼下沒有一人能敵得住天禽那石破天驚般的攻勢，他雖學會了凌月公主的金沙神功，可是天禽神功通玄，自己連半分準兒也沒有，他默默考慮著這場敵強己弱的戰局，忽然他對齊天心道：「齊兄——」

齊天心應了一聲，其心道：「對方有三個人，咱們也有三個人，對不對？」

齊天心道：「不錯。」

其心故意大聲道：「咱們以一對一，沒有人能敵得住天禽是不是？」

齊天心點點頭，其心道：「若是咱們兩人齊上呢？」

齊天心哈哈笑道：「那情形可就不同了。」

天禽冷哼了一聲。其心大聲道：「爲今之計，只有用『己之下駟對敵之上駟，己之中駟對敵之下駟，己之上駟對敵之下駟』這條計策了，我瞧瞧看，咱們這邊嗎，齊兄你功力最強，你便對付他那邊那個……那個……嗯，你就對付那匹姓郭的下駟吧，哈哈……」

郭庭君被他這一損，直氣得鐵青著臉說不出話來。

其心面不改色地繼續道：「雷二俠就對付那怪鳥客，敝人這頭下駟正好對付溫大先生來個犧牲打，你瞧可好？」

齊天心聰明絕頂，其心雖是冷嘲熱罵，他怎會聽不出其心真正的意思，當下問道：「董兄你能支撐幾招？」

其心苦笑著搖了搖頭道：「我希望能撐到兩百招之上，可是你——」

他沒有說下去，只因那郭庭君功力非同小可，若非奇襲奏功，在正常情形下以其心之功力要想取勝，當在數百招之外，他怎敢希望齊天心在百招之內就將郭庭君擊敗？

天禽聽著他們談話，只是不住地冷笑著，這時候道：「好了吧？後事交代完畢了嗎？」

其心長吸一口氣道：「齊兄，全看你的了！」

他猛一跨步，對著天禽道：「天禽，來吧！」

天禽溫萬里冷冷地道：「姓董的，你若接了老夫的兩百掌，老夫今日就拱雙手送四位上路。」

其心不再說話，努力把真力提到十成，這時呼呼掌聲傳來，那邊已經幹上了。

怪鳥客第一個衝上去對著雷以惇猛施殺手，雷以惇一展身形，揮起獨臂奮力迎戰。羅之林根本沒有把這個獨臂漢子放在眼內，他以爲憑著自己深厚的功力和凌厲無比的掌法，一輪猛攻就能立時解決，殊不知雷以惇身經百戰，丐幫老二掌劍功夫天下聞名，正是所謂過的橋比羅之林走的路多，在二十招內，雷以惇確被怪鳥客的凌厲攻得無還手之力，但是三十招後，雷以惇的攻勢漸漸透了上來，羅之林陡然感覺到要想迅速取勝是渺不可及了。

其心抱定了決心，以十成的守勢來抵禦天禽的萬鈞攻勢，天禽在片刻之間，用那獨步天下的離奇身法圍繞著其心不落地的攻了十招，其心只是在原地硬封旁折地擋了十招，天禽心中暗暗地讚歎了。

其心一心只想多拖一招是一招，他西去凌月國鬥智鬥力，守禦能力比半年前更是大大加強，以他這種年齡，能有這麼一手老練嚴密的上乘掌法，真是叫人難以置信的了。

天禽的掌法愈來愈神奇，幾乎每一招都是全出其心所料，然而施出以後的威力較之其心所能想像的猶要遠勝，其心邊打邊退，心中愈來愈是佩服，若非正在殊死之鬥，簡直就要五體投地了。

其心用強韌的守勢努力封擋著，他每出一招，都是千錘百煉過的上乘絕功，天禽在霎時之間換了十種掌法，依然沒把其心攻倒。

只是匆匆之間，五十招已經過去，忽然之間，一陣嗚嗚的怪嘯響了起來，齊天心連攻了五十招之後，陡然拔出了長劍，施出平生的絕學奮力猛攻，郭庭君也亮出了傢伙，霎時之間，殺氣騰騰。

五招之後，齊天心劍上的怪嘯之聲愈發響亮，他的手中長劍已化成了一圈光華，寒鋒吞吐達數丈方圓，號稱天劍的董門奇形神劍施了出來，郭庭君接了三招，連聲驚呼，一口氣退了十步。

齊天心手揮神劍，心神已與劍道合而為一，此時他所能意識到的只有一件事，那就是如何在最短時間內取得勝利，如何在董其心尚未被天禽打倒之前擊敗這郭庭君。

他劍出如風，招式又快又狠，這才是齊天心的真功夫，他自成名武林以來，一向只是兩三招之間便要敵人棄械投降，這還是他第一次施出這手神劍。

漸漸，齊天心雙足落地的時間愈來愈少，他的身形彷彿與劍光成了一體，如行雲流水，又如天馬行空，郭庭君感到一劍比一劍難接。

漸漸，齊天心的頭髮直豎了起來，他雙目圓睜，心中默數著，一百八十七招……一百八十八招……劍上帶的嘯聲愈來愈尖銳，劍光的捲動愈來愈急速——

而郭庭君的感覺正好是愈來愈吃力，到了一百九十五招上，他已是完全無法招架了，忽然，齊天心一聲長嘯，身形和劍子陡然完全合而為一，如閃電一般飛刺而入，正中郭庭君的大腿。

郭庭君只覺陡然之間，齊天心變成了一股銳無可發的劍氣，一洩而入，他踉蹌地退了兩步，倒在地上時，正好是一百九十九招！

郭庭君茫然地注視著齊天心，他強抑著劇烈的心跳，喃喃自問道：「這就是御劍？御劍飛身？」

忽然，他看見齊天心也是一步踉蹌，接著，口中噴出大口的暗紅鮮血。

齊天心的功力雖高，但與飛身御劍仍有一段距離，他強拚著一口氣，僥倖一舉成功，但是真氣已經傷疲大半了，然而他畢竟創造了奇蹟，一百九十九招打跨了不可一世的郭庭君！

這時，在另一邊，其心迫到了相反的命運，他覺得天禽的掌力宛如開山巨斧一般，一掌比一掌沉重，到了一百多招後，簡直已成了捨命相纏的局勢。天禽估計十招之內取其心性命是不成問題的了。

當齊天心攻出最後一招之時，也是天禽攻出石破天驚一招的時候，這一招是天禽溫萬里平生絕學，其心只覺一股天旋地轉的力道捲了進來，他的防守力道在陡然之間成了廢置。

然而就在這一刹時，其心猛一轉身，左手一記震天掌拍出，右手一揮之間金光陡現，竟是大漠金沙功的絕著——

這兩種世上最厲害的武功竟同時出現在一個人之手，只聽見轟然一聲暴震，飛砂走石，昔年其心的震天三式一掌斃了莊人儀，再一掌斃了鐵凌官，然而現在加上一記金沙神功，從天禽的掌中拾回生命，硬生生將天禽擊退了兩步。

就在那三股人間至高的掌力相撞的一刹那，其心忽然看到了一件事，他看到天禽那最後一記絕招從運氣發掌到吐勁的每一個細節，霎時之間，他的腦中宛如被雷電擊了一下，他隱隱感覺到天禽的那一招彷佛就天生是震天三式與大漠金沙功這兩種全然不同的至高武學的中間橋樑。

一時之間，他忘了身在戰場，也忘了天禽猶在三丈之外，他腦中潮思如湧，每個凌亂細微的念頭，都是前人未有的至高武學道理，他站在那裡竟然如一具木偶般呆住了。

每個練武人到了高深的境界，最難求得的便是這種天神交會的至高境界，有人苦練終生也得不到這個機會，是以其心身在強敵戰場之間，竟然神移軀外了。

天禽強抑滿腹驚疑，凝視著三丈以外幻思奇想中的少年，他知道必是剛才自己的一招絕學引起了這個少年高手的無限靈感，此時他只要一伸手，其心便完了。

齊天心緊張注視著天禽，他雖然真力大虧，但是只要天禽一動手，他就要鼓足全身真力擲劍救人——

只見天禽忽然微哂一下，朗聲道：「我溫萬里是何等人物，豈能出爾反爾？你們走罷，這次我溫萬里拱手送客了，可是，嘿嘿，下一次可不在諾言之內啊！」

天禽是個愛惜羽毛的人，如果這時換了天魁的話，十個其心也了結了，他口中雖是一派托大，心中竟隱隱約約生了一絲惶然不安之感。

這時，其心已從幻夢之中恍然醒覺，他覺得自己又似乎充實了許多，睜著一雙明亮的眼睛，望著三丈外的天禽，一時間，只覺強如天禽溫萬里的敵人，也不像剛才那麼強了，就是再戰二百招，自己也具信心。

天禽道：「之林，住手罷，咱們饒過這一遭。」

羅之林退下來，天禽望望其心，只見他神光湛然，全無適才死裡逃生的窘態，他心中驚異已極，董其心這小子竟學上了兩大絕傳之藝，如果這小子上來便兩技齊施，那麼五百招以內拚倒這小子才有可能，世上竟有如此異稟少年，饒是天禽武學通達，也不禁心寒不已。這時忽然人影一晃，一個人輕飄飄地落了下來。

其心暗暗一震，這個人正是那姓秦的獨臂人，這人死而復生，神出鬼沒，其心雖是滿腹計謀，對這個人也覺得棘手——

天禽瞟了那人一眼，淡淡地道：「老秦，你現在才來？咱們先走——」

他走字才說出口，人已到了十丈之外，當真是疾若流星閃電，而姿勢之優美瀟灑，更是已入化境，其他的人都跟著他退走，那姓秦的也跟著縱起，其心一回味天禽方才那句話——

「老秦，你現在才來——」

他心中重重一震，喃喃地道：「現在才來……現在才來……莫非天魁在桃樹上下的毒就是要想毒死這姓秦的？」

他一念及此，直覺感到絕無錯誤，但是問題是為什麼？為什麼他們要殺死姓秦的？

他在沉思之中，雷以惇和齊天心已經走了過來，其心收起胡思亂想，對著齊天心猛一伸大拇指，讚道：「齊大哥，那一手好帥啊！」

齊天心全身肌肉瘦痛，苦笑著搖了搖頭道：「算了吧，若是再來一次的話，只怕我全身骨頭都要自動拆散了。」

其心重重地拍了拍天心的肩頭，笑道：「不管怎樣，齊天心在二百招內打垮了郭庭君！這消息傳出去，你想武林會轟動成什麼樣子？」

齊天心被他捧得心癢癢的，他適才見其心兩掌齊出，擊退了猛不可敵的天禽，雖則自己和郭庭君也在緊要關頭，沒有瞧得仔細，可是就只見那一招尾勢也是神威凜凜，原來打算禮尚往來地還捧其心幾句的，不料這一樂，樂得什麼都忘記了，只是一付心癢難搔的模樣。

雷以惇慢慢地走前來，他關心其心，適才雖和羅之林大戰在最後關頭，竟全神注視其心，雖是連遇險招，畢竟將其心最後一擊，瞧得清清楚楚，他心中暗暗忖道：「好深沉的少年，就憑你雙掌一擊，齊天心只怕遠不如你了。」

他低頭看了看坐在地上的老頭兒，只見老頭兒正靜坐在那兒調息，一股蒸氣似霧非霧地從他頭頂上冒出，

其心道：「雷二俠，咱們目下是否要與藍大哥他們取得聯絡？」

雷以惇道：「天禽雖說他放過咱們這一次，其實只是為了他誇下的那句海口，再說在這山中，咱們再碰上他們的話，那時情形就不同了……」

齊天心一怔，董其心忙道：「那麼要是藍幫主他們碰上了，豈不要糟？」

雷以惇想了想道：「反正是咱們來找他們的，要是怕的話，也就不會趕來這裡了，問題是先要和藍老大他們會合。」

他默默計算了一下行程，又算了算天禽等人的去向，然後道：「咱們發一支訊號箭，然後就向西迎去，一定能先會上藍大哥他們！」

其心點了點頭。雷以惇拿出一支訊號箭，只聽得「嗖」地一聲，一縷紅光沖天而去。

大家焦急地望著西天，過了片刻，果然又是一縷紅光往西方升了起來，雷以惇大喜道：「咱們不用走了，他們距這近得緊——」

這時候，那瘋老頭忽然跳了起來，他也不問事情經過，忽然張口嚷道：「我做了一個夢，我做了一個夢——」

齊天心問道：「什麼夢？」

怪老叟道：「我夢見董老先生——」

齊天心道：「什麼？」

怪老兒道：「我夢見董老先生，他——他叫我把那故事說給你們聽……」

其心聽得茫然，老人似乎一點也不瘋了，有條有理地說道：「當年，董老先生閉關三十六日，這種高深的功夫在修練時，萬萬不得有人相擾，相傳前代好幾位高人得到這個法門，但卻沒有足夠的人手相護，都不敢冒險一試。」

其心三人都是武學能者，自然明白其中道理，都點首不已。瘋叟又道：「當時谷中住有董氏兩位夫人，一對兒子，一個奶媽，連老董本人，一共是六人……」

齊天心忍不住道：「七人！」

怪老人雙目一翻，冷冷道：「胡說，你……」

齊天心插口道：「還有一個姓秦的管家。」

瘋叟陡然間怔了一怔：「秦白心——他早離谷了！」

齊天心一怔，正待說話，其心輕輕觸了他一下，他和其心對望一眼，怎麼那黃媽提到了秦管家？

那瘋老頭想了一想道：「老董先生入關以後，照理說他隱居幽谷，有一家人實力強大，守護甚嚴，不應出什麼問題，但是到了第五天，老董陡然在室中悶呼數聲！」

其他三人都早已聽過黃媽當日所說，這時聽瘋叟陡說奇變，都不由一震，更加留神。

瘋叟道：「兩位夫人忍耐不住，再三商量，決心破門而入，在密室之內整整待了三個時辰，又雙雙走出。兩位少年在室外枯守，兩位夫人出來，僅說董老先生練功時閉氣，現已暢通無阻。兩個少年見兩位夫人口雖然如此說，但面上神色憂愁重重，閃爍不定，都不由起疑。這日夜晚，兩位夫人挑燈促膝密談，徹夜未眠，似乎有什麼極重要之事還要決定——」

這時在一旁聽著的三人已漸漸明白，原來是和黃媽說得大同小異，只是他比黃媽顯然要知道得詳細些。

怪老頭道：「兩位夫人在入關三個時辰又出室之後，神色可疑，使兩個少年再也忍耐不住，但他兩人已有芥蒂存在，誰也不願和誰商量。」

瘋叟接著道：「終於在第七天深夜，董老大忍不住悄悄一個人想到室中瞧個究竟，他小心翼翼潛到室旁，突然黑暗中人影一晃。他心中吃了一驚，他心中不會想到董老二也有同樣的心念想一探明白，他尚以為有什麼可疑外人潛入谷內，慌忙發出一掌！那黑影正是他的兄弟，兩人對了一掌，知道對方是誰，都不好意思地走出來，到谷中一片空地中去討論……咦……咦……」

他說得正要緊，卻突然停了下來，三個聽著的人忍不住一齊問道：「討論什麼？」
瘋叟彷彿沒有聽著，面上陡然現出滿面疑惑。
三人等了一會，等不耐煩，齊天心道：「您在想什麼？」
瘋叟雙目炯炯凝視前方，似乎有什麼疑難不得其解，信口答道：「他告訴我時，神色有點不正。」
天心問道：「他？」
瘋叟喃喃答道：「他……他們——」
三個人都愣在當地，默默等了一會，其心突然靈光一閃道：「『他們』是不是就是那兩個兄弟，日後告訴您這故事——」
瘋叟胡亂點了點頭，其心立刻又道：「他們兩人說到這裡，是不是神色都有點不對？」
瘋叟轉過頭望了其心一眼，喃喃道：「我記得清清楚楚，他……他們的面色，都……我看得出的，都不正常！」
其心呆了一呆道：「那麼，他們可是隱瞞了什麼事——」
瘋叟陡然躍起身來，擊了一掌叫道：「對，對，我怎麼沒有想到這一點！」
三人對望一眼，這等簡單的猜測，他卻似乎百思不得其解，這瘋叟確實有點不正常。
瘋叟飛快地道：「讓我先說完這故事，他們瞞了我什麼，咱們等會兒再猜猜看……」
當時谷中一片疑雲，這情形一直到了第十三日，谷外忽然來了一個人，正是名震天下的九州神拳葉公橋。

他的出現，立刻引起董大俠夫人及兒子們的猜疑，後經解釋，原來他只是巧入此谷而已。

葉公橋和董老先生有過數面之交，交情不深，但兩位夫人也識得他，立刻請他入谷，三人促膝密談。

第二日清晨，葉公橋匆匆離谷而去，他入谷密談及離谷之事，兩位夫人都不跟兩兄弟說明，這樣更加引起兩兄弟的猜疑。

有一日深夜，兩兄弟在睡眠之中忽被驚醒，一起身，卻發現一個人影鬼鬼祟祟地在暗中移動。

兩兄弟一齊悄悄跟了出來，那人影東繞西繞，竟向著山谷的南方一角死壁走去。

那日夜色如墨，兩兄弟雖有上乘內功，目力極佳，但因跟隨距離不敢太近，始終只瞧見一個模模糊糊的影子。

那影子走了很久，來到石壁之前，忽然伸手入懷，摸出火熠迎風而燃。

火光一閃之下，只見那人竟是董老二的生母，兩位夫人中的妹妹。

火光一閃而滅，兩兄弟大驚之餘，再定神一看，只見黑黑一片，那人影竟神秘失蹤。

那對角乃是一座峭壁，四周空空曠曠，那人影竟一閃而滅，在黑夜之中，任兩兄弟身懷絕技，也不由渾身冷汗，不敢再多停留。

這一夜之後，兩兄弟疑雲重重，到了第三十日，董老大突然被他生母叫入房中。

當夜董老大匆匆出谷而去，也未告訴兄弟是爲何事，因三十六日之期將滿，大家都是更加緊張。

董老二一人留在谷中，這幾日以來，疑雲陣陣不得其解，再加上大哥又神秘出谷，他是少年人心性，較易於幻想，一人苦思，內心之中竟起了疑心，懷疑父親是否仍在人間。

他左右思索，終於忍不住去問生母，並說明那一日夜晚的發現。

他生母當時只淡淡推說一切如常，至於那夜外出之事，她則說到時自當明白。

董老二得不著要領，心中納悶，思潮起伏不定，他疑心已起，再想想這一個月以來，谷中人人似乎都是心事重重，心懷秘密，愈覺可疑。

他心中決定，等大哥回來，說什麼也要和他講個明白，第二日董老大便又回谷。

董老大的生母親自接他入谷，董老二聞訊也趕了出去，卻見長兄面現疲容，且微帶緊張。

董老二走近身去，只聽長兄對母親道：「打聽不出什麼消息——」他生母憂容滿面，歎了一聲道：「那，那怕是來不及了……」

董老二在一邊怔了一怔，董老大似乎也不懂生母此言，開口問道：「什麼來不及了……」

董夫人微搖首不語，卻轉口道：「你，你怎麼神色有些慌張……」

董老大道：「孩兒遇上敵人了！」

董夫人驚道：「什麼敵人？」

董老大搖首道：「身分不明，但功力極強，一共是兩人，媽媽，您看可是衝著咱們谷中而來？」

董夫人當時似乎很是煩亂，也未說什麼。

自此以後，谷中護關工作更加緊密，一直到第三十五日，並未出甚岔事。

但是到了這最後一日的夜中，隱密的谷中卻生了巨變。

這一日夜色極是黯淡，而且天空雲層密佈，似乎要下大雨，谷中夜風相當大，到處都是一片草木樹葉沙沙之聲。

照理說，董氏夫人以及兄弟兩人，實力確是不弱，武林之中想要找著另一支更強大的實力，簡直難之又難，但此事關係重大，加之一月以來，大家心事沉沉，都不免有點緊張的感覺。

這一夜大約在初更時分。忽然老董先生密室中傳出一聲悶吼及喘息聲。

當時守在室側的是董老二母子兩人，二人一齊吃了一驚，董夫人面色緊張地說道：「孩兒，你快去叫你姨媽——」

董老二急忙去叫，兩位董夫人側耳伏在房門聽了一會道：「咱們只得試一試了。」

董老二在一旁不解地問道：「試一試什麼？」

兩位夫人揮揮手道：「等會兒再說，你千萬不可離開太遠，也不可相擾你父，此刻乃是生死關頭！」

兩人說完匆匆離開，董老二心中雖奇，但這幾日來見多不怪，也不再追問。

其實，兩位夫人是為董老先生入秘谷取可救命之千年神果，後死於秘谷中。

董老二獨自在黑夜中呆立了一會，這時山風呼呼肆勁，有一種氣氛，似乎什麼巨大的變化立刻要出現，壓得人喘不過氣。

突然，他似乎瞥見人影一閃而過，心中一震，難道是來了敵人？

須知當初董老先生擇此谷而隱，不願外界相擾，在入谷之道封有巨石，除非有絕世之內力勉力相推，否則非自內相啓不可，這時竟有敵蹤，而且遲不來，早不來，正好湊準這個關頭，簡直令人不可思議。

董老二呆了一呆，一個可怕的念頭陡然閃過他的腦際，莫非……大哥，只有大哥出谷一趟……

這個念頭掠過他的腦海，他的心整個一沉，但立刻他便想到這是多麼荒謬的想法！

他沉吟了一會，身形輕輕一閃，隱入一叢樹蔭中，想暗中瞧瞧，方才那條人影，是非真是敵人。

大約過了一盞茶時分，左方響了一陣足步聲，只見黑暗中一個人影走了過來。

那人影左右張望一陣，口中怪呼：「二弟、二弟。」

董老二一聽原來是大哥，正想相應，只見大哥忽然一轉身飛快離開。

他心中又是一怔，驀然之間又是一條人影掠了出來。

他眼角一掃，已知這個人影絕非谷中之人，果然來了外敵，心中不由一緊。

那人影一掠而向密室，董老二陡然大吼一聲，騰身而起，猛可擊出一掌。

董氏兄弟的功力，已得乃父十之八九真傳，年紀雖輕，而內力造詣已是一流高手，這一掌他又是全力施爲，長空空氣陡然裂開，猛發出「嘶」地一聲！

那人影刷地一個反身，雙手一上一下相搭，一翻平撞而出。

他變招好快，呼地一聲，兩股內力相擊，董老二只覺全身一震，那人身形也是一晃。

雙方似乎都怔了一怔，那人一聲不響，身形陡然一閃掠去。

董老二正待急跟而去，忽然身後足步又起，他心中一動，聽足步聲分明大哥又來了，自己不如先藏起身來，看看大哥的行動，他此時心中充滿懷疑及奇怪，對那外敵之出現，反倒不甚注意。

他心念一轉，閃身向左，但是他身形才動，那足步聲陡止，大哥身形一掠而出，奇聲道：「二弟，你躲藏什麼？」

董老二不料已被大哥瞧見，心中大窘，只得現身，吶吶道：「大……大哥，來……了外敵！」

董老大奇異地看了他一眼，停了一下才道：「是啊，我方才在外面一共發現有兩個敵人。」

董老二心中一動道：「兩個？我方才和一人對了一掌！」

董老大道：「是了，他們方才和我方一交手，便分開逸去，我來此就是告訴你一聲——」

董老二心念一轉，他心中疑念大生，口中卻道：「咱們分頭去找。」

他奇異地望了大哥一眼，卻瞥見大哥面上充滿著疑惑，雙目也正望著自己。

二人心中都微微一震。董老二又道：「只是方才母親命我決不可離開此地，以免為敵人所乘——」

董老大啊了一聲道：「母親到哪兒去了？」

董老二道：「兩位母親突聞室中喘息之聲，立刻神色緊張走向後谷而去——」

董老大奇道：「後谷……」

董老二吃了一驚，道：「什麼？你——你說又到那夜那絕壁之處？」

董老大面上露出煩惱的神色道：「真是令人百思不得其解。」

董老二也呆在一邊，好一會才道：「咱們當下是否要去搜尋敵蹤？」

董老大默不作聲，面上卻露出苦思神色，驀然他一頓足，說道：「這敵人會是從何處入谷而來？」

董老二神色一變道：「這個，兄弟也正懷疑！」

他心已生疑念，神色之間自是不十分自然，董老大卻似乎沒有注意到此事，冷冷道：「我想是出了內奸！」

董老二衝口道：「誰是內奸？」

董老大搖頭不語，董老二心中忖道：「他，他這話是何用意？」

口中忍不住道：「咱們這兒一共只有幾人……」

董老大搖了搖手道：「且慢！」

只聽呼地一聲，一條人影一掠而過。

董老大猛吸一口真氣，身形比箭還快，刷地緊追而上，留下滿腹疑雲的董老二愣在當地。

他此時心中思潮起伏，大哥方才所言難道特別有什麼用意，本來他就一直懷疑此事，這時更是疑念重重，思之不解。

怪老頭說到這兒，忽然住下口來。

眾人正聽得入神，齊天心忙道：「老前輩，以後呢？」

五五　異事重重

老人不語，似乎忽然之間，被另一個問題吸引了思想，齊天心催了兩次，他只是搖頭苦思著。

過了許久，老人摸了自己的腦袋，緩緩地道：「所以說這個世上再沒有比董家這件事更不通的了——」

齊天心道：「不通？」

老人道：「你想想看，老子和兩個老母同時死了，兩兄弟搞不清楚是誰幹的，你說我是兇手，我說你才是兇手，還有比這更爲烏七八糟的嗎？」

其心道：「故事還沒有說完呢——」

老人沒有回答他，卻是自言自語地岔開道：「目下最需要解決的一個問題是——我怎麼沒有被毒死？難道說天魁所說的什麼毒桃之話是假的不成？」

他又搖了搖頭，喃喃道：「不可能的，天魁與天禽在桃樹下談話時並不曾發現到我在偷聽呀……」

齊天心道：「你老人家確信此時體內毒素已無存了嗎？」

老人點了點頭，他忽然喃喃地道：「是了，我想起來了，那年我也曾中毒一次，無緣無故地自解了，如此說來，莫非……莫非我體內有天生抗毒的能力。」
其心一聽到他這一句話，心中一動，忙問道：「你是說以前也曾中毒一次？」
老人道：「是哪一年的事我都記不清了，嗯──那時我最多十歲左右……」
齊天心暗道：「他頭腦清醒的時候，甚至連十歲時候的事也記得起來，可見他的瘋病一定有辦法醫的。」
老人繼續道：「有一天我在山上玩，那時正是夏天，山上草叢穿來穿去儘是蟲蛇，我從小膽子就大，帶了兩個瓦罐就捉長蟲回家去嚇唬鄰居的小孩……」
這瘋老人說起童年時的事情，臉上居然現出怡然神往的神色，只聽他道：「忽然之間，草叢中鑽出一條五彩閃光如錦緞般的小蛇來，太陽光照在蛇身上真美麗極了，我心中大喜伸手便捉──若說捉蛇，我從小就玩慣的了，便是專門玩蛇的藝人也不見得有我在行，譬如說，這是蛇身……」
他一把抓住雷以惇的獨臂，一面比方著說，他捏住雷以惇的手腕道：「比方說他拳頭是蛇頭，這裡叫七寸子，只要這麼狠快準地一捏，什麼蛇也不中用了，嘻嘻。」
他似乎已經忘了應該說什麼，扯著雷以惇的手臂只顧得替自己吹牛，吹得天花亂墜還不肯休，還是其心提醒他道：「您老人家那時候捉蛇就那麼厲害，真是了不起得很，後來呢？」
老人意猶未盡地嚥了一口口水，道：「後來呀？嘿，豈料那條蛇大不比尋常，也不知道牠怎麼一扭，我就抓了個空，立刻就被牠牢牢地咬住了手背──」
其心緊張地問道：「後來呢？」

老人道：「我當時一氣之下，伸左手抓住牠，猛然發出內力，便把那蛇捏死了，就在這一剎那，我背後有人大叫道：『喂，不要弄死牠！』只見兩個大漢飛奔過來，一見那蛇已經死了，登時一個個暴跳如雷，破口大罵道：『完了，完了，他媽的完了，咱們守了整整一年！』另一個伸掌便打我，大罵道：『小雜種，你是死定了！』那時我年紀雖小，武功還有一點根底，揮拳就架，豈料那漢子的內力竟是出奇之強，三掌就把我打得口吐鮮血，倒在地上……」

其心聽到這裡，他腦海中彷彿出現了一條極有力的線索，但是他卻無法清楚地抓住它。他皺著眉，凝視著老人。

老人道：「那兩人把死蛇踢開，喃喃地道：『唉，好不容易找到這條十錦金線，守了整整一年，卻被這個小雜種糊里糊塗地給弄死了，唉，藥是配不成了——』」

其心的眼睛一亮，他打斷問道：「您是說『配藥』？」

老人道：「不錯，那時他們就是這麼說的——我待他們走後，悄悄爬回家去，家人一聽到『十錦金線』全都變了色，說這是世上最毒的蛇，要我服下了祖傳秘製的大還散後說，這大還散托住毒性一個月，一個月內若不能找到千年靈芝，我的小命要完了——」

齊天心道：「結果你找到了千年靈芝？」

老人道：「結果呀，靈芝也沒找著，我也沒有死，一點事也沒有，你們說怪不怪？」

其心聽到這裡，心中忽然閃過一絲光明，這一線微光在他腦海中宛如醍醐灌頂，他心中原聚積著的那些似懂非懂的問題一個連接著一個，霎時之間都尋著了答案。

他興奮地站了起來，道：「現在讓我也說一個故事，一個關於『南中五毒』的故事——」

大家的目光都移到其心白臉上來，其心道：「南中五毒是武林中人談之色變的劇毒，這五毒分開來看全是世上最毒的毒藥，比較起來，這五毒中毒力最輕的一種就是方才所說的『十錦金線』蛇的蛇膽了——」

齊天心道：「十錦金線還算是毒力最輕的一種？」

其心點首道：「不錯，這十錦金線蛇是蛇中最怪的一種，大凡毒蛇的蛇膽都無毒，而且是上乘補藥，只有這十錦金線的膽汁奇毒無比，更奇的是這蛇膽必須是活生生的蛇剖腹取出才有用，死了的再取出來，就沒有毒性了。」

董其心接著道：「南中五毒裡的其他四種劇毒又有一樁怪處，這四毒分開看雖是世上最毒之物，但是合在一起時，四毒相攻，竟是正好相抵，成了無毒之物，但若將十錦金線蛇膽一加入，這種以毒抵毒的平衡馬上就被破壞，而成了毒中之王的南中五毒，是以這十錦金線的毒性雖不及其他四種，卻是南中五毒最重要的一種引子——」

眾人聽他說得神奇，多有不信之意。齊天心最是坦率，立刻問道：「董兄是從哪裡得知這些道理？」

其心笑道：「兄弟與瞽目神睛相交一場，耳濡目染也多少省得一些。」

雷以惇道：「是唐瞎子告訴你的，那就絕錯不了啦！」

其心道：「齊兄，現在請你想一想，咱們的內功運氣之間，有什麼地方是與天下內功都不同的？」

齊天心想了想道：「咱們的內功在升氣至丹田之時，比天下任何一門內功都多了一種烘托之韌勁。」
其心道：「正如齊兄所言，世上沒有另一門內功具有如咱們這種韌勁的，如果說那十錦金線的毒性是一種內滲性的，那麼——」
其心還沒有說完，齊天心已叫道：「啊，你是說修練咱們這一門內功的就能自然把毒性托住——」
其心道：「一點也不錯，但是對於滲透性的十錦金線毒，咱們功力再深也只能托住而已，卻是萬萬難以將之逼出體外，是也不是？」
齊天心道：「不錯，只因要施內力相逼，必要先鬆了那托毒的韌勁，那毒若是浸入得快，已經來不及了。」
其心道：「這就是了，若是咱們中了這蛇毒，正用內力托住毒勢之時，忽然有一巨大的外力打在咱們身上，譬如說，一股足以叫咱們重傷的大力打了上來，那又會如何？」
齊天心叫道：「是了，是了，唯有在借外力猛擊之下，正好將托住的毒素逼出體外，這真是巧奪天工的造化，難怪咱們這位老先生連中兩次毒都能自解裕如了。」
其心道：「老先生兩次中毒後都曾被人重重掌擊，是以提醒小弟想起這個道理來，這一次老先生雖然中的是南中五毒，但是這五毒中只要這最難解的十錦金線毒一解，其餘的四種劇毒正好成了互相抵消的局面，老先生自然是無藥自解了。」
雷以惇歎道：「董兄弟好細密的思想，一席話令咱們茅塞頓開，天下之大，真是無奇不有，只怕當初製造這南中五毒的人萬萬想不到世上還有這麼一種古怪的解法吧。」

其心暗道：「若說解法古怪的話，當初我中了五毒之時，瞽目神睛隨手搓了泥丸命我吞下就解了奇毒，那才真要叫發明南中五毒的人氣得吐血三斗呢。」

齊天心道：「有董兄這一番解釋，難怪咱們這位老先生能死而復生了！」

世上的事往往微妙不可理喻，其心腦海的死結不知前前後後反覆被思索過幾千次而不得要領，這時竟被齊天心這句話中輕描淡寫的「死而復生」四個字給解開了！

這「死而復生」四個字猶如一個當頂巨雷落下，其心癡然地道了一聲：「死而復生？……死而復生？……」

齊天心見其心的臉上顯出奇異的神情，上前問道：「怎麼……」

他話尚未完，其心猛一把抓住他的衣袖，叫道：「是了，是了，只有這樣的解釋才合理，只有這樣的解釋才合理……」

齊天心道：「什麼解釋？」

其心道：「方才咱們與天禽拚鬥到最後時，有一個漢子飛縱而來，各位都見著了？」

齊天心道：「見著了，他怎麼樣？」

其心道：「這個人，我曾親眼見他死過一次！」

眾人都吃了一驚，雷以惇道：「你是說那人死而復生？」

其心道：「一點也不錯──」

齊天心道：「也許你瞧見他死時，是他在裝死？」

其心搖首道：「不，不可能的，我親眼看見他中了唐瞎子的南中五毒！」

南中五毒！南中五毒！

每個人的心中都在這樣想。

其心道：「我瞧見他中了毒，也挨了掌傷，是以能夠死而復生……」

他話尚未說完，齊天心已搶著說道：「如此說來，你是說那人具有咱們這內功？」

其心重重點了點頭道：「若是我的推測不錯的話，就正是如此了——」

齊天心道：「那怎麼可能？」

董其心也在自問道：「那怎麼可能？」

忽然——

齊天心叫道：「我明白了，我完全明白了！」

其心道：「什麼？」

齊天心道：「那個管家——只怕就是你所說，死而復甦的人了。」

其心想了想，興奮地道：「一定是這樣的，不然這世上怎可能還有這麼一個會董家內功的人？」

雷以惇一直旁聽著，這時問道：「老先生，你可曾收過弟子？」

怪老人道：「從來沒有。」

雷以惇向其心點了點頭，表示也贊成兩人的推測。

其心道：「這姓秦的管家為什麼會不死於當年之變呢？」

齊天心道：「這必是問題的關鍵所在！」

其心道：「也許——也許，當年有強敵闖入了那絕谷，而姓秦的就是內應！」

齊天心道：「正是，不然外人怎能進得了絕谷？」

他們兩人推想到這裡，滿腔熱血沸湧了上來，再也無法深思下去，幾乎是一齊地叫出來：「咱們去尋那姓秦的！」

雷以惇道：「兩位且慢，這其中大有值得深思之處。」

其心一時的激動難以壓抑，這時被雷以惇這麼一提，便覺得的確不錯。雷以惇道：「譬如說，姓秦的既是當年董家的管家親信，他爲什麼要引狼入室？」

齊天心是火爆脾氣，他叫道：「咱們不必花心思去想這個，只要擒住了他，還怕他不說嗎？」

其心道：「齊兄的話也有道理——」

雷以惇道：「還有一點，那姓秦的現在既是和天魁天禽混在一起，那麼，那麼——」

雷以惇說到這裡，皺著眉頭停了下來，齊天心道：「那麼怎樣？」

雷以惇道：「那麼當年那變故會不會與天魁天禽有關係？」

這一言有如平地焦雷，齊天心和董其心都是重重地一震，茫茫然有不知所措的感覺。

這時，那怪老人道：「那邊有人來了。」

其心抬頭一看，只見正是藍文侯、馬回回與穆中原三人匆匆趕來。

藍文侯走近來問道：「情形如何？」

他望著怪老人，臉上露出驚異的神色。其心道：「天魁天禽咱們都碰過了，就在前面—

——」

馬回回叫道：「你們動了手？」

其心點了點頭道：「現在沒有時間詳談——藍大哥，以前咱們曾碰過的那姓秦的你可還記得？」

藍文侯點頭。其心道：「他也在前面，咱們這就去尋他——事情十分重要，以後再詳談。」

藍、馬、穆三人都互投了一個不解的眼光，於是七人開始向前行了。

齊天心最是心急，他奔在前面，飛縱如箭，其心趁這時候把大概情形對他們說了一下。藍文侯不禁驚疑萬分地道：「哪有這麼巧的事情？」

其心急道：「除此之外，再沒有更合理的解釋了。」

他們穿過一片林中，忽然，走在前面的齊天心停下身來——

其心叫道：「怎麼啦？」

半晌才聽到齊天心的回答：「完了，已經死了！」

其心大吃一驚，飛步上前，急問道：「你是說那姓秦的？」

齊天心道：「一點也不錯，唉——咱們遲了半步！」

其心上前一看，只見那姓秦的仰面躺在地上，全身軟綿綿的，似乎骨骼全被上乘掌力震碎了。

其心和齊天心在屍首上查看了一下，心中都有了結論，這是天禽下的手！

藍文侯等人已走了上來，其心回頭道：「滅口？」

雷以惇點首道：「多半是的，那麼——咱們的推斷只怕可能性更大了！」

那怪老人道：「是了，他們早就想殺此人了，那棵桃樹上下的毒，只怕就是要對付此人的。」

其心點頭道：「一點也不錯，天魁天禽在桃樹下布毒時不是說在等一人前來嗎？那人豈不正是姓秦的？」

雷以惇道：「他們殺了他，多半只是怕他洩露出天魁天禽的秘密——」

齊天心和其心被這與自己有切身關係的巨變弄得有些糊塗了，面對著姓秦的謎一般的屍體，不禁呆住了。

驀然之間，一聲怒吼隨風傳來，眾人都是武林高手，一聞之下，立刻聽出那吼聲之中，中氣貫足，分明是內家高人，不由一齊一怔，但那聲音不是天魁，也不是天禽。

其心道：「想不到這山區中除了咱們，天魁他們以外，還有別的武林人物。」

齊天心道：「咱們要不要過去看看？」

藍文侯沉吟一會道：「聽那聲音，那人距此不太遠——不過——」

董其心點點首插口道：「反正咱們在出谷之前，也得和天禽他們再遭逢一次，咱們不如就去看看，如果又是天禽他們，咱們便和他們好好分個高下。」

眾人也無異議，於是一起循聲走去。

循聲而行，走過兩三堆山石，突然只聞「呼呼」之聲大作，分明有人正以內力掌勁相戰。

搏。

眾人對望一眼，一齊長身而望，只見十多丈以外，好幾條人影坐著站著，有兩個人正在相

眾人行近數步，天心眼尖，驚呼一聲道：「那，那不是少林寺不死方丈嗎？」

眾人都大吃一驚，少林不死和尚好多年寸步不移少林寶刹，這時竟在荒山相遇，不知生了什麼巨變，連這個佛門高人也下山而來。

再走前幾步，定目一望，只見不死和尚盤膝坐在一方山石之上，右方站著一個僧人，另外一個僧人正在與對方相搏，果然不出所料，那敵人正就是怪鳥客。

怪鳥客身後站著鼎鼎大名的天禽，齊天心遙遙喝道：「咱們又遇上了。」

天禽早就看見了他們一行，卻絲毫不動聲色，齊天心喝了一聲，他頭都不抬。

其心走近去，那少林僧人不識得其心，一時不明身分，不由怔了一怔。

齊天心忙道：「天傷師兄，你瞧——」

他話未說完，穆中原大踏步走上前來，拜倒地上，恭聲道：「師父——」

不死和尚雙目一睜，微微笑道：「天若，你也來了，齊公子，這下正湊巧，老僧正四下找尋你。」

這時眾人都走近來，一一見過不死和尚。

齊天心急問道：「方丈伯，您怎麼也下山了。」

他跟著父親以道士身分久居少林寺內，是以認得眾僧，不死和尚答道：「老僧找你父親，要仔細商談一事。」

齊天心哦了一聲道：「那麼怎麼會和天禽碰上的——」

不死和尚面上微笑一斂，說道：「好險，老僧險遭暗算！」

大家吃了一驚，不死和尚道：「老僧帶著兩個弟子，路過山區——」

這時場中突然一聲大吼，怪鳥客身形陡然暴起，雙掌交錯一拍而下。

這一掌力道好不威猛，雙掌起落處，挾起嗚嗚之聲。

不死和尚目光一掠，面色微沉。

說時遲那時快，那少林僧人只覺勁風壓頂而至，猛吸一口真氣，雙掌一陰一陽，硬迎而至。

不死和尚面上微微一緊，只聽轟然一聲，兩股力道硬硬相碰。

怪鳥客的內力造詣，其心知之甚詳，心中不由為那僧人暗暗捏一把冷汗。

卻見那僧人雙臂陡然一沉，那麼強硬的力道竟一收而回。

羅之林面帶獰笑，內力一吐而出。

那僧人這時才提氣吐力，力道一觸而凝。

這一來那僧人一收一發之際，真力純至十二成，羅之林連發兩次內力，一口真氣難免有些不純，相較之下吃了小虧。

不死和尚到這時才吁了一口氣，放心地望望場中道：「眾位施主必然疑惑老僧方才所言險遭暗算之事——」

眾人見場中一時僵持，並不吃緊，自是急於知道後果，一起道聲「是」。

不死和尚道：「老衲和兩個弟子路過山區，經過前面一條羊腸之道處，忽然之間，這位和小徒相鬥的施主攔住去路。」

齊天心道：「這個傢伙就是江湖上人所謂的怪鳥客。」

不死和尚頷首道：「老僧兩位小徒立刻上前相問，忽然之間，左方削壁之上，轟隆一聲巨響，一方巨石直落而下。那石塊落得好不急速，兩位小徒一齊怒吼，知是爲人算計，正待後退，那怪鳥客陡然發難。小徒身形不由爲之一窒，敢情對方早已算計巧妙，眼見那巨石就要落在兩人頭上。」

齊天心道：「那巨石重嗎？」

不死和尚淡淡一笑，緩緩站起身來，指了指座下的石塊道：「就是這一塊！」

只見那方巨石巨大無比，從高處推落，想像中便可知道威勢之猛，眾人都不由抽了一口冷氣。

站在不死和尚身後的天傷僧人這時忍不住插口說道：「當時貧僧只覺頂上勁風呼嘯之聲尖銳刺耳，但一時又脫不了身，不由急得出了一身冷汗。正在這時，恩師身形陡然一掠而上，對準那巨石緩緩推出一掌。這一掌力道奇大，巨石落勢頓減，恩師雙手平舉，托著那石塊，緩緩地放在地上——」

眾人都不禁哦了一聲。

不死和尚道：「老衲冒奇險出掌一試，僥倖這幾年閉關，領悟一種綿長之力，最能抵抗暴剛外力……」

其心插口道：「方才那位大師出掌相抗怪鳥客，想來便是這種內力了？」

不死和尚點首道：「但那巨石威力太大，老衲但覺氣血一陣浮動，忙坐息不動，這時那天禽也出現了，但他並不立即出手，只冷冷在一旁觀戰。」

其心道：「天禽爲人最工心計，不知又有何陰謀。」

這時場中兩人內力相耗很多，逐漸分出強弱，羅之林到底是力高一籌，雖在出力之際已吃了小虧，但仍逐漸取得上風。

不死和尚長眉微皺，沉吟一會開口道：「天常，你回來吧。」

羅之林面上殺氣一現，冷冷道：「還走得了嗎？」

不死和尚冷冷一哼，陡然上跨一步，寬大佛袍一抖，右手一舉而立。

羅之林不料不死和尚竟會出手，他方才目睹不死和尚掌接巨石，這少林的方丈可是愈老愈厲害了，心驚之下，力道不由一滯。

不死和尚神目如電，大喝道：「天常，『回頭是岸』！」

天常僧人右手陡然回撤，左掌一拍而出。

剎時力道大增，羅之林整個身形一震，天常腳下斜踏兩步，收掌而立。

羅之林呆了一呆，怒道：「你乾脆也上來吧。」

不死和尚冷冷一笑，不理會他，對天禽望了一眼說道：「溫施主別來無恙？」

溫萬里面上仍舊是陰森森的，乾笑一聲道：「托福，托福。」

不死和尚道：「溫施主師徒相阻老僧，不知有何吩咐？」

溫萬里望了望他，目光一轉，落在其心及天心一夥人身上，仰天冷笑道：「敢問大師親下少林，所爲何來？」

不死和尚淡淡道：「老衲找尋一人。」

溫萬里冷冷道：「誰？」

不死和尚面色一沉，低聲道：「溫施主可是真不知道嗎？」

溫萬里冷冷笑道：「以大師之見如何？」

不死和尚冷然道：「此事事關緊要，溫施主若是不知道嘛，那是最好不過，若是知道，還請三思而行！」

溫萬里面色一沉道：「大師語重了。」

不死和尚又道：「此事湮沒武林三十年，天網恢恢，疏而不漏，遲早有水落石出一日，溫施主若與此事無關，最好及早收手，否則天罪其歹，死無葬身之地！」

溫萬里冷冷一哼道：「大師之教，老朽不敢拜領。」

不死和尚宣了一聲佛號道：「如此，但憑施主——」

溫萬里怔了一怔，忽然上前一步。

不死和尚又宣了一聲佛號：「再願施主三思！」

溫萬里冷笑道：「老朽思之再三，不容大師再言，老朽方才目睹大師力推巨石，功力非凡，嘿嘿……」

不死和尚面上陡然掠過一絲神光，冷冷道：「施主但有所命，老僧敢不相陪——」

溫萬里哼了一聲，一連跨了前三步，距那不死和尚只有一丈左右，冷冷道：「老朽也有一言相勸，大師事不關己，不如及早抽身——」

不死和尚淡然道：「理之所在，義不容辭！」

溫萬里呆了一呆，陡然一揖而下。

這時只見不死和尚合十當胸，寬大僧袍之上驟起千百條紋。

溫萬里頷下白髯根根倒豎，衣衫也是壓體欲裂，只見不死和尚面上掠過一絲紅氣，溫萬里緩緩直立身來，一連後行三步道：「得罪！」

轉身一招，和怪鳥客兩人身形驟起，凌空一躍剎時已在十丈之外。

眾人都驚了一會，不由一齊驚呼一聲，只見不死和尚雙目微啓，開口道：「好……」

「哇」地一口鮮血衝口而出！

穆中原和天傷、天常三人驚呼一聲，搶上前去，不死和尚搖搖手道：「沒事！沒事！」

藍文侯道：「咱們追過去，好好和天禽拚一場！」

不死和尚微歎道：「不必，天禽去之遠矣！」

穆中原道：「師父，您受了內傷嗎？」

「世稱天座三星舉世無雙，絕非虛言，老衲勉力以數十年內力相抗，持下風平手，他卻仍有餘力，竟以蟻語傳聲，一語驚人，老衲心神巨震，內力運之不均，氣血受震……」

齊天心恨恨道：「他說了些什麼？」

不死和尚神色陡然一沉，目光掠過眾人，一字一語道：「他說：『從此武林無少林』！」

五六　真相大白

不死和尚盤膝運功，好一會才睜目道：「沒事啦。」

齊天心性急，早已忍耐不住道：「方丈伯，方才天禽問您下山爲何，您說要找尋一人？」

不死和尚點點頭道：「老衲要找的人，正是齊道友！」

天心急道：「父親？他……」

不死和尚又道：「齊道友這次離山之前，曾告訴老衲，有一封密柬，他藏在閣中，叫老衲在他離去三個月之後開啓一看——」

天心奇道：「哦？什麼密柬？」

不死和尚道：「老衲如期一看，簡直大吃一驚，老衲雖在平日已知齊道友的部分身世，但不想牽連如此重大，是以老衲破例下山親自相尋。」

董其心忍不住插口道：「那封密柬說明了什麼？」

不死和尚看了他一眼，緩緩說道：「那柬上說明天劍地煞一生的關鍵！」

所有的人都忍不住驚呼出聲，那瘋老人插口說道：「上面寫著些什麼？」

不死和尚微微一怔，他並不認識這瘋老人，齊天心忙道：「這位是家父的叔父……」

不死和尚吃了一驚道：「施主——你可是老董先生之弟——失敬失敬，那柬上是如此說的……」

故事要先溯至老董先生最初退隱之時，江湖之中出現了一個魔頭，指名向老董先生索戰，老董先生於是派了兩個兒子出谷而去。這一出谷，兩兄弟之間便生有隔閡，這乃是由於有一日，兩兄弟來到一個小鎮上，鎮上武林人物紛紛雲集。

兩兄弟不知發生了什麼事，青年人到底比較好事，便一起留在鎮中。

兩兄弟慢慢打聽，已知一個大概；原來江南第一大鏢局飛龍爲了押送一隻重鏢，全局總動員，由總鏢頭飛龍八步龔老鏢頭率領。

這一隻鏢立刻引起了武林人物的留神，一路上都牢牢盯住鏢局的行蹤。

這一日到了這小鎮外，穿過一個密林，突然之間天降暴雨，濃雲密佈，林中有如黑夜。

等到大雨一止，五輛鏢車都被劈開，十八名護車鏢師每人心口釘了一箭，都死在血泊之中。

飛龍八步失蹤不見，這等慘事立刻傳了出去，武林中人一片嘩然，兩兄弟聽了這消息，也不由暗暗吃驚這下手人的手法高明及毒辣！

兩人私下商量，覺得還是不管這事爲佳，於是便歇在一家店中。

這日夜晚，兩兄弟中的老大久不能成眠，他到底是少年人心性，百般無聊之下，便想出去一趟，趁便還可以打聽打聽消息。

他雖知此事不應瞞住兄弟，這樣做，好像是故意支開兄弟，一人加手此事，好像自己和這件事有什麼秘密關連一般。

但他仍忍不住披衣而出，方一出店，便發現了怪事。

只見兩個黑影在不遠處一閃而滅，那身形之輕快，簡直令人咋舌。他心中一震，一掠而前，只見那兩條人影沿著屋脊，一幢接一幢的房屋，向前直奔。

他跟了一陣，突然那兩個人影停下身來，到了一個街邊的大廳房上。

他小心翼翼地停下身來，這時他心中早就忘記了兄弟之事。

忽然之間，那兩個人影一齊落下房來，站在門前交頭接耳一番。

兩人大約是預備破門而入，正在這時，忽然「砰」地一聲，兩扇木門陡然開啓，呼地一聲，一條人影疾衝而出，手中明晃晃的一閃，顯然是長劍出鞘。

那兩人似乎吃了一驚，不約而同一齊飛出一掌，那衝出之人長劍齊胸一封，卻不料這兩人掌力之強，令人難以置信，內力陡發處，那手持長劍的人全身有如受巨錘一擊，呼一聲，一道匹練似的白光通天而起，敢情那人的長劍已被一擊脫手而飛。

「砰」地一聲，那人一跤跌在地上，隱在暗處的董老大心中也不由暗暗心驚不已，這兩人的內力造詣，的確已達到驚世駭俗的地步。

那兩人怔了一怔，一齊上前，蹲下身來，一人在懷中摸出火熠，迎風一晃，火光下，只見那伏在地上之人一動不動，多半是死了。

兩人對望一眼，在他懷中搜索了好一會，摸出一個小方盒。

正在這時，驀然四周黑暗之處亮起一排火把，一個冷冷的聲音道：「朋友，慢點兒。」

那兩人緩緩起身來，冷然道：「是哪一位朋友？」

那一排人中走出一個年約五旬的漢子，一身布衣，背上斜斜插著一柄長劍，哼了一聲。

「江南鄧文心就是在下。」

那兩人這時反過身來，火光之下瞧得分明，只見兩人面上都戴有人皮面具，瞧不出真實面容。

那鄧文心見兩人並不理會，又是一聲冷笑道：「兩位神功驚人，一掌擊斃江南飛龍八步——」

那兩人之一冷然答道：「飛龍八步下手殘殺自己兄弟，想嫁禍江南武林，獨佔巨寶，用心之狠世所罕見，咱們兩人幫你們除去一害，你們還不感謝嗎？」

鄧文心冷笑道：「兩位請留下那盒兒，鄧某再謝恩不遲。」

那兩人一齊冷笑不答。那鄧文心陡然一揚手，一排壯漢突然每人拿出一具強弓，對準兩人。

鄧文心冷笑道：「你兩位雖具神功，這等距離之下，自問可否逃過這連環箭陣？」

那兩人對望一眼，這時兩人站在屋頂距地不到一丈，強弓一發，箭如雨下，的確不易逃躲。

鄧文心仰天一笑道：「兩位仔細想想，留下盒兒，或是找死！」

這時伏在暗處的董無奇無端生出一絲相惜之心，心中暗暗忖道：「這姓鄧的無禮！而且一臉邪惡之色，我不如先暗中幫這兩人一忙。」

其實他連認都不認得這二人，卻生出這等想法。忽聽那兩人之一道：「鄧文心，你可不要後悔！」

鄧文心怪笑一聲，說時遲，那時快，董無奇抖手一揚，一大把制錢脫手飛出，「噗噗」數響，刹時四週一暗，火把全被打熄。

一亮一黑之際，那兩人何等機變，立刻出手，只聞鄧文心一聲慘叫，兩人長笑之聲一閃而滅。

董無奇吁了一口氣，忙長身而起，幾個起落已追上那兩個人，叫了一聲道：「兩位慢走！」

兩人回過身來，打量他一眼道：「這位是——」

無奇笑了笑道：「兩位方才好快身法。」

那兩人對望一眼道：「原來是兄台相援——」

說著一揖到地，這時突然遠處響起一聲尖嘯，董無奇面上一變，原來那新出世之魔頭相傳最喜尖嘯，無奇一聽之下，暗暗忖道：「目前得知爹爹身病，叫我和二弟速返，不得再與那魔頭一搏，不想偏偏在此相逢——」

他正沉吟之間，那兩人卻慌慌張張施了一禮道：「對不起，咱們有急事，相助之情日後再容相報——」

不待無奇回答，已連袂而去了。無奇呆了一呆，隱約之間感到這兩人與那魔頭可能有些關連，但也不容多想，便匆匆趕回客棧。

回到客棧，卻見二弟端端坐在自己房中，一臉懷疑之色，心中不由有氣，無公問他外出何爲，他只含混以對。

無公也不再多問，卻似乎對他開始有了猜疑之心。他也不放在心上，好在兩人次日就啓程返回。

這樣，一直到了老董先生閉關苦練神功，又發生了巨事。

有一日深夜，董無奇躺在床上不能入睡，這幾日以來，他滿腹疑雲，索性爬起身來，一個人緩緩走到谷中。

這時天上月亮微弱，谷中一片黯然，他走了幾步，突然覺察到一絲微微聲息。

他心中一驚，連忙一掠身形，閃在一叢樹後，只覺那聲息漸大，好像是足步之聲。

他緊張地等待著，忽然那足步聲一止。

他微微一怔，突然前方不遠之處又響起另外一陣足步聲。

他心中一動，原來左方那人大約是覺察到前方又有來人，是以止下足步，這樣看來，除自己之外，一共有兩人也來到這谷了。

他心中暗忖：「爹爹將這谷中通路已封，凡是出現在谷中的，都是自己人，不知是哪兩人鬼鬼祟祟的——」

他心思未完，前方走出一個人影，但距離約有十多丈，朦朧之中實在分辨不清。

那人影走了幾步，停下身來，沉吟了一下，返身走向谷的出口小道。

董無奇心中一緊，忖退：「不好，這人要想出谷，倘若這人是自己家中之人，如此鬼祟難道有所奸計？倘若是外來之人，他之入谷，必有谷內之人相接，此時一出谷去，爹爹閉關之事立刻外傳，哼哼，這樣看來，咱們谷中多半出了內奸，我非得在他未出谷之前，瞧瞧他到底是什麼人！」

他心念一定，緩緩提起一口真氣，慢慢直立起身來。

這時那人已走到巨石出口之旁，伸手去摸索那啓石的機關。

董無奇再也忍耐不住，一聲不響，身形一掠三丈之外，再一起落，到了那人身邊！

他只覺身旁呼地一聲，心中想大約是方才隱在左方的那人也出手了，此刻他心中正注意那準備出谷之人，是以不暇回顧。

那準備出谷之人，此時似乎也已發覺身後有人，呼地一個反身。董無奇想也不想，右手緩緩拍出一掌。

這一掌純是陰勁發出，他一掌方吐，只覺身後也是呼地一聲，一股巨大的力道自左方掠體而過，直襲向那準備出谷之人。

董無奇只覺左方這一掌好不威猛，看都不用看就知它是兄弟無公所發，而且內力所用，完全是陽剛之道。

他心中驟驚，但力道已發，原來老董先生一門有一種特別的功夫，就是有兩種內力，各走極端，倘若相輔發出，衝擊之力完全抵消，打到一個人身上，那人絲毫不受力道，但一陰一陽相輔之下，無聲無息之間，已將對方主脈擊中，三日之後必死無疑。

就因為這種功夫太過厲害，老董先生一再告戒兩兄弟不到生死關頭不可施用，此時兩兄弟都是一時之急，無巧不巧，一人出陰勁，一人出陽勁，眼看兩股力道一合而消，董無奇心中暗暗著急，又有些後悔不知到底對方是何人。

那人果然好似並沒有遭受掌力，反身一看，這時距離近了，看得真切，原來是秦管家！秦白心目力不及董氏兄弟，朦朧中仍看不清，他開口道：「二夫人，是我！老秦！」

董無奇只覺心中一震，忖道：「糟了糟了，老秦敢情是二夫人所遣出谷有要事，我魯莽出手，這卻如何是好？」

他明知此刻秦白心必死無疑，卻無法相救，剎時簡直不知所措，不由自主之間，慢慢退向後方。

想來那董無公必也是大悔，是以也未出聲作答。

他心中思念起伏，想到禍事已闖，這兩天爹爹閉關最爲吃緊，兩位母親又憂心重重，簡直不知如何解脫，心中不斷思索，足下已退向黑暗之處。

這件事發生之後，兩兄弟心中都不能自在，兩人相遇，也絕口不提此事，好在那時距開關之日不過兩天，大家都很緊張，秦管家的失蹤，並未引人注意，而兩兄弟的注意力也逐漸被父親的情況所引注。

不死和尚將當年的經過說到這裡，眾人都不由啊了一聲。

那瘋老人歎了一口氣道：「怪不得當年兩兄弟分別給我指述經過時，說到這兒，都有些不自在，敢情他倆都隱去了這一段經過——」

其心的嘴角微微一動，心中忖道：「秦白心，原來又是秦白心，他又死了一次！」

他想開口說幾句話，但心中又未完全想通，微一轉念，乾脆不說算了，不如再聽不死方丈說下去，到底是怎麼樣的結果。

不死和尚歎了一口氣，又說下去！

在前一天，董無奇曾被生母遣出谷外，去打聽九州神拳葉公橋的消息。

一直到此爲止，董無奇還不知道葉公橋和兩位母親商量了一些什麼，他只是奉命出谷打聽，毫無消息，卻遇上了敵手。

那一日他來到一座酒樓之上，方一上樓，只見樓前靠窗的位上坐著一老人。

那老人一個人低頭獨酌，佔據了好大一張圓桌。

這時酒樓上坐無虛席，董無奇往四下打量了好久，找不著空位，於是走到窗前，想在那大圓桌邊坐下。

他看了那老人一眼，道了聲「老丈」。

那老人忽然抬起頭來道：「小子，你想坐下來嗎？」

董無奇微微一怔道：「老人家還有別的人？」

那老人忽然一伸手，董無奇只覺一股奇寒的陰風一飄而至，心中不由一震。幾乎在同時，忽然左方一壺滾酒呼地飛了過來，直飛向兩人中間。

董無奇簡直被這一串變化弄得呆了，說時遲，那時快，那老人忽然伸手一抓，輕輕捏住酒壺，他掌力已發又收，運用自如。董無奇心中不由大驚，這人的內力已到達這等地步。

那老人根本不給他有多想的機會，才拿住那酒壺，砰地放在桌上，冷哼道：「失陪。」身形竟然一晃穿窗而出！

這一連串古怪無理的行動，無奇不由怔在當地，這時那老人竟當眾穿窗而出；他心中一忖道：「難道他有什麼秘密怕讓我瞧著？」

他心念一動，右手輕拍而出，一股回吸的力道應手而發，那老人身形不由一窒。

老人頭都不回，驀然反手一張，一股內力疾湧而出，董無奇只覺那力道甚強，忙提一口真氣，加強力道，那老人卻陡然一鬆力道，借無奇所發力道輕輕一閃，已落到對面一座屋脊上，再閃兩閃，已不見蹤跡。

董無奇怔了一怔，分明那老人的內力甚高，卻裝著力道不繼，難道是怕被我識出門路。

他心念一轉，反身去看方才擲壺的那張桌子，卻空空的，桌上放著兩雙碗筷，早已不見人蹤！

這一刹那的變化，董無奇被弄得昏了頭，轉念忖道：「恐怕是什麼江湖上的事情，我沒功夫去弄個清楚。」

他此時有事在身，也不再思索，便回谷而去。

回到谷中，告訴兩位母親，九州神拳葉公橋並無消息，兩人都不由長歎出聲，董無奇問及到底是何因，但兩人卻又支吾不答。

到了最後一日，也就是三十六日的深夜，谷中終於發生了巨變。

這一日夜色黯淡，天空雲層密佈，大約在初更時分，忽然老董先生密室之中傳出一聲悶吼及喘息之聲。

二位董夫人相顧失色，側耳伏在房門邊聽了一會兒，說道：「咱們只得試一試了，葉老先生來不及回來啦——」

董無公在一邊問道：「試什麼？母親，葉公橋先生做什麼了。」

兩位夫人揮揮手道：「等會兒再說，你千萬不可離開太遠，不可相擾你父，此刻乃是生死關頭！」

兩人說完匆匆走開，董無公一人呆立當地。

這時董無奇緩走了過來，那董無公卻神秘地一閃身，正想躲避無奇，卻已被無奇瞧見。

無奇心中大疑，無公吶吶道：「大哥，來……來了外敵，我和他相對了一掌！」

無奇嗯了一聲道：「方才在外一共發現兩個敵人！」

無公心中一動道：「方才我和一人對了一掌——」

無奇道：「是了，他們方才和我一交手立刻分開退去了——」

無公道：「方才兩位母親突聞室中有喘氣之聲，立刻神色緊張走到後谷而去……」無奇驚道：「後谷……」

無公吃了一驚道：「又到那日深夜的絕壁之處？」

他抬頭望了大哥一眼，只見大哥神色疑奇的望著自己，他心中一震，無奇道：「我想，咱們谷中出了內奸！」

無公忍不住道：「咱們這兒一共只有幾個人，誰是內奸？」

無奇搖了搖手道：「且慢！」

只聽「呼」一聲，一條人影一掠而去。

董無奇身形比箭還快追了上去，留下滿腹疑雲的兄弟愣在當地。

這一段經過，幾人方才已聽那瘋老頭說過，但以下的便不知道了，以下因爲兩兄弟分開，董無奇所述的只是他個人的經過。

且說董無奇追了上去，只見那人身形輕捷，一掠之下，眼看就要閃入叢林。

無奇知道若是讓他閃入叢林，再想找尋就困難了，心中一急，大吼一聲，陡然右手一揚，發出極少施用的小劍，一字形三柄，直飛而去。

那小劍飛在空中，嗚嗚作聲，威力好不強大，那人似乎也知厲害，陡然一挫身形，刷地反過身來。

只見他雙掌一翻，向空一拍，呼地一聲，那三柄小劍被他強厚內力一撞，叮地在半空中一撞，分開來散向四方。

董無奇吃了一驚，不料對方竟以這等手法破了自己的連環三劍，那人身形絲毫不停，好比流水行雲，一反身閃入林中。

這一反身，無奇心中猛震，脫口呼道：「你……是你！」

叢林中了無聲息。

無奇見他那一轉身，已斷定就是在酒樓上所見的那個老人，果然不出所料，這老人的功力簡直駭人聽聞，無奇不由呆立當地。

他心中思索了一會，忖道：「他既隱入林中，好在這裡距爹爹密室很遠，我先回去看看再說！唉！敵人竟是如此強大，單憑兄弟兩人，真不見得可以抵敵，媽媽她們到什麼地方去了？快回來還有希望！」

心中思潮起伏，連忙趕到密室前，只見無公站在室前，忙道：「二弟，咱們遇上強敵了！」

董無公道：「來敵一共是幾人？」

無奇道：「方才我追過去，那人的功力之高一定在你我之上，等會他若闖了過來，我倆拚死也得將他纏住。」

無公驚道：「比你我還高？大哥，你說，武林之中有幾個這種人物？」

無奇皺皺眉道：「唉，這可真是巧極了，咱們待這事完後，一定得好好研究一下，到底是誰走漏了閉關的消息。」

董無公嗯了一聲，沒有答話。

這時密室之中又傳出一聲悶哼之聲，董無奇心中一驚，連忙軀上前去。

無公慌忙相阻道：「大哥，母親叫我們千萬不可相擾，她說這乃是生死關頭——」

無奇道：「唉！不知母親們到哪裡去了，單憑你我之力，恐不足以相抗哩！」

這時忽然左邊房中跑出一人來，口中叫道：「少爺，少爺！」

無奇回身道：「咦，黃媽，你起來做甚？」

那人原來是董家的老佣人黃媽，她說道：「少爺，是不是來了外敵？」

無奇道：「黃媽，你去睡吧，這邊的事你幫不著忙。」

黃媽呆了一呆，口中嘀咕不停，緩緩走回房中，在她心目中，尙未知道事情的危險性，她以爲天下沒有人能夠在董家人手中佔得上風。

兩兄弟站在黑暗之中，突然之間，一條人影在右前方一閃而過。

董無公道：「他們已準備現身了，咱們怎麼辦？」

董無奇沉吟了一會，說道：「咱們就算要打，也不可被誘太遠，這樣兩人倒也還有個照應。」

無公道：「外敵就是再強，撐個百招也不成問題，大哥，那麼我先過去搜索，你在這兒守望，倘若有強敵現身，我決不會在三十丈以外，你長嘯一聲我立刻回來。」

無奇想了一想道：「這麼也好，記得，千萬不可被誘，遠離此處。」無公頷首一掠而去。

董無奇一個人想了一想，心中一動，忖道：「二弟說得對，咱們這一共幾個人，出了內奸，到底會是誰？」

老實說，他此時對無公方才鬼祟一躲，已生疑心，只是他下意識不讓自己往這一頭上去想，但隱隱約約之間，這個疑念仍始終存在胸中。

他想了想，飛步走回臥室，取出長劍及一袋小劍，束紮妥當。方才他親眼見那老人的功力造詣，心知要想守著這一關，可不能絲毫大意，等會一上來，一定要用兵刃相拚，否則希望更小。

一切準備妥當，這時無公尙未回來，估計大約已和對方動手了，他只覺自己胸中思潮起伏，久不能平，一種從來未有的緊張感覺佈滿全身。

他一個人站了好一會，找了一棵樹，坐在陰暗之處，緩緩提氣，抑止自己胡思亂想。

這時夜黑風高，樹葉之聲不斷沙沙作響，漸漸地，坐得久了思想逐漸痳木，只想著如何對敵，如何守護住這密室！不讓敵人衝進去。

約莫過了一盞茶時分，驀然右方「嗒」地傳出一聲輕響。

董無奇只覺神經一緊，右手緊捏著劍柄，緩緩直立身子。

董無奇勉強抑住自己衝動的情緒，要仔細瞧瞧，還有沒有第二條人影。

好一會，並沒有第二個人出現，那出來的人，似對這地勢不熟，一步步摸索走向密室。

突然左方樹葉一分，一條人影一閃而出。

董無奇仰天吸了一口真氣，一步步跨了出來，冷冷吼道：「慢點！」

那人一側身，和他打了個照面，一點不錯，正就是在酒樓上的那個老人。

董無奇暗暗抽了一口冷氣，那老人陰森森地一笑，開口道：「小伙子，你姓董是嗎？」

董無奇只覺他開口發言之際，有一種特殊的風度，簡直要攝人心魄，他心中微微一震道：

「你——你來這兒幹什麼？」

那老人冷冷一笑道：「來拿一本書！」

董無奇吃了一聲道：「什麼？什麼書？」

那老人冷笑道：「老董沒告訴你？嘿嘿，你快叫你爹爹出來吧！」

董無奇怔了一怔，那老人冷然道：「你不去叫嗎？那麼老夫自己進去！」

說著大踏步往前行去。

董無奇一個箭步攔在他身前，怒吼一聲！他這一吼，一半是心中焦急，一半是爲了驅除自己心中恐懼之心，是以不知不覺間聲中貫注內力直可裂石。

他吼了一聲，似乎覺得胸中較爲舒暢，右手一震，只聞「嗆啷」一聲，一道青虹繞體而生，長劍已然脫鞘而出，後退半步，凝劍以待。

那老人見他這種拔劍手法，心中不由一驚，只見他此時滿面肅穆之色，分明已經天人合一，正是最高劍術的起手姿態。董家神劍獨霸武林多年，那威力之大，變化之奇，簡直令人匪夷所思，他心中也知厲害，不由微微後退一步。

董無奇長劍出鞘，只覺豪氣一生，膽子一壯，冷然說道：「要想進去，先闖過我手中長劍！」

那老人仰天一笑道：「好說好說！如此，小心接招！」

他身隨話動，雙手一抬，一上一下，輕拂而出。

董無奇只覺兩股勁風交拂而至，他氣沉丹田，手中長劍一挑，刹時幻起漫天青光。

董家神劍的確非同小可，那老人只覺雙目一花，劍風已然襲體而生，自己攻勢不但瓦解，而且已被對方搶得主動，心中不由大吃一驚，這一式倘若由功力再高的人施爲，這老人一式輕攻，已立於必敗之地！

董無奇搶得主動，手中長劍連閃，一連削出五劍，劍光衝密而生，生生將老人逼退五步。

他一振劍訣，劍勢突然一斂，陡然間一劈而出，隨著劍刃，內力逼出「絲」地一聲尖響，剎時發出董家神劍中七七四十九式天心連環！

但見劍光連套而發，氣勢有如長江大河，裂岸而湧，一片青虹朦朧，密圍住那老人。

那老人面色沉重，這時才可看出他驚人的內力，在劍影之中緩緩固守，每一出掌，力道之猛，無奇只覺與爹爹的功力也不相上下！

無奇出劍愈快，心中顧忌之感全去，一心放手出招，劍式極爲凌厲，再加之他內力也甚深厚，每一出劍，劍風呼嘯而出，到後來劍劍連環，那銳聲密密相接，已成嗡嗡渾厚一片。

一剎時，這七七四十九式天心連環已到最後三式，這三式是最後凌厲的殺手，董無奇連發兩劍，那老人登時面上一緊，忽然封出兩掌，生生擊偏劍式。

董無奇心知還有最後一式，多半也傷不了對方，不如不發反退，立變守式，否則攻勢一盡，對方反攻起來，要守便來不及了。

他這種打法，果然正確無比，那老人何等經驗，連接兩劍，便知這連環招式必然還有最後一式殺手，只要守住中庭，內力立發，對方攻勢一盡，主客立刻相易，他正吸了一口真氣，卻見無奇劍式一挺，不貪攻勢，不攻反退，劍法一變，登時密密護住全身。

他心中暗歎一聲，口中忍不住讚道：「老董教出的好兒子！小子，當今武林後輩，劍術推你第一！」

他口中雖言，招式卻是不止，上踏半步，猛力推出兩掌。

董無奇這時已全然採取守勢，施出一套「盤石」劍式，將周身密守得有若金城玉石，老人一連攻了好幾掌，都無功而退。

這時老人似乎開始全力施爲，每發一掌，那內力之重，足可移山裂地，董無奇只覺劍上壓力愈來愈大，施展不開，劍圈被愈縮愈小。

又守了數式，無奇心中暗暗焦急，也暗暗心驚，這老人施出真實功夫，威力蓋世，真不知是何等人物，看來就算老董先生全盛之時，也不過能和他持個平手。

無奇緩緩提了一口真氣，仰天長嘯一聲，暗忖再支持個三五十招不成問題，希望無公快快趕來。

那老人似乎猜知他的用意，冷冷一笑，手中掌法一變，以快打快，全身幻作無數人影，將董無奇團團包圍，董無奇力持鎮定，見招出招，一時守得倒也難破。

驀然之間，左方一聲暴響，嘩啦一聲，樹枝葉片漫天飛舞，一條人影好比脫弦之箭，掠了出來，足尖略一點地，直衝向那密室。

無奇大吃一驚，他簡直不敢相信自己雙目，那人身法之快如同鬼魅，令人有一種模糊的感覺。這時他正被那老人內力相困，只覺劍上好比挑了一座巨山，哪有餘力分身相救，這一驚簡直嚇得心膽俱裂，那老人似乎也吃一驚，手中力道不由一緩。

說時遲，那時快，突然那人身後又是一聲暴響，另一條人影沖天而起，竟然在半空之中凌虛連跨三步，呼地落在那先前一人的身前！

無奇只覺後面一人身法很熟，急切之間想不起來，這時那老人也似乎爲巨響呆住了，收掌而退。

無奇只覺手中壓力一輕，忙一閃身，走近過去，一看之下，只見前面那人原來是一個女尼，那後面追趕過來的是一個古稀老翁，白髮飄飄，面容清癯，正是那九州神拳葉公橋！

那女尼面上陰森一片，冷冷道：「老頭兒，你找死嗎？」

葉公橋哼了一聲道：「人道神尼無憂與世無爭，哼哼！以我說來全是虛名假義！」

董無奇只覺有若巨石擊胸，「無憂！」她就是三大奇人之一！那，那，天啊，這老人必就是奇叟南天了！

他思想尚不及轉念，那無憂神尼怒叱一聲，猛可一抬手，全力猛拍而下！只見她模糊一動，葉公橋身形倒退，一連後跨三步，大喝一聲，右腕一震，鐵拳暴沖而出！

「九州神拳」的拳力造詣可想而知，尤其是這等遙擊之力最爲擅長，他這一場鐵拳，巨嘯之聲大作，在三丈之外的無奇都覺勁風逼人，心中不由駭然。

神尼只覺全身一震，只見她面上殺色一閃，陡然之間，不知她用什麼神妙步法，不退反進，一跨之下，已欺身而進。

只見她雙手模糊一顫，不可思議地一掌拍出，「砰」一聲，端端打在葉公橋左胸之處。

卻見那葉公橋的右手不知在什麼時候，用什麼手法，猛可一伸，正正點中神尼眉心！

無奇站得這麼近，連他們兩人如何出手絲毫看不清楚，兩個蓋世奇人已各退三步，一跤跌在地上，眼看是不活的了！

南天好比旋風一般掠到無憂身邊，只見場中半空仍有一團白煙不曾散去，他後退一步，駭然道：「七指竹，原來你竟是葉公橋！」

無奇也奔到葉老英雄身旁，觸手一摸，軟軟一片，心脈都已震碎了。

驀然之間，只覺身後一陣巨風，無奇不及反身站起，就地反手削出一劍。

只覺劍上一窒，右臂一麻，一縷冷風襲體而過，嗆啷一聲，再也抓不住長劍！

南天是何等功力，偷襲之下豈有不成，無奇勉強忍住疼痛，反身一看，只見南天身形一掠，已來到密室門前！

他勉強提口真氣，趕了過去，只見南天右掌一揚，「砰」地一聲，木門應聲而碎！

木門碎處，室中一線燈光透了出來，燈光之下，只見一個白髮白鬚滿面通紅的老翁當門而立！

無奇張大了口叫不出聲，那老人猛一抬手，拇中兩指一扣而彈，「絲」地一聲，奇叟南天全身一震，蹬蹬蹬倒退三步。

南天雙目睜得如同巨鈴，顫聲道：「你……你……」

他話未完，哇地吐了一口鮮血，猛可一伸手，抱起地上的神尼，左手一揮。那老人當門單拳一立，呼一聲，南天失聲一呼，反身一掠而走！

無奇的神經給這巨變驚呆了，耳邊只聽那人巨喝道：「奇兒，打！」

他下意識的左手摸劍，一抖而發，一十五口小劍以「滿天花雨」的手法打出，破空嗚嗚一片。

那奇叟身形踉蹌，努力閃躲，黑暗之中仍看得清切，一連三口劍釘在他肩、股等處，他身形卻絲毫不減，兩躍之下，口中怪嘯一聲便陷入陰暗之中！

無奇轉過身來叫了一聲爹爹，忽見老董先生身形一晃，一跤栽在地上。

他哭喊一聲，上前扶起，老董先生睜目道：「完了，一切都完了，奇兒，你母親呢？」

無奇道：「到後谷去了，一直未回來！」

老董先生雙目一亮道：「咱們等等她們，也許還有一線生機，唉，為父練功走火，方才強以一甲子內力相支，以金剛彈指襲其不意，天幸一擊成功……」

無奇道：「爹，是神尼和奇叟聯手相犯……」

老董先生歎一口氣道：「唉，這功夫，就為了這『震天三式』，使我們三奇都落得這個下場……」

無奇忍不住問道：「震天三式？爹爹，你原來是練震天三式……」

老董先生面上忽然一陣蒼白，一陣氣血逆阻，他揮揮手道：「酒，奇兒快拿酒來！」

無奇急忙跑到廚房，卻不見酒壺，急切間尋之不著，不由心急如焚，忽然他想到黃媽昨夜好像將酒壺帶回房中，連忙衝到黃媽房中。

只見房中房門虛掩，一看之下，只見床褥亂七八糟，窗上木檻被掌力震壞，分明黃媽被擄走了！

他呆了一呆，急切間也不再想，立刻跑到二弟房中，只見那一壺酒原來放在二弟桌上，忙拿起飛身跑回密室。

老董先生似乎一口氣轉不過來，很難過地靠在門柱上，見無奇奔來問道：「怎麼去了這樣久？」

無奇道：「找了好久才找著。爹，黃媽被架去了！」

老董先生啊了一聲，伸手接過酒壺，連喝了好幾大口。

驀然之間，老董先生面色大變，雙目之中閃出嚴厲的光芒，瞪視著無奇。

無奇只覺那目光之中充滿了兇惡，絕望，簡直可怕之極，他不由驚呼一聲。

老董先生咬牙道：「你——奇兒，你竟也爲了震天三式，下毒酒中……」

無奇只覺好比晴天霹靂當頭打下，登時面色慘白，冷汗涔涔而下，他嘶聲道：「爹，不，不是我……」

老董遲鈍的目光在他面上駐立，動也不動，忽然他歎了一口氣道：「這是天意，這是天意……」

無奇咬緊牙根，慘聲道：「爹，你不相信我嗎？這酒……在二弟屋中——」

忽然，他覺得舌頭好像凍住了，再也發不出聲來，一個可怕的念頭升起，他喃喃道：「是了……是了……是他……」

老董先生的目光忽然移向黑暗，長長吁了一口氣，緩緩道：「是南中五毒，奇兒——」

驀然之間，老董先生似乎想到了一件什麼事，大叫道：「奇兒，咱們得冒一次巨險！快——你對準爲父胸前全力推撞一掌！」

無奇驚得呆了，怔怔望著父親，老董先生滿面焦急渴望，見無奇呆在當地，張口叫道：

「你——」

他話未說完，一口黑血衝口噴了出來！

無奇驚呼一聲，老董先生痛苦地緊抓雙手，霎時間裡，黑血從耳孔，鼻孔之中汩汩流出！

無奇只見父親面上肌肉在抽搐著，抽搐著，眼光之中充滿著急迫，嘴角嚅嚅而動，像是說什麼話，但卻一聲也發不出。

他大叫一聲，再也顧不得思考了，猛吸一口真氣，對準董老先生胸前打出一掌！

他只覺雙目被淚光掩得模模糊糊，看不清切，驀然之間，一股巨大的力道猛撞而至，將他發出的掌力擊偏，他只覺一個踉蹌，一連退出五步！

他定了定神，只見眼前站著一個少年，滿面疑驚，正是董無公！

無奇顫抖著指了老董先生，這時老董先生已沒有氣了。

無公慘呼道：「大哥，你好狠毒，竟然下毒之後，再……」

董無奇一震，高聲道：「你，你說什麼？毒，是你下在酒中，還要含血噴人……」

無公呆了一呆，霎時面色大白咬牙切齒道：「好，你好，你這畜牲——我，我永不再見你！」

無奇好像沒有聽著他說什麼，只是呆呆地站著。

不死和尚說到這裡就停了下來，天心和其心早已是淚流滿面。雷以惇問道：「大師，以後呢？」

不死和尙微微搖頭道：「密柬之上，就只寫到這兒！老僧出關便爲了此事尋找齊道友。」

眾人都哦了一聲，其心歎了一口氣道：「這眞是上天安排！」

天心問道：「什麼？」

其心歎道：「這其中曲折奧妙，的確非人力所能意料，上天好像有意在四十年之後，讓董家的後人一一再遭遇一次，安排這謎題的解答……」

天心睜大雙目道：「你……」

其心長歎一聲道：「他們兩個人做夢也想不到，一個人能夠死而復生！而這件事現在對我們已迎刃而解了！」

齊天心和雷以惇幾乎一齊喚道：「你是說……」

其心沉重地點點頭：「秦管家……那秦白心……」

這時，忽然天空浮雲一散，陽光普照下來。

五七　悲歡離合

玉門關外大戰已過了三個多月，又是草木茂盛的艷陽天氣，中原去年豐收，民生熙熙，到處漫揚著生氣盎然，年後的一場驚天動地的大戰，由於甘青總督安大人指揮得當，並未使中原受到半點兵災，道上商旅行走，雖是僕僕風塵，眉間都洋溢著歡喜之色。

且說齊天心、董其心上次分手，天心心中只是想趕快找到爹爹，還有許多不明白的事要問個清楚。其心也是急於尋找他父親地煞董無公，他心思細密，已能將此中關鍵猜出十之八九，再找父親一證實，那麼這上代的仇恨便可化解。

兩人一般心思，而且兩人心中又都知對方是自己嫡堂兄弟，可是在事情未到真相大白之時，都保留身分，其心城府深沉，凡事以靜制動那是不用說的了，齊天心這數月來歷經艱難危險，也頗懂一些防人之道。

齊天心在中原東奔西走，卻是不見父親蹤跡，他心中納悶，這日又進了洛城，只見市街熙攘，車馬轔轔，依是年前風光，那趕車的漢子們浴著和風麗日，個個精神百倍，長鞭在空中振蕩，時時發出清脆之聲，馬車上紅男綠女，花枝招展地往城郊春遊。

齊天心佇止路旁，想起了上次和莊玲共游洛水，整個一條河中只有自己和莊玲一條巨船，那日風和日美，何等綺麗光景，這半年來出生入死，成日間費心竭智以求脫困、出險、保存性命，其他的什麼也不能想，此時觸景情動，那埋在心底的情絲縷縷不絕，一時之間相思之情大作，不由得呆了，莊玲音容言笑，又宛然就在目前。

齊天心定了定神忖道：「我要先去尋莊玲，爹爹的事遲早總會水落石出。」

他盤算一定，便往上次莊玲所住的城西大宅院走去，這時正當鬧市，他雖恨不得立刻便見到莊玲，可是又不便施展輕功駭俗，心中只是沉吟這些日子莊玲不知道長得什麼模樣了，她見到自己不知歡喜不歡喜？自己必須要冷靜，不可太過興奮讓莊玲瞧得低了，一定要裝作順便去看她的樣子。

他胡思亂想，好幾次險些闖著行人，總算他功夫已臻化境，隨時可以止住步子，他雖是名震江湖的青年高手，氣勢若虹，仗義疏財俠風仁義早為武林人津津樂道，可是初嘗情味，居然和普通人一般，犯起患得患失的毛病來。

他走了半個時辰，這才走到城西，他天生記憶力特強，凡事凡物只須用心瞧上一遍，那便終身不忘，是以輕易地便找到昔日莊玲所居宅院，只見大門深垂，他上前叩了好久，卻無半點人聲。齊天心沉吟一會，看看四下無人，身子一長躍身而入。

那院子甚大，春末夏初，花園中百花齊放，可是簷角上蛛絲佈滿，顯然很久無人打掃，齊天心推開大廳之門，屋中陳設依舊，卻是灰塵落滿。偌大的一幢巨宅，靜悄悄的好不淒清。

齊天心站在廳中，陽光從窗櫺中透了過來，地上都是一條條橫直光影，卻不知主人何在。

齊天心輕輕歎了口氣，心中失望得緊，眼見人去樓空，天涯之大，自己哪裡去找莊玲？

他來時心中又緊張又興奮，就像一個小情人去初會他的愛侶，希望立刻見到又猶豫著不好意思，這時心中失意，腳步也變得沉重了。

他漫步走到城中，心不在焉地走岔了路，只見前面人聲嘈雜，擠了好幾堆人，他上前一瞧，原來是一處販賣牲口的市場，人聲中雜著牛、馬、驢叫，確是亂得可以。

齊天心眉頭微皺，正想轉身走開，突然一聲長嘶，齊天心心中一震，那嘶聲好生熟悉，正是他昔日坐騎青驄寶馬的嘶聲，他一怔之下，推開人群往裡走，只見人群前一大群馬，高高矮矮總有幾十匹。

那馬販子年約四旬，兩腮黑髯若針，加上堂堂一副國字臉，倒也頗具威風，齊天心定眼一瞧，那馬群後放著一個巨大木欄柵籠，籠中關著的正是自己心愛的青驄馬，不住發怒跳騰。

齊天心見那馬神駿依然，並無憔悴瘦頓之色，心知這馬販子是個識馬老手，他定識得此馬寶貴，是以飼養小心，齊天心初時對這位馬販將自己寶馬關住，心中十分有氣，這時見坐騎無恙，氣便自消了，尋思此人替自己養馬這許久，好歹出個善價將這馬買回便得。

那青驄馬不耐侷促籠中，足蹄亂踢，馬齒咬著柵欄，眾人見這馬生得神駿，通體無半根雜毛，雙眼赤紅放光，都不由暗暗喝彩。

那馬販子也得意洋洋，拚命誇自己馬好，隱約間還有抬高身價，自比伯樂識馬之意。齊天心聽得微微一笑。那馬販子道：「各位鄉親，不是俺顏鬍子吹牛皮，俺這青驄馬舉世之間只有兩匹，一匹就在眾位眼前，另一匹呢？就是隨甘青總督安大人南征北討所向無敵的坐騎！」

他說到此，眾百姓一聽他提起安大人，都覺津津有味，不由紛紛湊趣叫道：「喂，你是說本朝第一大將安靖原大人嗎？哈哈，名駒配英雄，真是相得益彰，老鄉，你講！你講！」

那馬販子見眾人擁護，心中一樂大聲道：「名馬英雄是分不開的，安大人戰功顯赫，難得又愛民如子，俺顏鬍子真恨不得到安大人營中充當一名小卒，就是管馬的伕役也不愧替國家做幾件事。」

齊天心抬頭一瞧，只見那馬販子說得誠懇，他本就一副樸實懇切之貌，這時臉上肅然動容，更顯得誠摯已極，眾百姓吶喊助威道：「顏大哥說得對！」

要知這時安大人玉門捷報已傳遍天下，中原避免了一場亙古未有之兵災，人人感激之餘，視安大人為再生父母，那崇敬之情不在話下。

姓顏的馬販子又道：「那安大人座下雖也是百年不一見之名駒，可是馬齒已長，不若俺鬍子這匹青駒馬齒初長，前程正好的時候，俺顏鬍子七天七夜不眠不休，這才將青駒捕到，列位鄉親，俺顏鬍子夠什麼料，如果騎了這馬，不要說自己覺得不配，就是這匹馬兒也會覺得委屈，鬱鬱不得施展哩！」

他說得有趣，眾人都哈哈笑了起來，齊天心暗道：「這人外貌粗魯，口才倒是不差。」

人群中有人高聲道：「顏鬍子，我瞧你乾脆將這匹馬送給安大人不是兩得其所的事嗎？」

顏鬍子頭重重一點道：「照哇，這位鄉親和俺一般心思，俺月前將此馬親自帶至蘭州甘青總督府，想要獻給安大人，借花獻佛，聊表俺們中原漢子對安大人一點感激之心……」

他尚未說完，眾人紛紛叫好道：「顏大哥好漢子！好漢子！」

齊天心心中又好氣又好笑忖道：「你不知此馬乃是有主之物，怎可隨你拿去作人情，那安大人是何等人物，人民愛戴如此，我倒要見識一番。」

顏翳子道：「俺對總督府執事的人說了來意，那執事的人見俺這馬兒不凡，便很客氣地引俺入府，在廳上只等了片刻，俺可萬萬想不到安大人親自接見俺這馬販賤役！」

眾人道：「顏大哥忒謙了，顏大哥是熱血的漢子，那安大人愛才，自然要見你啦！」

又有人問道：「安大人是不是和俺們廟裡四大金剛一樣，站起來威臨四方？」

顏翳子笑了笑道：「俺起初也以爲安大人勇猛無敵，一定是神威凜凜，人高體闊的大將，誰知定目一瞧，名震天下，四夷聞之喪膽的安大人，竟如白面書生一般，待人和氣極啦！」

他歇了歇，眾人聽他說起安大人風儀，竟是輕袍儒將，不由得更加嚮往。顏翳子又道：「俺心想這書生人物，動輒統御數十萬大軍，叫人實在不敢相信，可是安大人和俺談了幾句，叫俺心中佩服之極，俺無意中和安大人目光相對，這才發覺安大人統兵御將之力出自天授，非人力所能妄及，那目光中就是決心和毅力，不要說是俺顏翳子，便是一等一的勇將被他一瞧，也只有聽命的份兒，而且俺又發覺安大人統兵以德服人，使人心折，決不以力服人。」

他侃侃而道。齊天心忖道：「古人說洛陽城內無白丁，就是販夫走卒也都熟知史事，讀書識禮，看來是不錯的了，這顏翳子一個馬販，居然談吐如此不俗，真是天下靈氣歸宗洛陽。」

顏翳子又道：「安大人對俺謝辭，他說他座下青驄，雖則年事漸高，可是仍是神駿非凡，此馬與安大人同生共死不知多少次，安大人終生不再愛第二匹馬，安大人怕受了俺顏翳子的馬，心中起了愛惜之心，便將他那老夥伴冷落了，如果不能真心善待俺送的馬，又對不起這一代名駒，是以沉吟之下便自婉拒了。列位須知，名馬如不得主人真心愛護，鬱而不展，久之則才華盡喪，庸庸一生。」

他話未說完，人叢中一個低啞的聲音道：「顏鬍子，別吹了，你這馬倒底要賣多少錢？」

顏鬍子正吹得興起，那發話的人又生得矮，站在人叢中，顏鬍子根本就未看到，是以毫未在意，繼續吹道：「列位想想看，安大人這種英雄肝膽，卻又這等兒女情腸，也難怪兵戎之餘，能夠仁民愛物了。」

他作了一個結論，眾人又是一陣感歎，那低啞的聲音道：「顏鬍子，你這馬値多少錢，大爺給買了。」

顏鬍子這才揉揉眼，打量一下那發話之人，只見他生得矮小，年紀輕輕，身上穿得也不光鮮，只道他是開玩笑，當下便道：「名馬配英雄，俺顏鬍子剛才已說得清楚，這位老弟休開玩笑。」

那矮小青年道：「顏鬍子，你瞧我不夠英雄資格？」

那顏鬍子又氣又好笑，他心地與外貌並不相符，其實慈善無比，一時之間，找不出適當之話回答，眾人已紛紛笑罵，那矮小少年氣得發抖，齊天心站在少年背後，他覺得有趣，擠上前去要瞧瞧少年面目。

顏鬍子好半天才迸出一句話道：「這位弟台年紀太小，他日成爲一代英雄也未可知，只是！只是目前……目前還是多多砥礪，多多切磋……」

他口齒本甚便給，此時竟大感錯亂困難，好半天才說出這段。那少年氣道：「顏鬍子，我說你不學無術真是一點不差，喂，我問你，什麼叫英雄？英雄能以年歲判定嗎？顏鬍子，你聽說過甘羅十二歲拜相，魯童子汪琦死於國事，孔夫子對他的批評麼？」

他雖是強辯，可是眾人聽他頭頭是道，也找不出可隙弱點；那顏鬍子被他說得無話可對，一時沉吟無策，先打兩個哈哈搪塞一番，半晌道：「算你有理，只是此馬非同小可，慣能擇主而事，老弟雖是英雄，如果此馬不為老弟用，也是枉然。」

那少年道：「畜牲終是畜牲，難道還能強過人麼？」

顏鬍子不以為然，鬍子翹得老高。齊天心忖道：「我這青驄馬何等烈性，這少年不知好歹，定是仗著一點武功，想要用力來降，有他苦頭吃的。」

那少年又道：「顏鬍子，你囉嗦了半天，趕快開出一個價錢來吧，大爺可沒時間跟你閒聊。」

顏鬍子心中有氣，順口道：「此馬一萬兩白銀！」

那少年想了想道：「太貴！太貴！五千兩怎樣？」

顏鬍子哈哈大笑道：「少一錢銀子也是不賣。」

那少年愛極此馬，可是又無這筆大錢，眾人對顏鬍子都有好感，見他難倒那少年，心中都樂了，卻都含笑瞧那少年出醜，那少年臉上全是油煙，東一塊西一塊就像唱戲的小丑，這時心中氣憤，幾乎流出眼淚。

顏鬍子得意道：「老弟如何？」

那少年尚未答話，忽然人叢中一個人道：「一萬兩便一萬兩，俺替咱老闆買下了。」

眾人大吃一驚，紛紛回頭瞧去，那少年一回頭，只看了齊天心一眼，連忙轉過去，齊天心卻並未注意。

人叢中忽然走出一個中年壯漢，他向顏鬍子拱拱手道：「顏大哥說得對，名馬配英雄，這是天經地義的事，咱說出一個人，如果顏大哥認爲不夠格，這馬不賣也罷。」

眾人見這漢子氣勢昂藏，而且舉止高華，知是大有來歷之人，都寂靜下來觀看。那少年悄悄溜走了。

顏鬍子連忙拱手道：「好說！好說！」那漢子爽快地道：「咱家主人便是山西孟家英風牧場老場主，人稱孟嘗君孟賢梓便是！」

他此言一出，眾人一陣歡呼道：「原來大前年發穀賑災的孟老爺子！夠得上是大英雄大豪傑。」

原來大河南北前年大水，淹了十幾縣，百姓流離失所何止萬千，那山西孟賢梓富可敵國，便獨立賑災，家產消了一半，大河南北受他活命的實在不少。

那顏鬍子也是一條義氣漢子，當下道：「既是孟老爺子，在下絕無話說，就請老兄將此馬牽走吧，在下如要分文，須吃天下好漢恥笑。」

那中年漢子從懷中摸出一張銀票，是北京天寶銀莊的票子，那天寶銀莊真是金字招牌，分莊遍佈全國，銀票爲商賈樂用，中年漢子伸手又取出一支炭筆，靠在馬鞍上龍飛鳳舞畫出了一個花押，寫明憑票付白銀壹萬兩。那中年漢子道：「顏大哥你這便不對了，你辛辛苦苦化了無數心力，好容易捕著這匹百年名馬，咱主人豈可不勞而獲，顏大哥請收下這壹萬兩銀子，不然小弟再是膽大，也不敢奪愛。」

顏鬍子道：「大丈夫一言既出駟馬難追，名馬得主，小弟也甚喜悅，兄台快莫多說。」

中年漢子搖搖頭道：「顏大哥咱說件事給你聽，咱主人白手成家，成了一方富豪，他老人家生平仗義疏財，那是人人皆知，大把大把銀子為朋友花是決不皺眉，可是如果要他將自己勞心勞力培養出來的馬送人，卻是從來不肯，他常對小弟說，世上最可貴的就是自己勞動的代價，天下最可惡的事莫過於剝削別人勞動成果。」

他這番話說得又是中肯又是有理，這人叢中十個有八個是靠勞動維生的漢子，聽得全身一陣舒暢，彷彿說到心坎中一般，紛紛點頭，連喝彩也給忘了。

顏鬍子聽他如此說，對山西孟嘗君更是欽佩，他上前便去開柵，齊天心見分明是自己東西，兩人一個要送，一個推讓，再也忍不住朗聲道：「且慢！」

齊天心緩緩走出人群，那青驄馬驀見故主，歡嘯數聲，赤目中竟流下淚來，靜靜地偏著馬首，凝望這舊時主人，彷彿看看他別來情形，是否無恙。

顏鬍子見又走出一個俊雅青年，當下回身道：「兄台有何指教？」

齊天心道：「適才聽兄台一番言論，真使小可佩服，兩位都是豪傑，騎用此馬並無愧色，只是此馬性烈，他懷念故主，誰也不能制服。」

那中年漢子馬上之術已達爐火純青，聞言雖不相信，但見天心斯文一脈，又是俊秀高華，只淡淡一笑也不答辯。

那顏鬍子見青驄馬突然安靜，赤睛只是往這青年身上瞧，顧盼之間又是放心又是驚喜，他熟知馬性，心念一動道：「兄台話中之意難道原是此馬主人？」

齊天心正色點點頭道：「小可身遭險難，與此馬相失，不意為兄台所捕，兄台不信，待小可證實使得。」

他飛快上前將馬柵開了，那青驄是馬譜中性子最烈最豪邁之駒，對主人終身不貳，但也從不討好求寵，可是這時重見跑遍大河上下仍未尋到的故主，激動之下，竟是上前廝磨親熱，齊天心只覺眼睛發酸，連忙吸了一口真氣，定神道：「兄台替小可養了此馬這許久，所費不貲，小可定當十倍償還。」

那青驄馬在齊天心腿上廝磨一會，雙腿一曲，便要馱上天心；顏鬍子再無疑心，那中年漢子也無話可說，垂手站在一旁。

顏鬍子道：「既是兄台所有，俺顏鬍子雙手奉還，總算俺顏鬍子相識馬性，今日完璧歸趙，半根馬毛也不少閣下。」

齊天心好生感激，他這人出手之大是天下聞名的，一摸懷中正待有驚人之舉，那顏鬍子知他心意忙道：「兄台不必言謝，顏鬍子一生愛馬，這才選定了販馬的行業，兄台這匹青驄，小可只須看一看便已心滿意足了，何況擁有半年之久，小可倒是向兄台道謝。」

齊天心見他說得爽快，心中豪氣大生，手一揮道：「兄台快人快語，今日得見兄台實生有幸，就由小可作東，請這市場中各位老兄共飲一杯如何？」

顏鬍子知他來歷不凡，他這人也是豪邁性子，當下連聲叫好，眾人聽說這青年請客，歡叫一聲，都跟了去，總有三四百人。

眾人行到一家最大酒店，那掌櫃老遠便迎了過來，彎身向齊天心道：「公子爺可是姓齊？樓上樓下公子爺都包下了，快請諸位入席。」

齊天心心中暗暗奇怪，他不拘小節，心想這樣甚好，也不多追究，引先入了酒樓，席間數十桌，眾人大吃大喝起來。

那中年漢子、顏鬍子與齊天心坐在一桌，三人性子相近，談得甚是投機，忽然樓下青駒嘶叫，齊天心道：「夥計，打三斤好酒滲合黃豆餵馬。」

那顏鬍子接口道：「要上好山西竹葉青酒。」

齊天心微微一笑道：「兄台真是今之伯樂，小弟這馬的性子給摸得熟透了。」

顏鬍子哈哈一笑，得意道：「小弟侍候這馬可吃盡了苦頭，小弟略知馬性，名馬每多嗜酒，就如英雄好色一般，爲了對這青駒胃口，小弟一連換了一十八種北方名酒，直到換上竹葉青，青駒才歡飲不止。」

齊天心撫掌稱善。他出身武林名門，出道來獨行其事，雖則闖下大大萬兒，可是一向高高在上，少與武林中人交往，這時酒酣耳熱，與顏鬍子談得投機，只覺草野之中盡多豪傑，大有相見恨晚之慨。

酒過三巡，已是薄暮時分，那樓下市井小民酒醉飯飽紛紛上前道謝而去；齊天心見眾人豪爽，心中更是歡喜，應對之間，已無昔日孤高自傲之色，竟能對答得體，此時如果他那堂弟董其心在場，一定會爲他的老練暗暗稱幸不已。

吃到掌燈時分，眾人也都散了，齊天心心情極好，他第一次接近江湖上群眾，只覺眾人都極可親，自己實在早該多交幾個知心朋友，也勝似一個人在江湖上孤單無援，當下心中起了一個念頭，喝了一杯酒道：「在下有個建議，不知兩兄同意否？」

顏鬍子道：「兄台只管說出，看和小弟所思是否吻合。」

齊天心朗聲道：「今日你我投機，就此結義金蘭如何？」

顏鬍子道：「好啊！好啊！」

他興奮之下，脫口叫好，竟是滿口鄉音，那中年漢子忖道：「此人原是關外遼陽人氏。」

齊天心見那中年沉吟不語，彷彿有所顧忌，心中不覺不悅，那中年漢子何等精明，當下忽道：「尊駕可是齊天心齊公子？」

齊天心點點頭。那顏鬍子一驚隨即恍然道：「原來是齊公子，難怪如此氣派！」

那中年漢子正色道：「不說齊公子是武林青年一代高手，功夫震古鑠金，已遠凌老一輩之上，就是顏兄也是來歷赫赫，小可實在高攀不上。」

齊天心不悅道：「兄台不願便罷，何必假惺惺作態！」

那中年漢子道：「敝主孟嘗君昔日受公子活命之德，時時刻刻無一日或忘，總期能報再生之恩，小可如何敢僭越。」

他這一提，齊天心才想起，自己初出道曾仗義解了山西孟嘗君之危。原來四年前英風牧場場主孟賢梓中了崤山五怪之計，被困荒山，想要殺他奪產，正在拚命決戰之際，恰逢齊天心路過解圍。（**那孟嘗君昔日曾自報萬兒，可是齊天心過後便忘。**）

齊天心見他說得誠懇，心中雖是不喜，也只得罷了；那顏鬍子起身告辭道：「兩位異日經過遼陽，好歹也要赴錦州一會小弟。」

他說完又打了兩個哈哈，醉態可掬，邁步下了酒樓；那中年漢子也告辭而去，殷殷訂了後會。

齊天心這人一生都在順境，父親是武林之尊，自己又是少年得意，雖是幼失慈母，可是父親照顧得無微不至，最重要的還是有永遠用不完的財富，真可謂世間天之驕子，何曾有辦不到的事，此時放目酒樓，杯盤狼藉，桌上殘茶猶溫，可是滿樓之中，就只他一個人，他一天之中，兩次經歷人去樓空之感，不覺悲從中來，適才一番豪興只剩下滿懷闌珊，那酒肆夥計見主人未去，也不敢上來驚動。

齊天心徘徊一會，忽然心中一動忖道：「顏鬍子，遼陽人氏，難道是天池一派？父親常說天池自三代前長白老人顏大君練就狂飈拳法，不但是關外武林之尊，而且可與中原分廷抗禮。顏鬍子難道是天池失蹤多年的百手神君顏雲波？」

他轉念又想：「十年前顏雲波受天池上代掌門，也就是他父親以掌門大任相傳，他卻不願有損兄長尊嚴，留下印信逃走，他哥哥勉爲其難代理掌門，四下派人尋找，要他返回關外就掌天池一門之責，可是總尋不著，爹爹每談起這對兄弟都是心存敬意，我從前不知爹爹心意，原來是有感於懷，自慚和地煞叔叔水火不容。」

他聽不死和尙一番話，雖還不能完全想通其間前因後果，可是對地煞董無公已以叔相看。

齊天心想了一刻，不覺踱到窗前，憑窗一看，那日間前去買馬的少年在街心走著。忽然那少年一轉身，呼地一聲，用竹管吹來一物，齊天心家學淵源，他怕是有毒之物，伸手撈著一雙筷子，迎前一夾正好夾在筷尖，那少年讚了聲好，轉身陷入人叢之中。

齊天心一瞧，那夾住之物原是一張小柬，折成小塊，他打開一看，下面寫了一行字：「我在洛水畔等你。」

字跡娟秀柔弱，分明是出自女子手筆，齊天心心念一動，再也按捺不住，招呼夥計結了賬，又多賞了十兩銀子，下樓躍馬而去。

他那青驄馬何等腳程，不一刻便到洛川之畔。這時明月當空，水面上一片銀色，朦朧似幻。

齊天心下了馬走到水邊，四周靜悄悄地不見一舟半揖，只有水浪沖擊，波波發出響聲。他等了半個多時辰，心中正在不耐，突然背後一陣輕笑，齊天心驀然回身，那身法之快不愧為江湖第一年輕高手。

月光下只見一個少女長髮披肩，似笑非笑地望著自己，齊天心眼前一花，再也顧不得什麼身分，什麼自尊，飛快迎了上去，就如一股輕煙一般疾速。

兩人面對千言萬語，不知從何說起，半晌齊天心囁嚅說道：「莊……莊小姐，你……你……白天就是那……那想買馬的少年？」

莊玲抿嘴一笑，抬眼一看，天心兩目流露出縷縷柔情，他眼睛本就生得好看，又深又亮，這時更如萬千支明燭，光彩生動，連天上的明月也黯然失色了。

這雙眼睛，是多少小女兒夢魂中的偶像，莊玲控制不住，握住齊天心一雙手，一頭伏在他胸前。

齊天心鼻尖一陣陣幽香，心中儘是自憐、自傲、和感激的情懷，哪裡分得出是悲是喜，那溫香懷抱，更無暇領會得到。

又過了很久，莊玲輕輕抽回雙手柔聲道：「來，咱們坐到那水邊大石上去談天。」
齊天心連忙應是，兩人一先一後躍上大石，莊玲依偎著他坐得很近很近。
莊玲幽幽道：「齊……齊大哥，你……你真的這麼關心我嗎？」
齊天心一怔，忽然流利起來，他說道：「莊……莊小姐，我有時真怕這一生一世永遠見不著你，我今天午後去你所住的地方……」
莊玲接口道：「大哥你別說，我一切都知道了。」
齊天心聽她「大哥」「大哥」叫得甜蜜，心中真感受用無比，要想喊她一聲比較親切的稱呼，可是他自幼既無兄弟又無姊妹，從未和女子打過交道，口舌本就不甜，沉吟一會，想不出一個好稱呼。
莊玲道：「我媽叫我小玲，你便跟著叫好了。」
齊天心連連點頭應好，莊玲見眼前這又俊本事又高的少年俠客，那如海闊天空般的豪氣自負之色都沒有了，一臉惶恐崇敬之色，不由又是喜歡又是悲傷，想到自己竟會對他負心，不禁又甚是自責。
齊天心道：「小玲，上次和你別後，差點命喪荒山，說起來真是好險，天道還好，叫我能重見到你。」
莊玲柔聲道：「齊大哥，咱們能好生生活在這世上，又能好生生的相聚，上蒼對我們實在不錯了。」
齊天心道：「天道無親常與善人，想來定是小玲你久行善事，才會有今日重逢，從今以後，我發誓不再殺人，就是十惡不赦的人，我也要給他一次機會。」

他一句句在莊玲耳畔說著，他原是飛揚不可一世的少年，這時爲情絲所縛，竟然氣短起來，那光景確實動人，從前莊玲決定與其心決裂，卻是見到其心深沉的臉上，起了激動之色，這才又讓感情澎湃。目前齊天心懇摯令人不可自己，那飛揚神采變成虔誠的模樣，任你是鐵石心腸，也會化爲柔絲縷縷。

同樣的表情在兩個性格絕然不同的人臉上表露出來，卻是一般感人，這對兄弟都有這種迷人的風度，因爲他們同流著董家的血液。

莊玲道：「我先前看到你到我從前住的地方，我便偷偷躲在後院樹下看，齊大哥，我看到你那種失望的樣子，真忍不住要走出來，後來想還是算了。」

齊天心奇道：「原來你早看到我了，你……你爲什麼又不願見我？」

他心中起疑，焦急地問著。莊玲臉一紅，也說不出一個所以來，其實她心中覺得愧對齊天心，是以猶豫不前。

她見齊天心目光中滿含疑惑，心中不由一陣委屈，眼圈一紅，別過頭去，半晌哽咽道：「我也不知道，我也不知道，你別追問成不成？」

齊天心點點頭不再言語，心中卻感然莫名。莊玲見自己沒由來又向他發脾氣，心中大感歉然，想了想涎下臉道：「今夜明月星稀，美景當前，你我秉燭夜談如何？」

她湊近天心說話，天心只覺鼻尖香氣愈來愈濃，那莊玲一頭柔髮從他頰邊擦過，臉上癢癢的，心中也是一般感覺，忍不住道：「小玲你戴的什麼花好香喲！」

莊玲笑道：「茉莉雖好，終是花中小人，須假人氣而更馥香，未若佛手清香絕俗。」

她抬頭一瞧，齊天心仍在嗅著，心中一喜道：「親賢臣，遠小人，此先漢所以興隆也，大哥，你想興隆，好歹與我這小人疏遠便得。」

她格格一笑，這時水光月色，齊天心望望四周，真不知是人間還是天上？

五八　笑語溫柔

齊天心儘瞧著莊玲秀麗的容顏，四周寂靜一片，只有波波水聲，夜風輕拂，景色悅人，他心中一陣輕鬆，忽然變得流利起來，笑著道：「如果像你這樣可愛的小人，我情願疏遠賢良，和小人爲伍也罷。」

莊玲心中喜歡，口中卻道：「喲！別儘是討好人家，你齊公子在江湖上俠名四播，如果跟我這種小女子爲伍，只怕大大辱沒了身分。」

齊天心正色道：「小玲，你這不是真心話，我知道你出身大家，令尊定是個了不起的人物。」

莊玲幽幽道：「有些事情你卻想不到，就像咱們已算……算是很要好的朋友……的朋友，可是我卻只知道你是一擲千金武功絕頂的青年高手，其他什麼也不知道，你呢？只怕對我知道得更少，說穿了也許咱們是仇人也未可知，唉！世事渺渺，人生難得糊塗，便將就些罷了。」

齊天心見她忽又黯然，只道她對自己隱瞞身世之事不滿，當下忙道：「我本姓董，上次已跟你說過，我父親雖再三告誡我不要輕易露了身分，可是小玲，在你面前我也不必隱瞞……」

莊玲接口道：「我可不是這個意思，你別誤會。」

她雖輕描淡寫地說著，可是臉上卻掩不住關切欲知之色，齊天心再也忍不住衝口道：「你該知道我的身世，只有你……你……有資格了解我的一切。」

莊玲噢了一聲低聲道：「真的嗎？」

齊天心點頭道：「我爹爹姓董，江湖上人稱他為……」

他正說到此，忽然背後一聲陰森森的冷笑，齊天心右手一撐，從大石上倒竄起來，身子在空中打了一個轉，腳尖一點地，已撲向河畔柳樹叢中，只見前面灰影一閃，便消失了蹤跡，他自忖追趕不上，沉吟一會，忽然心念一動，急忙奔出林外，莊玲縱身進來。

齊天心搖搖頭道：「這人輕功駭人，追也追不上，他潛身咱們身後，咱們談得高興，竟然沒有發覺。」

莊玲道：「不知道這人是好意還是惡意，咱們回去吧！」

齊天心不捨離開這溫馨美景，當下道：「管他安的什麼心，咱們小心點得了。」

兩人又坐在石上。齊天心道：「我爹爹姓董，人稱天劍便是。」

莊玲起先聽得忍不住要笑了出來，心想你爹爹自然姓董，何必再三多說，待得聽了後半句，心中大驚，半晌說不出話來。

齊天心道：「你一定也聽說過天劍的傳說，別人對爹爹的事添油添醬，說成神話一般，其實他老人家很是和善，頂喜歡年輕人。」

他見莊玲神色怪異，只道是不相信自己所說，當下著急道：「我說的全是真話，你將來見著他老人家便知道了。」

莊玲連連點頭，心中卻喃喃地道：「原來他是天劍董無奇的兒子，那……那他豈不是董其心的堂兄弟？我怎麼和董家的人有緣似的？董其心，董其心，我永遠不要見你。」

莊玲定定神道：「董大哥，啊不，齊大哥，你你……」她神色突然激動，竟是不能說話。齊天心忖道：「齊和董又有什麼不同，她怎麼如此不安？」

莊玲脫口叫出董大哥，想起這是昔日喚那忘恩負義的小情人董其心的稱呼，心中不由怦然而跳，只覺又是自責又是慚愧。

兩人沉默了半晌，齊天心胡思亂想道：「是了！是了！將來總有一天我的姓氏對她很重要，豈可隨便叫錯了？」

他臉上一熱，不禁又感到這樣想法實在大大不該，抬起頭來，只見莊玲秋波一轉，含情脈脈，臉上也是嬌羞不勝，不知她此刻在想些什麼？

莊玲道：「我今天看你一個人獨自在我住的大宅停留，不知怎的，心中亂得緊，就漫步亂走，想不到在市場中看到你從前騎的馬，便想買下還你，給你一個意想不到的驚喜。」

齊天心道：「只要能見到你，那馬兒又算得了什麼？」

莊玲抬頭一瞟，那青驄馬就在不遠樹下吃草，一雙赤眼閃閃放光，昂著馬首似乎在注意聽兩人談話。莊玲微微一笑道：「大哥，你還在怨我早上不肯現身見你，唉！你不會明白我當時心情的，你瞧那馬對你的話不以為然哩！」

齊天心道：「那時我失望之深，你也不會知道。」

莊玲柔聲道：「好，好，算我不對，使你不開心了。我下午買馬就是想使你高興，想不到你也趕來了。可惡顏鬍子，哼！他知道我手頭不便，竟故意和我為難！他欺侮我一個人孤孤單單，窮得像個花子，偏偏抬高價錢叫我出醜，大哥，下回碰著他，好歹幫我狠狠打他一頓消氣。」

齊天心脫口道：「那顏鬍子是好漢子，他也不是有意氣你。」

莊玲聽他和自己相左，心中一惱，白了天心一眼，正想頂撞兩句，忽然心念一動忖道：「我總歸要做個討人喜歡的姑娘。」當下臉色一轉笑道：「大哥，你說他好漢子那就差不到那兒去，我聽你的，下次撞上了也不尋他晦氣了。」

齊天心正恐她翻臉取鬧，想不到她竟然溫柔順從自己所說，一時之間，真是受寵若驚，也沒經過腦子，口中只反來覆去地道：「小小的晦氣還是要給他受的，小小的苦頭也是該給他吃的。」

莊玲抿嘴輕笑，心中高興無比道：「我這個窮小女子傾盡所有，也不過只能籌到五千兩銀子，顏鬍子心也忒狠了，非一萬兩銀子不賣，這不要人命嗎？其實我身上才不過十幾兩碎銀，就是顏鬍子答應五千兩成交，我也要大費周章，大哥，你猜猜看，我用什麼方法去籌足？」

齊天心想了想道：「我想，總不外乎向為富不仁土豪劣商借來用啦！」

莊玲板著俏臉道：「我一個女子怎麼好意思做這沒本錢生意。」

齊天心忙道：「小玲別生氣，我是以小人之心忖度君子。」

莊玲點點頭道：「以後千萬不准這樣不用腦筋信口開河，我怎麼籌錢？我是要賣掉這座大宅呀！」

齊天心啊了一聲附和道：「對了，我怎麼沒想到這點，這宅子又大又寬，總值上幾千兩銀子，可是你賣掉宅子，你住在哪兒？」

莊玲眼圈一紅，道：「我嗎，杜公公死了以後，我壓根兒沒住過這宅子中，還不是東飄西蕩，倦了就在野廟裡一睡，餓了就胡亂啃個饅頭，或是挖兩個山薯烤烤吃，錢花光了，把身上值錢的東西往當鋪一送不就成了？」

其實她境遇並不如所說這般淒慘，東飄西蕩是有的，可是她是大小姐脾氣，行走江湖吃的睡的都是最好的地方，是以錢花得很快，此時在齊天心面前添油加醬，說得楚楚可憐，大動天心心弦。

齊天心睜大眼睛道：「當鋪？你進過當鋪？」

莊玲白了他一眼道：「這又有什麼了不得，誰能和你比喲！一揮手就是幾萬兩白銀，哪知老百姓疾苦？」

天心大爲憐惜，不自覺握著莊玲雙手柔聲道：「小玲，我……我一定送給你天下最貴重最美麗的首飾，不管你要多少件都成。」

莊玲道：「首飾算什麼？錢算什麼？都是身外之物，不過啊！大哥，你送給我，我還是很喜歡的。」

齊天心道：「洛陽李家數代經營珠寶珍玩，明兒咱們去瞧瞧，不過小玲，咱們先約定，你不用替我省錢。」

莊玲高高興興地道：「這個我省得，就算把李家全店珍寶搬空，你也是舉手之勞，咱們先別談這個，時候不早了，咱們回去，還有件趣事給你瞧。」

齊天心戀戀不捨，和莊玲雙雙站起，那青驄馬跑了過來，四腿一曲，莊玲坐了上去。

齊天心拍拍馬臀，身子一矮，便欲和馬並肩而行，莊玲揮手示意天心上馬，天心略一沉吟，莊玲不樂道：「我騎馬你跑路像個什麼樣子？好啦，你不騎，我也陪你走路好了！」

齊天心縱身上馬，那青驄確是世間異種，奔跑起來，絲毫不見負重減速。齊天心端身坐在馬上，他功力深厚，那馬跑得又穩，月光下他身子挺立，就若一尊石像。

莊玲回頭一瞧，見齊天心正襟危坐，英風颯颯，不由一陣沉醉。

那馬奔得迅速，不一會便到了城西大宅，莊玲開了大門，兩人下馬而入，才走了兩步，忽然一個沉悶的聲音道：「莊大爺！莊大爺！小人答應出三千五百四十兩，這是最高價錢了，再多一分我也不加。」

莊玲笑吟吟地道：「大哥，咱們瞧瞧去。」

她領先引著齊天心走到前院一排房子，天心只見那數間房子堆滿柴薪，當中一間柴堆旁捆著一個五旬老者，臉如黃蠟，生得獐頭鼠目，一臉奸相。

莊玲走近冷冷道：「大爺說五千兩便是五千兩，你如不肯，等下再和你算帳。」

那獐頭鼠目的老者睜大眼睛，也不過只有常人一半大，他盯著莊玲看，口中不住地道：「原來大爺是個小姐！是個小姐！」

莊玲哼了聲道：「小姐又怎樣？」

那老者囁嚅道：「小姐長得真好看！」

莊玲呸了一聲，回頭一瞧天心滿臉茫然站在那裡，當下輕笑一聲道：「此事說來話長，咱們進大廳去休息去。」

她伸手握著齊天心雙雙併肩而行，那老者急得直嚷道：「小姐且慢，咱們生意人講究童叟婦孺無欺，既是小姐要出售，小人可以再加六十兩。」

莊玲不理，和天心走進大廳，那大廳久無人打掃，塵埃四布，莊玲歉然向天心笑笑，她飛奔到井邊打了盆水，又拿了一枝掃帚打掃。

齊天心搶著幫忙打掃，他運掃如飛，掃的速度是夠快了，可是激起漫天灰塵，剛擦好的桌子上又落得髒了，莊玲笑著阻止道：「你大少爺做慣了，懂得什麼打掃整潔？好好替我坐在一分，莫要愈幫愈忙，惹人不耐。」

齊天心不好意思，訕訕站在一旁，不一會莊玲將大廳打掃乾淨，又匆匆忙忙去井旁打了一壺水，跑來廚房生火煮茶去了。

齊天心一個人在大廳中發癡，過了一刻，莊玲姍姍走出，天心見她臉上一塊黑灰，髮鬢沾著草枝，心想她平日一定是嬌生慣養，這生火打掃之事，只怕是從未做過，此時如此款待自己，心中十分感激，其實莊玲自幼對烹飪之術喜愛，只是昔日生火洗剝之事都是使喚別人，她高起興來，偶而掌掌鍋而已。

這時柴房中不斷傳出那老漢叫聲。莊玲道：「這人為富不仁，是個死要錢不要命的傢伙，真是不見棺材不落淚。」

齊天心奇道：「怎麼？」

莊玲道：「前幾天我想賣房子，便找到這人，這人是洛陽經營地產的大賈，你猜他出價多少？」

齊天心搖搖頭。莊玲又道：「他只肯出價一千五百兩銀子，我記得上次杜公公買的時候花了八千兩白花花紋銀，和這廝再一談，原來他就是賣給我們房子的人。」

齊天心明白了大半，忍笑道：「你一氣之下便把他關起了？」

莊玲道：「這廝看我急於脫手，怎麼也不肯出足價錢，任我說乾嘴唇，一再讓步，最後簡直向他央求了，我開價從八千降到七千，七千降到六千再降到五千，他只是閉緊鼠眼，一手比一個一，一手比一個五，你說氣人不氣人？我忍無可忍，心想軟的不成來硬的，便把他捆豬一般捆回來了。」

齊天心點頭笑道：「他只肯出一千五百兩，那你下午要籌足五千兩也非易事。」

莊玲得意道：「我知道跟他說好話沒用，每天用柳枝抽他幾頓，每打一頓他加百把兩銀子，我心想再過幾夫，便可以加到我想要的數目了，如果下午顏鬍子答應賣馬，我還得趕回來連夜打幾頓才成。」

齊天心聽得有趣，再也忍不住哈哈笑出聲來，莊玲一擺螓首道：「這人也算得上一個狠角色，又打又餓，還是不肯答應我要求之數，現在房子不必賣了，這種小人看到就叫人討厭，明兒該攆他滾了。」

齊天心道：「像你這樣做生意倒還少見，其實何必……何必……」

莊玲插口搶著道：「你是說我這樣跟強盜一樣，何必多此一舉是不是，哼哼！你以為我真不敢用強搶麼？今天如果不是你來了，你瞧我搶是不搶顏鬍子的青驄馬！」
她眉毛一揚，裝得一臉唬人的樣子。齊天心對她傾心已深，更覺她活潑可愛，當下道：「後來你便替我在酒樓訂下酒席了，是不是？」
莊玲點點頭道：「我起先只道你少爺脾氣一發，又不知要如何揮金若沙，想不到你還安排得很是恰當，我便先替你訂下了五十桌上好酒席，啊，不好，只顧和你說話，水只怕都燒乾啦！」
莊玲匆匆走向廚房，砌了兩杯上好香茗出來，一手托了一杯，恭身道：「齊公子飲茶。」
齊天心見她那模樣就如侍候的小婢，雖知她是在開玩笑，不過也覺略略不安，連忙起身來接，莊玲笑道：「哪有公子爺起身迎接婢子的，快坐下！」
齊天心見她喜上眉梢，容顏正如盛開鮮花，自己每見她一次，就覺她更加美麗，世上竟有如此佳人，自己又有幸相伴於她，真是天大之福了。他迷迷糊糊捧起茶就是一口，也忘了那茶是開水剛沖的，只燙得全口發痛，好在他內功深，運氣逼住熱氣，慢慢嚥下，口雖燙得麻木了，可是一股芬芳充滿口頰之間，這當兒齊天心還不忘讚道：「茶是上品，煮茶火候也自恰到好處。」
莊玲見他愁眉苦臉嚥下一大口熱茶，對他冒冒失失又是好笑又是憐惜，嬌嗔道：「你是怎麼啦！剛開過的水也好暴飲的嗎？有沒有燙傷口舌？」
齊天心訕訕道：「這茶實在煮得太香，我忘了是剛開的。」
莊玲不語，心中暗想道：「人長得這樣秀氣，怎麼性子如此粗心大意，比起董其心，他是多麼需要人照料。」

她斜眼瞧了天心一眼，目光中充滿了溫柔愛情，她心中不住喃喃道：「我偏偏喜歡他這種粗枝大葉的脾氣，董其心那種陰陽怪氣，一天到晚打人主意佔人先機，有什麼了不起，總有一天自食其果。」

她愈來愈發覺齊天心優點，那坦白誠摯是不用說的了，就是身世儀表比起其心來也是頗有過之，她努力驅出其心在她心目中的地位，但這畢竟是一場艱苦的戰鬥，想到委屈之處，心下只是發酸。

她數月之前隨安大人征西班師歸來。回到蘭州後，那安夫人對人親切是有名的，安明兒也和她如一雙姊妹一般，莊玲再是心狠，終究是個女子，一直不忍對安明兒下毒手，住了一個多月，告辭東來；那安明兒長日間盼望其心蒞臨，情思慵慵，昔日的活潑稚氣性兒大改，竟是多愁善感起來。

齊天心忽然想起一件事問道：「杜公公是怎麼死的？」

莊玲黯然道：「杜公公年前被幾個西域少年所殺。」

齊天心忽地勃然大怒道：「又是西域來的少年，如果撞在我齊天心手中，一定替杜公公報仇。」

莊玲忽道：「你的武功是夠好的了，可是不夠小心，唉！我真不放心你一個人行走江湖。」

齊天心道：「笑話，我在江湖行走已經四五年了，對江湖上陰謀詭計豈有不知之理。」

莊玲見他不懂自己意思，心中一陣委屈幽幽道：「你胸開志闊，原是好男兒本色，你不拘小節，這是天性也怪不得你，可是如果……如果……有個人能細心替你管點小事，提防一些詭詐伎倆，那豈不是更好嗎？」

齊天心聽她讚自己是好男兒，心中受用之極，他喜臉上立刻表現出來，後面的話根本就沒有聽清楚，又不好意思接口，只道：「好茶，好茶，小玲你真好本事。」

莊玲暗歎口氣忖道：「我真好像對牛彈琴，唉，這麼聰明的腦筋，怎不多用用猜猜別人的心理？」只覺氣又不是，惱也不是，半晌才道：「這茶叫毛兒尖，是武夷山巔名產，沖起來可有一番名堂，須以白帛包住茶葉，懸入壺間，受熱氣浸蝕，那茶中芬芳全被熱氣帶走，凝結成水，而且時間也恰到好處，照說這烹茶之水也須講究，不然雖是芬芳，茶味便差了數品。」

齊天心道：「你真聰明，無論一件平常之事，到你手中都大有道理，我平日也喜飲茶，但哪裡知道這許多。」

莊玲淡淡道：「這也算不了什麼，我倒有幾樣拿手好菜，明兒做來請你品評品評。」

齊天心連聲叫好，像孩子般幾乎雀躍起來。莊玲心道：「你爲討我喜歡，我就是燒得難以下嚥，你只怕也會讚口不絕。」想到齊天心對自己之厚，心中大感快慰。

齊天心忽道：「啊，不好，小玲你烹飪手段一定是天下無雙，我吃過你燒的菜，以後吃別人的菜都味同嚼蠟了。」

莊玲一怔，秀目帶媚睨視著齊天心，好久好久才低聲道：「大哥，你如果真愛吃我燒的菜，我是很願意長期地替你燒。」

莊玲這話已說得很明顯，天心再粗心也能理會其中之意，驚喜之下，握住莊玲的雙手，半天說不出一句話。

莊玲溫柔靠在他懷中，只覺愁苦盡去，心中踏實得很。

齊天心柔聲道：「我真是傻子，我答應過要照顧你，豈能再離開你，我永遠不離開你，豈不是天天嘗到你做的菜了嗎？」

莊玲低頭聽著，又是羞澀又是喜歡，雖是這幾句普通話，莊玲恍若在漆黑夜中忽睹明燈，昔日的情絲糾纏、矛盾交戰，一時之間都梳理清了，只剩下一根又粗又結實的絲鏤，牢牢繫著她和天心，天下再也沒有什麼力道能將兩人分開了。是的，一個少女當第一次聽到心愛的人對她傾訴愛慕比翼之辭，天下再沒有什麼比這更令她感動的了。

莊玲哽咽道：「大哥，我……我再也不怕了，我……這世上還有關心我的人。」兩滴清淚再也忍不住直掉下來。

齊天心也甚激動，他口舌不甜，只是愛憐地看著莊玲，一遍又一遍，四周靜靜地，兩人只聞對方心跳如小鹿般亂撞。

忽然那柴房中漢子又在叫嚷「小姐」，莊玲心境極好，她嫣然一笑起身道：「這廝苦頭吃了不少，我去放了他。」

莊玲說罷飛奔而去，用小刀挑開綁那漢子粗繩道：「快回去罷，你妻的妻，子的子，只怕以爲你已經死了。」

那老漢揉著四肢，見這凶神惡煞忽然變得如此溫和，還以爲在夢中，只是心中仍念念不忘圖利，當下結結巴巴地道：「小姐，三千八百兩怎樣？」

莊玲笑罵道：「去，去，再囉嗦我又不客氣了。」

那老漢口中咕噥一大堆，無奈走了，莊玲看看天色不早，便和天心分房睡了。凌晨，挽了一個竹籃，乘個大早到市場精選了幾樣菜餚，回到家中，齊天心還高臥未起，她下廚煮了兩個荷包蛋，輕輕扣門，齊天心整衣而出，她便強著天心吃了，看到天心吃得津津有味，心中有說不出的高興。

她和天心東拉西扯聊了半個上午，很是融洽，莊玲看看天色將近中午，便又進廚去了，齊天心跟著進了廚房，東摸西拉幫忙，莊玲見他手腳失措，一副施展不開的樣子，忍著笑央言將他請了出去，可是只要半刻，天心嗅到菜餚之香，又溜進廚房問東問西。

莊玲無奈嗔道：「好好的老爺不做，你再不聽話，可別想我理你。」

天心來往廚房客廳，和莊玲搭訕幾句，見莊玲說得認真，便又溜到園中去看花，竟覺生平未得之樂。

莊玲燒著菜，看到天心那種手腳不安欣喜之態，心中忖道：「我像不像一個小媳婦，第一次洗手替夫婿做羹湯？」

當下竟怕不合天心口味，調味配料更加小心，燒著燒著，臉又紅了起來。

到了正午，她端出六菜一湯，端的香溢滿堂，天心此時矜持盡除，放量大吃，他雖富不可匹，但自幼隨父隱居少林寺中，行走江湖各地名廚也吃得不少，可是此時心情暢快，莊玲烹飪手段又確高明，只吃得不亦樂乎；莊玲陪著他吃，待他吃完了一碗，又替他盛上一碗，天心也很自然讓她服侍。
天心忽道：「小玲，我想起一事。」
莊玲問道：「什麼？」
天心道：「我們明天就去尋爹爹去，讓他老人家也高興高興。」
莊玲羞澀柔聲道：「什麼高興？」
齊天心正色道：「我要讓爹爹知道，我遇到一個世上最好的女孩子，又能幹又好看，還有……還有好心眼兒。」
莊玲眼簾低垂地聽著。天心又道：「這樣便能堵住爹爹的口啦！」
莊玲低聲道：「你準保你爹爹同意你的看法嗎？」
齊天心道：「這個當然！爹爹從前向我吹噓他年輕時如何瀟灑，人家女子對他如何傾心，他都不屑一顧，後來遇到母親，這才發現天下再無別的女子值得愛慕。小玲，母親的音容在我腦中根本連一個影子也沒有，但我想起來一定是個最了不起的人，可是我敢保證爹爹見到你，一定也要佩服我的手段了。」
莊玲嬌笑道：「我怎能跟你媽媽比？你又有什麼的手段，準保人家會理你嗎？真是……真是厚臉皮。」
齊天心哈哈大笑，笑聲中，又恢復了前無古人的氣概。無論如何，此刻齊天心總是天地間最有福的人了。

且說董其心被藍老大留著幫忙重整丐幫，數月之間，軟硬並施，鎮服大河上下群豪，他不願大露鋒芒，都在暗中下手，藍老大感激之下，傳了其心七指竹，當年神州三奇神拳葉公橋的看家本領。

他看看丐幫理得差不多，便別了丐幫。他盤算昔日曾經答應要對少林、武當兩派有所交代，上次碰到不死和尚，那時安大人西征未返，自己也不便解釋，好在不死和尚並不認識他，省卻不少口舌。

其心算算路程，決定先上少林，這日才出丐幫總舵，行了半日，走到一處大鎮打尖，找好客舍安放行李，便漫步到鎮中一家酒樓，這家酒樓臨水而建，倒是潔淨雅緻，點了幾樣菜，正想好好吃一頓飯，忽然街上人聲嘈雜，一個極熟的聲音道：「格老子，你欺侮我外鄉人，也不打聽打聽老子的招牌，好，好，好，大家來得正好，倒來評個理看看！」

其心聽那聲音蒼勁無比，又是道地川音，心中便樂了，轉身向街心瞧去，只見一個年老瞽者持杖而立，他身前站著一個中年挑夫，肩上挑著重擔，滿臉羞慚，走也不是留也不是。

其心道：「唐大哥中氣充沛，看來解毒大王已將所中之毒解了。」

那瞽目者正是唐瞎子，他雇一個挑夫挑行李，只因那挑夫欺他眼瞎，一挑上肩轉身便往小巷中鑽，不料轉了幾圈，一抬頭，唐瞎子赫然就在眼前，正待持力奪路而逃，可是身子被唐瞎子抓住，再也掙將不脫，像抓小雞般，拖到大街之上，分明要他好看。

眾人問明情由，紛紛說那挑夫不對，那挑夫乘個機會忽地放下重擔，奪路而逃，連擔子也不要了，才走了幾步，忽然呼地一聲，面前落一塊銀子，唐瞎子道：「好好回家買藥給老太太醫病吧！」

那挑夫一怔，翻身拜倒地下，眼淚雙流，原來他一向爲人正直，實在是因爲老母久病無錢供醫，這才起了欺盜之心。

唐瞎子口中叫道：「請讓瞎子路。」捲起行李，便往酒肆中走去，眾閒漢見無熱鬧可瞧，便各自散了。

唐瞎子上樓才一坐定，其心輕步走近道：「唐大哥，你毒治好啦！」

唐瞎子伸手抓住其心道：「小老弟，又碰上你，你輕功又長進啦，我瞎子耳靈，也沒有聽到你走來。」

其心道：「唐大哥別來可好？」

唐瞎子道：「格老子有什麼好不好，半死不活混日子，倒是老弟，我要恭喜。」

其心不解，唐瞎子叫了吃的大吃大嚼起來。正在此時，忽然門外腳步聲起，走近兩個大漢，身材又粗又壯，就如兩座鐵塔一般。

唐瞎子小聲道：「步起輕靈而穩，這兩人是關外來的。」

其心打量兩人一眼，只見那兩人靠牆坐下，要了三斤滷牛肉，兩斤高粱酒，十來個饅頭。

其中一個漢子道：「咱們十多年不到中原，中原不但錦繡繁華，便是武林也豪傑並出，新人輩起。」

另一個漢子道：「大哥說得有理，難怪二哥十多年不回去一趟，此間樂，不思老家了。」

那被稱爲大哥的年紀四旬五六，臉上風塵僕僕，聞言歎口氣道：「以二弟的脾氣，這十幾年在中原怎會默默無聞，他好打不平伸手管閒事的性兒難道改了？不然幾次出手，不就露了底嗎？可是咱們找了十幾年，連他點消息也沒有。」

另一個漢子只有三旬左右，人雖長得壯大，卻是白臉清秀，舉起酒保送上的高粱酒倒了一杯，伸頸一飲而盡，緩緩道：「現在咱們關外橫直無事，大哥我們就在中原多找些時候，也好見識一下中原武林新近高手。」

那「大哥」沉吟一刻，舉目毅然道：「就是走遍天涯海角，也要將二弟尋到。」

那白臉漢子道：「好啊！咱在關外成天看高粱田、高山上的雪峰，實在太乏味了，能夠遍游天下，固所願也。」

那「大哥」默然飲酒，似乎心事重重，白臉漢不時講些路上趣事，東問西問，有時問的極是稚氣，和他這長大身形，真是大大不符合，其心和唐瞎子相視一笑。

白臉漢子道：「大哥，那叫什麼董其心的人到底是何來路？咱們一路上來儘聽到江湖上人講他。」

他大哥道：「只怕是昔年天劍地煞的後人也未可知。」

其心、唐瞎子聽得一驚。其心萬想不到會說到自己身上，當下更是凝神而聽。

白臉漢子道：「聽別人說那姓董的不過二十來歲，怎樣會闖下這大萬兒，大哥，一路上武林中人只要提起董其心，人人都是崇敬有加，彷彿是萬家生佛，大哥你不見上次那幾個鏢師吹牛，好像沾上和董其心有點關係，便是沾光耀祖之事，這樣的人物，咱好歹要結識結識。」

那大哥默然不語。其心只覺手中一緊，唐瞎子已握住自己右手，臉上欣喜點頭，手也微微發顫。

其心大感迷惑，他這兩月整日在丐幫總舵策劃，並未行走江湖，怎會闖下如此大名？看樣子唐大哥也知道了。

那白臉漢子又道：「咱真希望能見到這少年英雄好漢，也不枉走到中原一遭。」

那大哥只顧喝酒，一碗碗往口中倒，兩斤高粱酒，他總吃了十之八、九，只覺身上發熱，敞開胸前衣襟，黑茸茸全是胸毛。

那白臉漢子皺眉道：「大哥，中原是禮儀之邦，咱們可不能像在關外做野人一般，這公眾場所……」

他話尚未說完，那大哥橫了他一眼，自顧揮巾拭汗，望著樓後一彎流水，良久喟然吟道：「功名富貴若長在，漢水亦應西北流，三弟，酒醉飯飽，咱們也該走了。」

正在此刻，忽然一個沉厚的聲音道：「酒家，餵馬來！」

那大哥一聽這聲音，登時臉色大變，雙手發顫，砰地一聲撞落桌上酒碗，神色激動之極。

那白臉漢子道：「大哥，你怎麼啦？」

那大哥一言不發，只聽見樓梯蹬蹬，走上一個滿臉黑髯中年漢子。

那黑髯中年漢子一見這兩個大漢，真是如見鬼魅，呆在梯旁。那白臉漢子一聲歡呼道：「二哥，真是踏破鐵鞋無覓處，得來全不費功夫，你……你可……可找苦咱們了。」

他說到後來竟是語帶哽咽，那黑髯漢子長歎一聲，英風盡喪，半晌緩緩走了過來道：「大哥，你這是何苦？」

那大哥臉一沉道：「老二，你還活著呀？」

他雖說得嚴厲，可是掩不住臉上歡欣之色。那黑髯漢子道：「大哥，你老了不少，三弟，你倒是長大了。」

那大哥哼聲道：「我內外交逼，焉得不老，那能像你逍遙自在，鬍子也留上了，你以為我就認不出你了，瞧你這副德性就不順眼，乖乖跟大哥回去吧！」

那黑髯漢子搖頭道：「我懶散已慣，回去也是終日游手好閒，辦不了大事，千事萬事都可依了大哥，此事卻也休提。」

那大哥柔聲勸道：「老二，我替你服了一十四年務，你也該負負責任了，再說……再說……」

那黑臉漢子只是搖頭，這時酒保又送上一副筷子餐具，等候吩咐。那大哥好勸不聽，大發脾氣，一拍桌子，只震得盤跳老高，酒保也嚇走了。

大哥怒聲道：「老二，你這是什麼意思，爹爹臨終時怎麼說著？」

那黑髯漢子堅決道：「我意已決，你隨便說什麼也是枉然。」

那大哥又是一拍，怒道：「老二，他媽的你一走了之，算是哪一門子好漢？你問老三看看，我這十幾年是怎麼過的？你以為一走便了，哼！哼！簡直狗屁不通。」

黑髯漢子低聲道：「我身在外地，心在遼陽，大哥的事我很知道，這些年來，大哥把天池派整理得好生興旺。」

那大哥怒氣勃生，忍不住粗言又罵道：「他媽的老二，你回是不回？」

黑髯漢子道：「這事還請大哥原諒則個！」

那大哥一咬牙道：「你如不回天池，咱兄弟之情一刀兩斷！」

那白臉漢子見兩人愈說愈僵，連忙道：「有話好說，有話好說，何必動氣。」後來想想這話等於白說，實在無聊，不倫不類，便住口不說。

那黑髯漢子凝視兄長，好半天才道：「大哥，我是塊什麼料，你最明白，何必一定要強我所難。能挑動五十斤的肩膀，你偏要他挑百斤，那算什麼？」

那大漢歎口氣道：「唉！老二，這些年來，你還不清楚大哥的心，你知道不？麗珠還沒有出嫁，她等的是什麼？」

那黑髯漢子臉色一變叫道：「什麼？大哥你沒有和麗珠結婚？」他吃驚忘形之下，聲音太大，看看酒樓上客人都注視於他，當下乾咳兩聲，很感不好意思。

那大哥道：「咱們回旅社再說個仔細。」

那黑髯漢子急不可待，又問道：「大哥，你此語當真？」

那白臉漢子點點頭，黑髯漢子一言不發，眼角上閃爍著淚光。

三人魚貫而去。

唐睹子道：「想不到今日他兄弟三人相會，真是一大快事，我睹子心中好歡喜也。」

其心低聲道：「是天池顏家兄弟嗎？」

唐睹子道：「怎麼不是？他們家那本經我可知道得頂清楚，唉！別門別派爲爭繼承掌門，往往師兄弟火拚，鬧得不可開交，這兩個人卻是一個要讓大哥，一個不肯違背父命，後來顏雲波乾脆一走了之，這樣的兄弟倒真少見。」

其心點頭道：「這幾位兄弟手足情深，真的叫人羨慕，那老二這下只怕再難逃避了。」

唐瞎子道：「其實顏老二不當掌門，他硬要尊重兄長，別人也無話說，也用不著一逃十幾年不敢回家，這中間還插一段兒女之情，是以更是難能可貴了。」

那天池派兄弟遜謙之事已傳遍武林，是武林中一段佳話，許多門派師兄弟不合，做長輩的人卻拿此事作爲訓勉的例子。

其心道：「難怪顏老大一提一個女人名字，老二便垂頭不語跟他去了。」

唐瞎子道：「那大哥的心上人其實是愛老二，老大癡心多年，後來發覺了，自是傷心，顏老二心裡有數，便借題發揮，避開那女子，想要成全大哥一段姻緣。」

唐瞎子雖說得簡單，其心聽得十分感動，那顏老二以爲犧牲可以解決一切，可是人的情感又豈可勉強，事情並不如他所理想，顏老二隱身販馬，這十幾年也虧他能隱能藏，連脾氣也給改變了。上次齊天心所遇顏鬍子正是此人。

唐瞎子又道：「今日連逢二大喜事，我瞎子歡喜得緊，要不是瞎子所配解毒丹還差一味主藥，真想陪小兄弟到處逛逛，分享一點小兄弟光榮。」

其心不解，他天性不愛多問，想了想道：「唐大哥，我瞧你武功已經恢復了，五毒病姑下的毒藥已解了吧！」

唐瞎子搖搖頭道：「我服了多種藥物，總算將毒提住，逼到左臂上，再不濟也只要犧牲一條臂膀罷了。小兄弟，你真不知道還是裝腔來著？」

其心道：「我真糊塗了，前半年被人罵成畜牲不如，現在聽你們口氣，好像成了大英雄似的。」

唐瞎子哈哈大笑道：「行情看漲，身價不同了。泰山崩而面不改，兵刃加而色不變，哈哈！小兄弟！我唐瞎子服你了。他日再見，只怕已領袖武林了吧！」

他緩步下樓，不一會消失在人叢之中。其心想了一會，也付帳去了。

他回到客舍洗浴一番倒頭正要去睡，忽然篤篤有人敲門，其心翻身起床，著了外衣，體內真氣暗布，緩緩走去開門。

門一打開，只見門外高高矮矮站了十幾個人，為首一人年約五旬老者，雙眉斜飛入鬢，生得十分不凡，向著其心躬身一拜道：「不知董大俠蒞臨敝境，有失遠迎，萬祈見諒。」

其心心中奇怪，臉上仍然陽陽，連忙拱手道：「小可一介武夫，怎敢勞閣下貴步，實在擔當不起。」

那老者道：「小可文一平，人稱河南大豪便是。」

其心忙道：「久仰！久仰！」

那老者道：「今日有幸得睹大俠風采，實是生平快事，寒舍略備小酌，有勞大俠貴步。」

其心暗忖：「這河南大豪在大河以南也是一個能喊動紅黑之人，他資財之富，和山西英風牧場場主孟賢梓並稱中原二豪，我卻不認識他，怎的如此多禮？」

當下遜謝道：「承蒙抬愛，實有厚愧，閣下能否教我？」

河南大豪道：「大俠何必太謙，大河上下億萬生民對大俠感激涕零，圖報思恩。」

河南大豪身後一人道：「飲黃河水的好漢，沒有不知好歹的人，大俠對咱們的恩惠，也如山高水長，永遠不會忘記。」

其心觀看眾人臉色，但見個個誠摯溢於言表，自己再事推辭，便顯得太小家氣，當下一抖長袖道：「恭敬不如從命，就請諸位先行。」

眾人再怎樣也不肯先行，其心只得和河南大豪並肩而行，而那河南大豪有意無意間落後半步，隱約間執了屬禮。

其心走著走著，心中只是沉吟，那些人執禮愈恭，其心愈是不安，不知人家是何用意。

五九　功名富貴

眾人又走了半個時辰，走到城南一處大宅，只見燈火輝煌，正門大開，從門口到大廳數百步都點著紅色巨燭，照得光明如晝，而且毫無黑煙，其心識得這是玉門特產明月燭，風吹雨打不熄，價錢之高，往往一支巨燭可供一家窮人半月食用，這兩排燭光，少說也有千支左右，所費不貲，此人號稱巨富，真是名不虛傳。

那河南大豪引其心進了大廳，大廳中擺了梅花形五桌酒席，他讓其心坐在首席上位，自己陪在下首，替其心引見其他陪客道：「這位是洛陽艾公子，前歲大魁天下，這位是郾城吳公子，文章鏗鏘，有韓柳先賢之風，也是新科進士，這位是魏公子，文章而外，星卜輿算，佈陣醫學，經濟水利，都所專長，所謂佐天下之才，這三位稱中原三士，今日撥駕而蒞，不但蓬壁生輝，實在是大大的面子，哈哈！」

其心寒暄幾句，心中更是吃驚忖道：「這三人少年得意，宦途不可限量，河南人視為三瑰寶，我每次經過河南，總聽百姓以此為豪，讀書人自視極高，而且又都是有功名的得意少年，怎肯與江湖大豪為伍，這河南大豪端的手腕不凡。」

其心聽說這三人是舉國少年名士，當下再也不肯居於上位，那洛陽艾公子年方二旬五六，白臉秀俊，全是書卷氣息，對其心道：「小生等是專誠來陪……來陪先生，先生不必推讓！」

吳公子魏公子也紛紛附和，其心無奈，只得居了首位，他暗中留心，卻是不露聲色，席間談笑風生，那三個少年名士平日卓爾不群，此時言語之間，對其心真是推崇備致。

酒過三巡，那少年名士談吐清雅，確是飽學之士，其心少年雖也讀不了少詩書，此時自覺形慚，不願開口賣弄。他原生得翩翩，這時含笑傾聽，更顯得深藏不露，智若大海。

又過兩巡，其心起身告辭，那三公子也告罪起身，其心拱手向眾人作了一個羅圈揖道：「今日諸位盛情，小可絕不敢忘，艾、吳、魏三公子更是少年英俊、一國之彥，能與三位同席，實是小可平生之榮。」

那艾公子道：「自古豪傑未若先生之大勇也！」

那魏公子對眾人道：「所謂千古英雄人物，就如董先生！」

眾人紛紛喝彩，其心心中迷糊，彩聲中，只見廳中百餘雙眼睛都望著自己，目光中充滿了敬愛和欽服。

其心便欲回到客舍，那河南大豪早著人將他行李搬來，其心推之不脫，只得和他盤桓兩日，再三推說急事，那河南大豪率眾步行相送，出城卅里才依依而別。

其心一路往嵩山行去，沿途上每到一處總是有人準備好一切，住的都是最大莊院，吃的都是上好山珍海味，而且各地豪傑紛紛拜見。他愈來愈是糊塗，也不便多問，偶而打聽幾句到底是何原因，厚待如此，眾人便紛紛讚他謙虛，也不多說。

這日行到嵩山，才到山腳之下，忽然山上灰影連閃，從正路上走來五個和尚，那為首的正是名震武林的兩門使者慧真大師。

其心想到上次和少林僧衝突，不知對方來意如何，他總是防人一著，運氣全身，上前半步正要開口，那慧真大師合十道：「敝方丈得知施主駕臨，特遣小僧迎接。」

少林一脈多年爲武林之尊，那慧字輩僧人，當今之世已是寥寥無幾，輩份何等尊貴，其心連忙行禮拜倒，慧真大師一扶，其心仍是躬身拜了一拜道：「小可待來少林請罪，還請大師多多擔當。」

慧真道：「施主乃天下第一奇人，前次誤會多所得罪，還請施主寬恕哩！」

他語氣之間完全是以平輩口吻，其心想到上次要逮捕自己，出掌擊傷自己的是他，如今熱忱歡迎的也是他，天道變化真是不可逆料的了。

其心跟著慧真大師直往嵩山行去，行了半個時辰，到了少林寺大廳正殿，慧真大師遠遠傳聲道：「稟告方丈，董施主到！」

忽然一陣樂聲，正廳中走出三個僧人，當中的正是當今少林掌教不死和尚，手持念珠緩緩向其心走來，後面跟著數十名高矮僧人，一律灰衣僧履，氣勢隆重莊穆。其心一生之中也見過不少大場面，這時見少林不死和尚親自來迎接自己，心中真激動得什麼都不能想，一時之間手足無措，好在他本性冷靜，略一沉吟，連忙上前拜倒地下道：「末學晚輩董其心，拜見不死禪師。」

那不死和尚微微一笑合十回禮道：「董施主來得正好，就請前去觀禮，少林第卅六代弟子出師大典。」

其心一驚忖道：「少林弟子出師，歷來是武林中最隆重大典，來賓都是一代宗主，或是名門主持，我卻憑什麼資格？」

當下連忙謙辭道：「晚輩德薄能鮮，豈敢違禮僭越，晚輩前來貴寺請罪，此中因緣尚望禪師能撥時予晚輩陳述。」

不死和尚微笑道：「此事老衲已盡知就裡，施主含冤不辯，甘為天下作罪人，我佛常云『我不入地獄，誰入地獄』，施主年輕若斯，卻能領略個中精意，若非天縱之人，寧能如此？」

以少林掌教之尊，從他口中說出的話，當真是點石成金，勢成定論，少林諸僧從未見不死禪師如此佳許別人，都不由齊向其心又看了一眼。

其心靈機一動忖道：「難道我用計騙倒凌月國主，促使安大人大捷的事讓天下人都知道了？可是此事知之甚少，我此行少林便是要說明此事，以白沉冤，不死和尚怎麼先知道了？」

他沉吟不下，跟著不死和尚進了正廳，只見廳中前排設著幾個蒲座，當中坐著的正是武當掌教周真人，美麗的伊姑姑侍立一旁。

不死和尚引其心坐在周石靈之左側，其心更是沉凝，此時也是手足無措，他心知這些人都是武林至尊，自己豈能分庭抗禮，可是不死和尚一再引讓，其心下意識地看看周石靈，只見他含笑點頭，似在讚許鼓勵，只有硬著頭皮坐下，抬起頭來，只覺心中狂跳，手中出汗，見伊姑姑笑溢春花，似乎亦欣喜已極。

忽然鐘聲響了卅六響，從大殿後走出十八名青年僧人，又走出十八名俗家弟子，一排跪在前行。

少林掌教不死和尚站起身來，迴身問身後一個老僧道：「慧果師弟，羅漢堂試藝都通過了？」

那老僧是羅漢堂首座大師慧果，合十答道：「佛祖慈悲，稟告方丈，功德圓滿。」

不死和尚又問另一個僧人道：「慧通師弟，佛學精義都通達了？」

那和尚正是聞名天下少林藏經閣主持大師慧道，合十答道：「稟告方丈，功德圓滿。」

不死方丈雙目微睜，射出一股柔和的光芒，注視著那一排弟子，忽然柔聲輕輕說道：「玄真，何謂枯榮？」

那跪在他面前的青年僧人恭然道：「榮即是枯，枯即是榮，心即是佛，佛乃是靈。」

其心聽到一震，他內功深湛，已達心意暢通地步，這時聽少林僧人侃侃而言，都是上乘佛理，只覺少林武學與佛學大有關連，心中領悟極深。

不死和尚道：「無我，無相，佛自在心頭，無心無意，才是上乘。」

那青年僧人合十道：「多謝方丈教誨。」

不死大師點點頭，這時有幾個僧人捧上大紅袈裟，不死和尚穆然接過，將袈裟一件件替眾僧披上，又把各種兵器授於俗家弟子，那些俗家弟子接過兵器，口中念道：「天心民心，心存惻隱，行俠仗義，少林至尊。」

待到兵器發完，眾弟子向方丈叩行大禮，便從前行走到後面眾僧行中去，成爲正式藝滿出門的少林弟子了。

其心只聽耳畔周石靈一聲宏亮的聲音道：「恭喜不死方丈功德圓滿！」

眾僧一齊念聲佛號：「阿彌陀佛，謝周真人。」
這正廳中總有數百僧人，可是聲音平和已極，凝在空中，久久迴響不散。
眾人紛紛站起。其心一抬頭，只見身旁坐的是個大和尚，向其心微微一笑，耳畔聽到周石靈密室傳音道：「這是崑崙飛天如來。」
其心恭恭敬敬，向大和尚點點頭，江湖傳言飛天如來上次死於崑崙之變，想不到安然無恙，再向外看，不由大吃一驚，原來大和尚旁，竟是與中原武林作對的冰雪老人鐵公謹，裝著不認識他。
其心跟在武當周真人身後，那伊芙有千言萬語要和他說，只因氣勢莊嚴，竟是不能開口。
眾人被安置在少林貴賓樓，周石靈被不死和尚約去共商大事了，伊芙這才和其心暢談別來之事。
伊芙道：「其心，你可是天下的大名人了！」
其心奇道：「姑姑，到底是怎麼回事？」
伊芙道：「傻孩子，你自己做了這大犧牲，當然應該得到如此報酬。」
她見其心含笑，知道其心被自己喚爲「孩子」定是不服，當下嗔道：「不是孩子嗎？我見你時，還只有這點點高。」
其心笑笑，伊芙便將安大人西征大捷，他出了一個官府通告，說明這次大捷經過，全仗其心出生入死之功，不但洗清其心冤枉，而且一夜之間，其心由人人卑視的賣國賊，變成天下大英雄。其實安大人心知其心並不喜張揚己功，西征回來，過了兩月，經不起女兒一再相纏，便大發文書，以表其心之功。

是夜晴空萬里，其心一個人走上山巔，嵩山松林是有名的，夜風吹來，松嘯似濤，其心心中有隔世之感，想到自己一生，少年流浪，天涯爲家，偏偏與幾樁武林大事有關，成日間運神運籌，辱榮交加，雖只才是二十歲的少年，竟成武林中重要人物。

月色皎潔，其心佇立山巔，功名榮耀，他此刻是集於一身了，可是回憶前程，自己唯一內心愛著的女孩子，在從前是不敢去愛，現在卻不能去愛了，撫然良久，不禁悲從中來。

他昔日冒命和凌月國主鬥智，固然是爲了國家，可是一方面也有對手難逢，爭強鬥勝之心，後來被天下人所冤，便一心一意想要洗刷，此時冤清名就，竟四顧茫茫，不知作何安排，他心中深深歎了一口氣，那埋藏在胸底的熱情如狂濤怒浪，一波波地衝擊著。

其心心情大亂，他心中一驚，幾乎想放聲大哭大叫，知是平日胸中所藏太多，只怕都反湧上來，不能控制情思，坐在一塊大石上，調息情思，他雖內功深湛，竟是久久不能平靜，額上汗珠爆出。

忽然一陣平和鐘聲，深夜裡傳得老遠，其心猛然一震，長吁一口氣，只聽背後一個柔和已極的聲音道：「施主內功已臻上乘，意志自如，一年以後，再到少林寺找老僧。」

其心一怔，叫道：「禪師教我！」

回身一看，連影子也沒有捕到，他踏月而歸，次日告別周真人和伊芙飄然下了嵩山。

以他年紀，受此殊榮，真該氣高趾揚了，可是其心情感雖深，卻是熱情天性，想起情場失意，更覺消沉不已。

他決心尋找父親，解開上代仇恨，以他聰明，那多年之謎已解了八、九分。這日走了一天，只覺心神俱寂，歎了一口氣，自言自語道：「唉，董其心啊，這些日子來，也真是出生入死，身受辱榮、褒貶，變化萬端了，我這去找尋爹爹，卻絲毫沒有頭緒，爹爹，你現在在哪裡？」

他歎了一口氣，抬頭望了望，只見前面不遠處似乎有一個鎮集，這時炊煙裊裊，早起的人家已開始過活了。

他心中思索道：「反正一時無事，不知先好好歇息一番。」

心念一定，足下加快，不一會那鎮集已然在望。

其心走到了市鎮，抬頭在兩邊的招牌中看了一看，只見有一家「百花樓」這時已經開門，於是走了過去，原來這「百花樓」不但是飲食店，而且後進乃是客棧，兼營旅宿生意。

其心叫了早餐，並且訂了一間房子，緩緩坐下休息。這幾日以來，其心心中完全被那四十年前的血案所佔據，在他精密的思想之中，事情的始末原委已大部明白，他明白這真是上天的安排，否則像這樣複雜血仇，不是巧遇線索，怎麼樣也是思之不清的。他坐在大廳靠角落的一張座位上，這時大廳門一開，其心背對著房門，並沒有注意，門開處走進兩個少年。

那兩個少年才一踏入大廳，驀然一震，右邊的一人伸手指了一指其心的背影。左邊的一人一扯同伴，兩人一起又退出大廳，其心正低著頭，絲毫沒有留意。

其心用完早餐，走入房中休息，昨夜整整趕了一夜的路，不覺也有些疲勞，於是靠在床上，不一會便進入夢鄉。

他這一覺睡了好久，醒來之時已是下午時分。睜開眼來，盤坐在床上，吸了一口真氣吐納，他內功造詣很是深厚，不到一刻已運行一周天，只覺四肢百骸都舒暢無阻，緩緩站起身來。

忽然，他整個人都呆了一呆，目光掃過門檻，只見一枚細如髮絲的金針端端釘在木門上，針端插著一張白箋。

他心中重重一震，可面上毫不變色，雙目又望了一望，卻並不上前拔下，緩緩坐了下來。心中暗暗忖道：「想不到在這兒又逢敵蹤，對方能乘自己睡熟之時偷入，分明早已知道我的行蹤，而且以自己的功力，雖然睡熟之中，五丈之內落葉飛花之聲仍可分辨，這樣看來，對方的功力定是極高了！」

他心中思索，暗暗驚駭，緩緩吸了一口真氣，右手一抬，一股迴旋的力道應手而落，那金針被力道一引，顫顫的一抖跳出木門。

其心拾起白箋，只見箋上寫道：「又逢閣下，甚感意外，請於午夜至鎮西森林中一會。」其心皺了皺眉，看看這無頭無腦的白箋，下面並沒有署名，心中忖道：「不知投箋之人是敵是友，不過我反正一時無事，今夜不妨如約一行，只要先存警惕之心，對方雖存惡意，也不致一敗塗地！」

他又沉思了一會，隨手毀去那白箋，持著金針細細看了一會，仍然想不出什麼頭緒，只覺腹中有些飢餓，便又到廳上吃了一頓。

回到房中，只覺百般無聊，好在他自小過慣一人的孤獨生活，並不感寂寞，無聊的時候，一個人靜坐沉思，往往可以一坐數小時不起身。

他坐在椅中，默默沉思著，覺得自己的功力近來很有進展，但他卻似乎有些稚氣的感覺，沉思中心想，如能將近來新悟的道理和自己家傳絕學溶爲一體，對自己武學不無大補。

他的思想漸漸溶入這一問題之中，潛心思索，他本是聰穎絕倫的人，加以武學根底極深，愈想愈對，愈想愈深，到得後來已心神合一俱醉，整整坐了兩個多時辰，呼地吐了一口長氣，只覺心中疑難似乎都由這一口氣中吐出，不由大感輕鬆。

他緩緩地睜開雙目，這時天色已暗，點了燈光，忽然心中一動，緩緩長吸了一口真氣。

他右手一動，平平將燈火推到牆角處，掌心一吐，發出一股力道。

只見火苗逐漸短小，燈火漸淡，這時他左手一震，發出另一股力道。

那火苗又慢慢上升，他緩緩加強右掌力道，火苗卻又再低了下去。

於是他再加左手力道，只見那火苗忽大忽小，慢慢趨於穩定，這時他左右兩股力量平衡。

他小心吐氣，陡然左右力道齊發，呼一聲由「凝勁」化爲「散勁」，只見那火苗陡然跳了起來，在半空中分爲無數火星，他一收勁，那火苗又燃了起來。

其心吐了一口氣，暗喜道：「成啦成啦！」

這時假若他爹爹在一旁看見的話，斷然不敢相信董家的內勁由同一人發出兩種極端不同的路子！

其心心中明白，這兩個多時辰的靜思又將他的武學帶入更深一層的境界之中。

到了午夜，其心將衣衫結紮完備，輕輕推開窗戶，身形一閃向鎮西直奔而去。

這鎮集不十分大，一會便奔到盡頭，果然只見右方有一叢密林。
這時天上有半彎新月，雖然光華稀淡，但林外仍是一片光明。其心的經驗也相當豐富了，他明白一入林中，一定黑暗異常，目力一時難以恢復，倘若對方是仇敵之類，乍起暗算，防之不易。
他微一思索，提足真氣，運出夜視的功夫，一步踏入林中。
林中並不如想像中之黑暗，枝葉很是稀疏，月光灑下，地下陰影雖多，但光度倒不算弱。其心吸滿真氣，左右打量了一下，卻見林中空空洞洞，不見人影。
他沉吟了一會，正想開口，忽然左方一個聲音道：「兄弟，我說得不錯吧——」
那聲音好不沙啞，其心怔了一怔，一時卻分辨不出到底是誰的口音。
右方又有一個聲音道：「算是被你說對一次，大哥，你說咱們該怎麼辦？」
其心一震暗忖道：「看來這二人是敵非友了，目下敵暗我明，我且忍耐一下——」
這時那左邊一人道：「兄弟，我早就說這姓董的不比齊天心，你投箋之時若寫明是咱們，他可精得很，從來不在乎丟不丟臉，示不示弱，沒把握的事他就是不做！」
那右方一人笑道：「若換了那齊天心，就是明知森林之中是刀山油鍋，只要咱們下了戰書，他一定會來——」
其心暗暗抽了一口氣，他已猜到這兩人的路數了，這兩人倒不可怕，倘若……倘若他們的師父到來那就難以脫身了！
他心中飛快一轉，突然哈哈一聲長笑道：「羅之林、郭庭君，別來無恙乎？」

他口中不停，陡然之間右掌一立，一股勁風疾發而出，呼地一聲巨響，一根手臂粗細的老樹枝枒登時斷了下來，枝葉漫天飛散。

樹枝上一陣輕動，其心身形好比輕煙一掠而出，只見他身形才掠，左前方另一條人影一閃而落，兩人打了一個照面，正是那怪鳥客羅之林。

其心冷冷一笑道：「羅兄好快的身形。」

羅之林面上微微一紅道：「董其心，你真是信人——」

其心眼觀四面，耳聽八方，他話未說完，其心身形一側，只見另一個人輕飄飄的走了過來，月光下看得分明，正是郭庭君。

其心冷笑道：「還有沒有別人，叫他一齊出來吧！」

郭庭君冷聲一笑道：「董其心，你也狂夠了，你既然敢隻身前往，何必多問？」

其心心中暗暗盤算：「只要天禽不在，這兩人我尚可應付。」

他心機甚深，心中所思，口中却道：「好說，兩位相約到此，有何見教？」

郭庭君冷笑道：「咱們要請你指教一番——」

董其心笑道：「不敢不敢。」

那怪鳥客羅之林道：「那日在終南谷中一會，咱們兄弟對你的功夫甚感欽佩，商量之下決定請你指正一二。」

其心冷冷道：「那日承天禽手下留情，兩位回去告訴天禽，就說董某……」

郭庭君冷冷一笑插口道：「董其心，你別套話了，對付你一個人，咱師兄弟還自信能勝任愉快，溫師叔不在這兒，你可放心吧！」
其心心中一鬆，口中道：「郭兄說得是！」
那怪鳥客羅之林忽然一聲怪叫道：「好啦，咱們廢話少說，董其心，你以爲今日還能活著走出這座森林？」
其心冷冷一笑，一股豪氣慢慢泛上他的心胸，他哼了一聲，一字一字說道：「你們一齊上吧！」
羅之林仰天大笑道：「董其心，你好大的口氣！」
他笑聲未決，只見其心面色一沉，一言不發，右手一曲，陡然一衝而出。
「呼」地一聲勁響，羅之林大吃一驚，他不料其心出手快捷如斯，而且一語不發，慌忙之間內力疾吐。
兩股力道一觸而散，羅之林身形一晃一連退出好幾步遠，其心冷冷道：「不過如此而已。」
怪鳥客面上一紅，一絲殺氣閃過他鐵青的面孔，只見他右手一抬，「叮」一聲，長劍已然到手！
怪鳥客的功力，其心是親眼目睹過，若是以全力相拚，的確不易相敵，他不敢絲毫托大，雙目緊緊盯著羅之林。
羅之林長劍一領，陡然一劍削出，嗤地一聲！一根三尺長的硬木樹枝斷了下來，他劍尖一挑，呼的飛向其心。

其心也不客氣，一把接在手中。羅之林冷冷道：「董其心，你敢接我一劍嗎？」

其心樹枝一橫，說時遲那時快，羅之林長劍猛點而出，嘶地發出一聲怪響。

其心自出道以來，很少用過兵刃，但董家家傳仍以劍術爲主，他此時木劍在手，只將心神一定，剎時間右手一蕩，一排枝影在面前散開，才發出第一劍，便有一種心神合一的感覺，那爛熟於胸的神奇劍式如流水般溢過腦海，振腕之處，發出小天星內家力道。

「噗」一聲，長劍與樹枝一觸，羅之林只覺樹枝上透出一股極大的力道，長劍被蕩起半尺，呼一聲，對方的樹枝一走中宮直入。

他吃了一驚，董家神劍是何等神妙，強如奇叟南天，當年在天劍董無奇發出神劍第一式便吃了大虧，若非他功力蓋世，一式貪攻便立必敗之地，羅之林不知利害，才出一劍，已然先機盡失。

劍光枝影中，只見其心滿面莊肅，樹枝點出，蕩起巨大風波，羅之林一連倒退五步，仍不能脫出這一劍的威勢！

只見羅之林面上汗水隱見，足下不住後退，其心劍式如風已佔盡上風。

突然其心只見左方勁風一響，他想都不想，反手一式「白鶴展翅」倒飛而起。

只覺樹枝一震，攻勢登時一滯，閃目一望，郭庭君手持長劍一掠而過，劍身猶自震抖不休！

怪鳥客羅之林只覺壓力一輕，反手削出兩劍，其心長笑道：「早該一齊上了！」

他樹枝一掄，逼出一股深厚的內力，陡然之間劍式一變，閃電般戮出數劍。

這幾劍搶得好快，將郭庭君和羅之林正待合圍的劍式又自衝破，剎時長嘯一聲，乘兩人一散之際，發出天心連環！

只見他劍式忽左忽右，輕靈快捷之中，又處處透出渾厚的內力。

他劍劍相貫，愈發愈快，郭庭君和羅之林到今日才領教到董家絕傳，兩人拚命相守，以二敵一，猶自只守不攻！

董其心愈打愈快，只覺一劍在手，胸中一股豪氣幾乎沖之欲出，這是他從未有過的現象，雖然這只是一枝樹枝而已。

三人在月光之下起伏相搏，其心神劍連發，到第四十六式之時，劍式陡然一停。

郭庭君與羅之林兩人也是用劍的大行家了，一眼便知下面便有更凌厲的殺手，二人四目圓睜，一點也不敢分神。

其心吸一口真氣，發出連環三式殺著，只見那樹枝陡然一沉，枝梢點地，突地猛飛而上。

郭庭君大吼一聲，長劍直砍而下，想封住那挑上的樹枝。

其心右手一抖，樹枝一頓之下，不再上挑，猛地橫裡劊出。

這一把變化好不巧妙，眼看郭庭君一劍砍下，招式已老，不易收回，再也不及相防；那怪鳥客羅之林怪叫一聲，長劍拚命一側，緊貼著郭庭君的身子擦了過去，只聞「嗤」一聲，郭庭君的衣袖被羅之林的長劍劃破了一道口子，而羅之林這一招險著正好封住其心的樹枝。

其心手中枝枒一抖而起，正準備再下殺手，卻見那郭庭君脫險之下，激發起他天性暴戾之性，竟不顧頂門要穴，長劍猛伸，點向其心小腹。

這等兩敗俱傷的打法，其心不由吃了一驚，不暇傷敵，但先求自保，一橫樹枝挑開那長劍。

那郭庭君猛然發出內力，其心只覺手中一重，樹枝和長劍相交，再也分不開來。

其心大大吃了一驚，不料郭庭君內家功力如此高深，連催了兩次力道都不能脫手，只見羅之林冷然一笑，長劍倒轉直劈而下！

其心急得雙目盡赤，他大喝一聲，猛然發出外家「散」勁，樹枝沿著那郭庭君手中長劍的劍身直削而下。

他突然轉內家力道爲外家散勁，郭庭君長劍一翻，登時將樹枝齊腰削斷。

但其心外力已吐，那枝身削到劍鍔，力道一震，那一柄精鋼劍竟自根部折斷，只剩一個劍柄留在郭庭君手中。

同一時間中，羅之林長劍已然劈下，其心大叫一聲，手中半截樹枝一迎而上。

此時他是外勁，樹枝一帶，又被削斷一截，但這一帶之下，對方長劍劍式被帶偏！

其心雙目圓睜，陡然右手閃電一擒而出，砰地一掌平平打在劍身上，那長劍一陣顫動，喀折齊身折斷落地！

羅之林忍不住驚呼一聲，連退三步叫道：「金沙掌！」

其心大大喘了一口氣，撫著被劍鋒劃破的衣袖，一連後退好幾步，猶自心驚不已！

羅之林和郭庭君一齊低首望了望手中斷劍，緩緩擲掉劍柄道：「勝負未分，咱們再領教——

——」

其心吸了一口氣暗忖道：「天禽天魁的弟子到底高人一等，方才一時失招大意，在自己全盤攻勢之下竟能一舉反敗為勝，若不是我練有金沙掌，方才立刻落敗，這番他們又想在拳腳上相戰，我更不可一絲托大。」

心思一定，冷冷道：「董某敢不相陪，不過，依董某之意，並不想下手傷殘兩位——」

羅之林冷笑道：「咱們可是要見死方休！」

其心雙眉一皺道：「兩位三思！」

郭庭君冷冷道：「今日之戰，但有生死，永無勝負！」

其心冷笑不語。

羅之林道：「董其心，我可是從你第一面起便開始討厭你，到現在已有不能與你共存之想……」

其心冷然道：「董某亦有同感。」

郭庭君道：「你還有什麼後事交代嗎？」

其心雙目之中精光閃動，他城府甚深，難受激微怒，但卻不願徒逞口舌之利。

郭庭君冷冷對羅之林道：「兄弟，你瞧他那模樣——」

其心冷然打斷他道：「鹿死誰手猶未可知，兩位準備吧。」

羅之林、郭庭君兩人雖然狂言不止，但方才已見過其心的本領，冷然道：「你出招吧！」

他們心中也知此刻是緊要關頭，再也不敢托大以一人對敵，其心冷笑一聲道：「如此，董某將全力以赴。」

這時，他心中漸漸生出一絲緊張的感覺，眼前的兩個強敵，自己以一敵一有取勝把握，但若以一敵二，則就不能作定。

他抬頭望了望對方，羅之林及郭庭君的臉上都透出森森殺氣，心中暗暗忖道：「上天安排今日一戰，其心啊，你千萬不能失敗，否則，你再也見不著親愛的父親了。」

忽然，他發現自己的豪氣似乎消失無影了，一種淡泊的思潮取而代之，幾乎他想到要一走了之，畢竟這一戰是太危險了啊！

他猶豫著，思潮起伏不定，然而這時郭庭君和羅之林已緩緩舉起手來。

其心緩緩退了兩步，剎時他左右手一連抖出，一剎之間一連攻出五掌之多。

他這攻勢是著重對於郭庭君，前四招拍向郭庭君；郭庭君左右齊封，渾厚內力齊吐，生生阻住其心猛烈的攻勢。

其心最後一掌一轉，拍向那羅之林。

這一掌輕輕按出，卻蓄有暗勁，只見羅之林面上殺氣一閃，雙手一翻，一迎而上。

其心吐了一口氣，內力暗發而出，準備以內力和怪鳥客硬對一掌。

「拍」一聲，夾著羅之林的冷笑，其心的狂吼，勁風一過，其心踉踉蹌蹌倒退五步之外。

羅之林仰天大笑，其心只覺一股莫名的悲憤直升上來，右手掌上一片麻癢，在對掌之時不料怪鳥客無恥如此，竟藏了暗器，而且分明餵了巨毒。

其心只覺一剎時間他的思想都停頓了，然後，他所想到的不再是別的，只是報仇，報仇——

——他從未著人道兒，想不到自恃太甚，竟栽在一時大意之中。

一朵紅暈緩緩在其心蒼白的臉上升起。驀然之間，他的面容僵住了，雙目呆呆地望著直前方的樹上，現出恐怖絕倫的模樣。

從他失神恐怖的目光之中，羅之林意識到嚴重，他呼地一個反身，回首望著樹上——

「你……你下來吧……」

「呼」地一聲，郭庭君來不及驚呼相告，不可一世的怪鳥客羅之林好像笨牛一般衝前五六步，一跤倒在地上再也不動了！

其心緩緩直起身來，「震天三式」的餘威仍然震盪著，在他那深沉的臉孔上，這時竟流露過一絲森然的微笑！

郭庭君失神地望著這可怕的對手，他狂吼道：「你……你使奸……」

其心撫著整個麻木的右臂，冷冷一哼。

陡然郭庭君好像發狂似的，大吼一聲，一個掠身欺近其心不及三尺之處，猛可打出一掌。

其心絕望地揮動左手，這時他的內力只剩不到五成，「砰」地一聲，其心被這巨大的內力擊得翻了一個身，搖搖欲墜，郭庭君狂吼道：「你——」

他喝聲未絕，陡然一股至剛的力道反震而回，他駭然一呼，蹬蹬蹬倒退三步，面色蒼白如紙，慘聲開口道：「震天……三……式……」

「哇」一聲，一口鮮血直噴出來，他身形搖晃，砰地一跤倒在地下，再也不動了。

其心撫著前胸被震斷的心脈，搖搖晃晃地跨出一步，那巨毒，他只覺得整個神經都麻木了！

他再踏出一步，只覺眼前一黑，胸中陡然一陣空洞，再也支持不住，仰天倒了下去。

忽然一陣輕風拂體而生，其心只覺身體一輕，被一個人抱了起來。

驀然他像是觸電似地清醒了過來，他努力地睜開雙目，回首一看，眼前是一片模糊，模糊的月光、模糊的枝影，模糊之中，他卻清清楚楚看見那人——

「爹爹！」

他高呼一聲，再也忍不住巨大的淚珠從目眶之中汩汩流出！

六十　力擲五象

清風在徐徐吹著，蟲鳴聲輕輕地響著，這時，其心緩緩地睜開了眼睛。射入其心眼中的第一影像，就是老父那一雙慈藹的眸子，其心睜大了眼，張開了嘴，他不知道是在夢中還是在另一個世界，以致於一句話都說不出來，只是呆呆地望著，急促地呼吸著。

直到董無公撫著他的額角，溫和地道：「孩子，你畢竟醒過來了——」

其心咬了咬嘴唇，眼淚潸然而下，他伸手抓緊了父親的手臂，不斷地抽泣著，像個孩子一般，有誰能相信這個只出道三年就隻身大戰天魁、天禽，智取凌月國主的風雲人物，會在這時如同孩童一般地大哭？

其心是出名的深沉機智，但任他豪氣干雲，在親情的前面依然是英雄氣短了……

董無公望著其心的憨態，他那歷盡滄桑的破碎之心，在點點地流血，他挨著蓋世無雙的神功叱吒風雲，結果一生就只落得這麼一個孩子，只有從孩子的身上，他可以依稀找到昔年黃金年代中的自我，在他的眼中，其心依然還是那童髮垂髫的孩兒，他老淚昏花之中，彷彿又看到了那年離家時，其心倚門默默的情景，他默默地在心裡道：「孩子，真苦了你，真苦了你……」

其心抑住了泣聲，他低聲道：「爹，我們好像十年不見了。」

無公輕撫著他，說不出話來；其心望著老父的鬢髮在輕風中飄拂，只是比上次見面時更白了，他喃喃地道：「爹，我們不再分離吧！」

無公無法回答他這句話，只是轉變話題道：「孩子，你感覺怎麼樣？」

其心道：「我覺得全身都在發熱，火燒一般。」

無公點了點頭。他心中明白，其心的毒已經深入膏肓了。郭庭君下的毒不知其名，但分明是劇烈無比的奇毒，其心此時看似平靜，其實已在生死的邊緣了。

無公盡量壓抑著滿腹的心酸和焦急，表面上裝出無比的平靜，拍著其心笑道：「孩兒，你的掌力真行啊，看來爹爹都不是你的對手啦。」

其心憨笑道：「地煞董無公之名，武林中嬰兒聞之不敢夜啼，這是平白混來的嗎？」

他們父子有時嚴厲若師徒，有時親熱如兄弟。無公哈哈笑道：「咱們再說下去要變成父子互相標榜了，說實在話，爹爹在你這個年紀的時候，絕對沒有你這般掌力的……」

其心默默想到傳他金沙神掌的凌月公主，那艷光照人的容貌又浮在眼前，那時日一舉一動勾心鬥角智機應變的緊張生活，在忽然之間好像變成很久遠的往事了，他不自覺地淒然苦笑了一下。

無公從其心那一絲苦笑中察覺到這孩子內心深處埋藏著隱秘的惆悵，他微微吃了一驚，繼而也有一絲欣然，他喃喃對自己道：「孩子畢竟長大了，已到了有秘密心思的年紀啦！」

其心道：「爹，我把凌月國主騙了——」

無公伸出大拇指讚道：「我已知道了，其心，那隻老狐狸在你手上栽了這個大觔斗，怕不要氣得嘔血三斗，說也奇怪，你媽是個賢淑誠信的奇女子，我老兒也是個忠厚老實之人，怎會生出你這麼個鬼靈精來的？哈哈。」

其心忍不住笑了起來，道：「爹，您說您自己忠厚老實嗎？」

他話尚未說完，無公猛一伸手指，一股罡氣隨指而發，直向其心氣海大穴，其心正在大笑之間，那股真氣倒轉回來，聚於腎上。

只見董無公的頭頂上冒出陣陣蒸氣，一種奇勁無比的真氣在其心體內運行起來，那真氣愈引愈快，漸漸蒸氣聚成了柱形，歷久不散，蔚爲奇觀。

大凡內功到了登峰造極的地步，便能聚無形之氣爲有形之物，但是如董無公此時這般運功之間蒸氣凝而歷久不散，實是武林中罕見的奇觀了。

過了一盞茶時間，董無公的額上全見了汗，頭頂上那柱形的蒸氣忽而接連猛衝起三次，接著董無公一躍而起，收手廢然長歎。

其心也緩緩睜開了眼睛，低聲道：「爹，沒有救了？」

無公沒有表情，心中在慘然地下沉，口中卻道：「沒有救？哪有這種事？地煞董無公的萬兒是白混來的嗎？」

其心道：「爹，您不用騙我了，那毒藥厲害得緊，我自己知道得最清楚，爹，一個人總是要死一次的，那有什麼値得牽掛的，能再看到您這一面，我就滿足了。」

董無公心中在落淚，暗底裡對自己說：「天啊，難道真要教我白髮人送黑髮人的終嗎？」

其心覺得異常地平靜，繼續道：「爹，有一件事我必須先告訴您……」

董無公道：「孩子，你不要胡思亂想——」

其心道：「不，您先聽我說，這是最重要的事，我的時間不會有多少了……」

董無公聽若未聞，忽然仰起頭來，口中喃喃自語起來，那聲音小得只有他自己聽得見：「……生元之氣本爲靜，則由靜而至乎中，若爲動，則由動可達，靜則適反，故急湍之下必有深潭，高山之下必有峻谷，凡事順乎性而已矣……」

他的聲音雖小，但是愈說到後來那聲音愈是鏗鏘可聞，到了最後一句，宛若平地突起焦雷，無公拂袖道：「雖則我還未達化境，如今只得勉力一試了。」

其心一聽這話，駭然一躍坐起，大叫道：「爹，您……您……您是要用那太陽神功？」

無公望著他，沒有回答。其心叫道：「爹，您不能的，那神功您還沒有練成……要走火入魔……」

無公再一伸指，其心啞然癱在地上，董無公伸掌在其心全身拍了一遍，盤膝坐了下來。他把雙掌伸出，一抵其心前胸，一抵後背，心中暗暗禱道：「一個時辰之內，求天保佑千萬不要有敵人來此。」

他再望了望四周，這地方尚算隱秘，於是他猛吸一口氣，開始動用那普天之下僅此一家的太陽神功。

在一般武林中對於「太陽神功」之名已經逐漸生疏了，一則因爲這是上古時代的內家吐納之法，久已無人傳授，二則這只是一種練氣之法，一般武林中，不知其究竟，不會有人花時間來研究這種吐納之術，但是在數十年前，當打遍天下無敵手的九州神拳葉公橋一指擊敗當時的綠林霸主紅衣朱公時，有人問葉神拳這「七指竹」神功何以能如此無堅不摧，當時葉公橋哈哈大笑道：「無堅不摧嗎？我這七指竹與諸位所練的鐵指功也沒有多大差別，也許老夫的功力老到一點罷了，若是世上有人具有上古的『太陽神功』，配以老夫這一指之功，那才真叫做無堅不摧，無敵天下哩！」

從這一個掌故，武林人才又注意到「太陽神功」四個字，只是空談一陣，又冷了下去，如果有人知道此時地煞董無公所使的就是「太陽神功」，那真不知道會驚奇到什麼地步了。

董無公小心翼翼地把那太陽神功一絲一絲地施展開，他抱著十萬分的小心緩緩施為，只要有一個閃失，立刻就是兩條人命。

他們兩人藏身在一個大草叢之後，只是半盞茶時分，忽然那草叢上方的空間緩緩升起一種淺紅色的煙霧，漸漸那紅霧變濃起來，成了一種朱紅色發亮的氣團，上古失傳的「太陽神功」終於重視人間了。

寂靜之中，時間緩緩地過去，董無公已進入了天人交會的境界，這時候，只要有任何一個武林人走過，要想謀害地煞之命，那真是易如反掌了。

忽然，大地微微地震了一下，緊接著又重重地震了幾下，像是有什麼千斤之物在向這邊移動過來——

地煞董無公此時已是天神交會之中，十丈方圓之內便是落葉之微也能察覺，他立刻感到那震動。

「那是什麼?」

他在心中盤算了一下，立刻他感到一股逆氣反衝上來，於是他連忙屏除雜念，猛吸一口真氣，又把真氣渡了過去。

大地又震了一下，接著連接地震動起來，董無公對太陽神功真氣的控制一點把握都沒有，他冒著險把真力緩緩穩住，然後分開一絲心神來窺聽一下。

「是腳步聲!」

無公這樣地判斷著，但是他沒有閒暇去想一想，什麼腳步聲會發出如此如雷般的沉重巨響?因爲他立刻又得猛提真氣，支持著那太陽神功的運行。

又過了片刻，無公摧動的太陽神功已經到了緊要關頭，他對這項神功尚未練到爐火純青之境，在這最緊要關頭，收發之間只要稍有過多或者不及，其心的性命就有危險，這時他提貫了全神，當真是如臨深淵，如履薄冰，一絲一絲地把氣道加重。

這時候，那沉重的聲音已可辨清確是腳步之聲，而且正是朝著這方向疾奔而近，但是董無公卻是完全聽不見了，他所能聽見的，只是對面其心那不規律的心跳聲。

轟轟然，古怪的腳步聲愈來愈近，只見那林叢中嘩啦啦一聲暴響，駭然衝出五隻龐然大象來，這五隻大象也不知是受了什麼驚駭，一隻隻沒命地向前猛奔，所過之地，樹枝紛紛折斷，叢草變爲平地，那聲勢真比得上千軍萬馬。

董無公連眼皮都沒有抬一下，他數十年的內家修爲到這時發揮到了極致，真所謂泰山崩於前而面不改色，他心平氣和地把那緊要關頭的最後一股真陽之氣渡了過去，然後一躍而起。

那五隻巨象已經衝到不及十丈之處，董無公竟然沉得住氣仍不看牠一眼，只伸手一掌拍在其心的肩胛穴上，一推一掌，其心也是一躍而起，他才一清醒，立刻意識恢復，大叫道：「爹爹，您的內力……」

無公更是焦急萬倍地大吼一聲：「先聽我說，你胸腹痛否？」

他這一吼，動用了內家真力，四周五丈方圓之外，但聞沙沙落葉之聲，聲勢好不駭人，其心全身重重一震，急一提氣，大叫道：「胸痛腹不痛！」

無公一聞這五個字，立時喜形於色，他大叫道：「成了！」

隨手一揚，一包紅色粉藥擲給其心，叫道：「東海大還丹，快快服下——」

他「下」字尚未說完，五隻瘋象已經衝到了眼前，無公舉目一望，知道逃避已經無望，他左手抓起其心，猛然向後一丟，其心的身軀如一隻大鳥一般飛了出去，他自己卻如閃電一般向地上一滾，正好從一頭衝上來的巨象的前後肢之間滾了過去。

董無公以右手小拇指略一點地，身軀已經立了起來，第二第三隻巨象已經衝到，第一隻象又轉過身來回衝而下，那巨象一衝之力何只千斤，巨腿粗如木桶，合抱的樹幹都被他一衝而折，何況血肉之軀？

董無公知道事情沒有第二條路可走了，只見他驀然大喝一聲，全身的衣袍呼地一聲鼓漲起來，雙臂揮動之間發出一種尖銳異響，接著猛一伸手，如同電光火石一般，已經正正抓住了當頭一象的長鼻——

緊接著，又是一聲巨吼，董無公抓著巨象的軟鼻，竟把一隻巨象舉了起來，武林中人提到把濕軟衣裳抖成棍狀的「濕束成棍」功夫，都譽為內家上乘功夫，若是有人看到此時的地煞董無公，不知會作何感想了！

董無公舉起了巨象，猛一揮臂，霹靂有如雷震，竟把一隻巨象活生生地擲到數丈高空，這抓舉擲之間端如閃電，正是地煞的平生絕學「震天三式」的式子，昔年天劍、地煞兄弟鬩牆之時，董無公仗著這震天三式從劣勢中把天劍董無奇震傷當地，造成兩敗俱傷的慘局，這時董無公一擲，當真是他畢生功力所聚，巨象在空中轉了兩個跟斗才一聲怪嘶，跌落地上——

只聽得又是一聲大喝，混亂之中董無公的青袍一揮，又是一隻巨象被擲上了天空，這隻巨象方落，第三隻巨象又被擲起，霎時之間，滿天都是風沙塵影，一共五聲慘嚎，五隻巨象都被活活擲斃當地，地上出現一個駭人的巨坑！

見過那麼多大場面的其心也驚震得呆住了，他目瞪口呆地注視著神威不可一世的父親，董無公擲出了第五隻巨象後，忽然一個踉蹌吐出五口鮮血。

其心一個箭步縱躍過去，大叫道：「爹，您怎麼啦？」

他一把扶住了父親，無公揩了揩口角的血跡，插手道：「不妨事的，不妨事的。」

他扶著其心站直了身軀，前面是五象巨坑的壯觀奇景，武林中傳說昔日達摩祖師修成金剛不壞之身，在天竺國獨足立在崖邊力擲十象，雖是傳聞，但是在武林中一直被認為的陸地神仙的境界功力，此時地煞董無公力擲五象，那氣概真可直追達摩祖師了。

董無公噓了一口氣道：「其心，你可好了？」

其心點首道：「全好了，爹爹，您好威猛的內力。」

董無公扶著愛子的肩臂，望著那巨坑，任他是修養入化境的武林宗師，到這時也免不了心浮得意之壯志，他右腳腳尖一挑，一塊三尺厚石飛了起來，正好落在他腳前，他力貫食指，就在厚石上龍蛇飛舞地刻道：「甲午之後，立秋後一日，河南董無公在此力擲五象。」

他刻完後，單掌一拍，那一方厚石立時入土半尺，他拍了拍其心肩膊，仰天縱聲長笑起來。

雄壯的笑聲，挾著干雲的英雄豪氣，在山野之間迴盪著，直驚得滿天是宿鳥起飛，蔽掩天日。

董其心歡叫道：「爹爹，太陽神功，這就是您從前常說的太陽神功？」

地煞董無公點點頭道：「其心，百數十年前終南老人在華山絕頂，以震天三式擊斷十九位武林一流高手心脈，三掌發出，相傳風雲變色，華山山巔終年雲霧蔽頂，雲氣竟吃掌勁盪開，爹爹昔日雖曾練就此失傳絕學，威力之強，但要到達這種驚天動地的境界卻是不能，你道是爲什麼？」

其心道：「爹爹剛才力擲五象，端的是天地變色，只怕已勝先賢，而絕後世學者了。」

董無公道：「我自信那『震天三式』無論運氣及招式都無錯誤，但總不能如先賢一般威勢，上次，我得到那張地圖，尋到三件寶物，服食了萬年石乳，功力盡復，這一年來靜中求悟，終於想通了此中關鍵，震天三式所以不能發揮最高效用，乃是因爲我內功不能至極之故，於是爹爹再從內功上下功夫，哈哈其心，終於讓我練成了震古鑠今的太陽神功。」

其心道：「爹爹，那麼目下你已是武林中第一高手了。」

董無公沉吟道：「那也不見得，這太陽神功共分九級，我自忖只臻第七級而已，這世上還有一人，他從前功夫便在爹爹之上，我功力喪失多年，他的進境豈會慢了？其心，你知道昔日爹爹便受此人一擊，全身功力喪失，唉！此人天資天賦，都勝爹爹一籌，多年不見，也不知他練就些什麼厲害功夫。」

其心心念一動，正待開口，董無公又道：「這人便是天座三星之一，天劍董大先生。」

其心心中早有數，聞言並不吃驚，當下道：「爹爹，這個卻不見得。我決不相信世間還有人能一口氣力擲五頭巨象的人，伯伯雖是厲害，也不見得有此功力。」

董無公道：「其心，你能耐真大，什麼都知道了，你大伯天資敏悟，一些別人苦思不能其解的道理，他都能一思便通，所以一些武學至理，別人窮畢生之力不得其門而入，你大伯卻是一看便懂，而且視爲當然。」

其心神秘地道：「天劍、地煞不論誰強於誰，如果要能聯手，那總可以稱雄天下了吧！」

董無公一怔，輕歎一口氣道：「但願有一天，天劍、地煞能夠同時在江湖上再現面，唉！世事悠悠，人事自難逆料。」

其心得意道：「爹爹，我說故事給你聽！」

董無公忽見其心臉上喜氣洋洋，那種開心的樣子，彷佛一個孩子得到大人稱讚，不好意思得意，又掩不住內心高興。地煞從小親自養育其心長大，除了在其心幼年時，從未見其心如此暢快，自覺這孩子變得小了，伸手挽在其心肩膀，老懷大開。

其心當下將所見所聞關於天劍、地煞的事，都源源本本說了出來，地煞直聽得雙目睜圓，數十年的恩怨都一塊浮了起來，幼年時與兄弟董無奇同學藝，在父親的教誨下，共同憧憬著輝煌的前程，可是驀地生變，首陽一戰，他瞧到哥哥痛恨而絕情的眼色，就是那眼色，使他放棄了原想使用出同歸於盡的手法「震天三式」。

往事一幕幕又重新在地煞的面前上演，這名滿天下的地煞，一時之間，心中又是辛酸，又是激動，雙手抓緊其心，半晌說不出一句話來。

其心道：「誰也想不到死人會再復活，所以爹爹和伯伯自然結下了死誤會！」

董無公點頭道：「我到現在才明白，為什麼敵人能那麼熟悉我們家中，和你祖父坐功的時刻，原來是秦管家，原來是出了內奸，誰知你伯伯不由分說，只是疑心於我，這是天意，別說我和你伯伯當年年輕氣盛，便是如今遇上這事，也不會想到原來其中有此關鍵。」

其心道：「世上什麼怪事都有，爹爹，如是我碰到這種事，倒不致像伯伯那麼魯莽。」

董無公笑嘻嘻地道：「你是當然哪，誰能有咱們民族英雄董其心的能耐，哈哈！其心，如果你媽今天還活著，對你這種乖巧兒子不知有多疼，我做爹爹的只怕要受盡你娘兒倆的氣了。」

其心黯然。董無公暗罵自己道：「我真糊塗了，這孩子自幼喪母，我豈可挑起孩兒之痛？」當下拉著其心手道：「其心，你大功告成，咱爹兒倆走！」

其心道：「爹爹，走哪裡？」

董無公沉聲道：「找天魁、天禽這兩個賊子去！」

他雖說得聲音不高，可是充滿豪氣。其心應口道：「對！找這兩個賊子去！」轉念忽道：

「爹爹，咱們還是先去找天劍伯伯！你和他的誤會也該解開了。」

董無公沉吟不語，其心又道：「天魁、天禽再加上凌月國主，如果爹爹和我兩人去找他們，實是人孤勢薄，如果加上天劍大伯伯和我堂哥齊天心，我方可操勝劵。」

董無公道：「其心，你真可謂足智多謀，好，就依你。」

父子倆並肩站起，地煞董無公一瞥地下死去的郭、羅兩人歪歪斜斜的心脈全斷，縱聲大笑道：「其心，如果是碰上天禽、天魁，絕對奈何不了咱爹兒倆，想不到你功力精進若此！」

其心道：「我學會了真正的金沙功！」

董無公道：「其心，以你功力，就是剛才那兩人合擊也不是你對手，以你機智，怎會著了道兒？」

其心臉一紅，半晌道：「我這幾天心神不能安寧，竟被這種小計所傷，如果爹爹不來，我內傷中毒交迸而發，只怕難以活命。」

董無公正待說話，忽然神色一凜，其心凜神一聽，遠遠處隆隆聲起，彷彿大軍過境，可是那聲音單純，又不像人多踐踏。

董其心輕聲道：「來了四個高手！」

董無公點點頭，沉吟半晌道：「來人又是外國武士，其心你聽，這聲音如焦雷，可是四周飛禽不驚，分明是一種極高內功，中原絕無此門。」

其心忽道：「爹爹，又是西域來的嗎？」

董無公搖頭不語，那聲音愈來愈近，忽然樹葉一響，從林中閃出四個漢子，身形極高，全身白袍白冠，裝束怪異，向地煞立身之處走來。

董無公輕輕從樹後走出，那四人吃驚，爲首白袍漢子一揖道：「閣下有何見教？」

董無公一怔，想不到這異服漢子竟操一口純正漢語，當下還了一揖道：「閣下內功已達動中制靜的地步，請教尊姓大名。」

那白袍漢子心中一驚忖道：「這老兒好厲害的眼色，咱們空明內功最高境界便是動靜合一，乍動之間，又憑一意所至，這老兒不知是何路數，我且用言語探他一探。」當下客客氣氣地道：「在下是無名小卒，名字說出來閣下也必不知，請教閣下是否姓董？」

地煞哈哈笑道：「閣下好厲害的眼色，老夫正是董無公。」他口中說得輕鬆，心中卻暗自一驚忖道：「這四人多半是衝著咱們董家人來的。」

那四人都吃了一驚，那爲首漢子道：「原來是董老前輩，失敬！失敬！」一施眼色，他身後三人各站一個方向，隱約間有合圍之勢。

董無公暗暗冷笑，沉凜地道：「閣下既不肯告示萬兒，老夫尚有急事，咱們就此別過。」

他左腳微微前踏一步，站在巽位，其心心中大驚，難道這四人功力如此之強？爹爹一上來便擺好平日練功最上乘的內家步法。

那爲首漢子見董無公往前走，他手一伸微笑道：「閣下請慢！」

另外三個白袍漢子，漫不經意地右手搭在那漢子肩上，董無公目中神光暴發，又走前一步，右掌輕輕前推，那爲首漢子催動右掌，平胸迎了上來。

兩掌一交，董無公只覺對方掌力無半點力道，地煞一振真氣，運了三分力道，對方仍若無覺，那股力道竟是被化解得無影無蹤。

地煞董無公心中吃驚不已，暗忖道：「這四人空明拳已臻化境，空明拳原是雲南滇池獨門武功，可是滇池一脈近年人才凋零，空明拳精義早失，只剩下一個架子，這四人已得其精髓，難道是新出道滇池派高手？」

他心中沉思，手上催了兩次力道，其心只見父親臉色漸漸酡紅，對方仍無敗態，心中更是吃驚，這時又幫不上手，只有凜神觀變。

地煞董無公是何等人物，敵人愈強他精神愈長，待到真力施到九分，那為首漢子雙腳浮動，臉上由紅變白，哇地吐出一口鮮血，全身痿頓倒地，另外三個漢子也是面色慘白，坐倒地下。

董無公瞋目一言不發，那為首的漢子掙扎起來道：「地煞果然名不虛傳，兄弟們咱們認栽了。」

他領著三人前走，才走了十幾步，忽然瞧見路旁董無公所立之石牌，當下臉色大變，半晌回頭對董無公說道：「好！好！原來是閣下擲咱們陛下五大王，青山不改，綠水常流，我代咱們陛下向閣下致意。」

他聲音發顫，顯然為這神功所震，說完便大踏步而去。其心悄悄問道：「爹爹，這是什麼人？」

董無公歎息道：「其心，中原之地，哪曾有過野象群，適才那五頭巨象是人家養的。」

其心奇道：「難道就是剛才那四個人養的嗎？」

董無公喃喃道：「白象王國！白象王國，如果凌月國主請動那人也來了中原，那可不易對付。」

其心道：「什麼？」

董無公道：「南方有個白象王國，在雲南之南，國王是大理段氏一族，三十年前便和神州三奇齊名，只是此人極少涉足中原，適才那三人定是此人座下，看來此人或已被凌月國主說動，起了爭強奪勝之心。」

其心道：「爹爹，他有幾頭象，咱們便擲他幾頭，天劍、地煞合手，還怕他什麼的。」

董無公道：「對，兵來將擋，咱們目前之務最重要還是尋你大伯去，他既留書不死方丈西行，咱們向西碰去，但教董家神劍合璧，唉！就是千軍萬馬又有何懼。」

父子兩人當下結伴西行，一路上其心經過昔日莊人儀的大莊院，雖已是一片焦土，碎瓦頹垣，可是其心想到童年寄居於此，不覺留戀了一會，想到莊玲小時候撒嬌放賴，使大小姐性兒，其實都是由於自己冷淡，那時候自己也不知安的什麼心思，總以爲是大人了，對於莊玲愛理不理嫌她幼稚，直到現在，才發現自己早就偷偷喜歡上莊玲，人爲什麼都是這樣？當他自以爲什麼都懂時，其實什麼也不懂，當他真正懂得時！一切都已經晚了。

其心是個極端深沉的人，回首前塵，只覺滿目愴然，又變得沉默了，他爹爹熟知他性格，也不以爲奇，這日行到途中，父子倆夜宿荒廟之中，地煞談起上次仗義救助甘青總督安大人之事道：「安大人身旁有兩位貼身侍衛，卻都是女子，說來也真好笑。」

其心心知其中定有安明兒在內，他雖一千個想問問安明兒是否無恙，可是畢竟忍住了。地煞又道：「那兩個女子武功也還過得去，可是都是嫩手，對於戰陣毫無經驗，倒是忠心耿耿，爲了護衛安大人雙雙力戰受傷，那日如果我慢到一步，後果真難以設想。」

其心哦了一聲，再也忍不住問道：「那……那侍衛……受傷受得重嗎？」

地煞看了其心一眼道：「都是劍刺外傷，其心，你認識那兩個侍衛？」

其心臉一紅道：「那長得高高個子的，就是安大人的獨生女兒。」

地煞董無公想起上次在軍中說明尋找其心，那其中一個侍衛眼中放出異彩，對自己全是欽敬之色，只道是看見自己施展武功佩服，原來是和其心認識，他心中一鬆，笑瞇瞇地道：「啊！原來是總督千金，那很不錯的呀！其心，我瞧她對你倒很是關心，哈哈！」

其心低頭不語，心中只是想到和安明兒相識、共遊、共度新年的情景來，安明兒天真灑脫，天生麗質，最難得的是不慕虛榮，和她在一塊兒，只有歡樂、歡樂，什麼心事都會被她幾句笑語沖淡。

其心想著想著，爹爹的話沒聽見一句，董無公見兒子臉上如癡如醉，心道這精靈的兒子，也會有動真情的一天，那安大人對其心讚譽有加，此事自己也樂得順水推舟，他日碰到安大人，向他說去。

廟外風聲呼呼，其心只聽到耳畔一個慈和無比的聲音道：「其心，一切都有爹爹作主，你媽媽將你交給爹爹，爹爹管你快廿年了，哈哈，這擔兒也該交給別人啦！」

其心一怔從沉思中回到現實，他茫然問道：「爹爹！你說什麼？」

地煞董無公笑道：「哈哈沒有！」
其心看了父親一眼，只見他神色又是高興又是悲傷，其心心中忽然一凜，忖道：「爹爹說要將擔兒交給別人，那是什麼意思？」
他呆呆瞧著父親，心中只是琢磨那句話，忽然轉念一想忖道：「我近來怎麼總是沉湎回憶，什麼事老往壞的方面去想？爹爹的意思，只不過……不過……以為我有……有心上人了，唉！爹爹！爹爹！您誤會了，我雖是您最親愛的孩子，可是這種心事，您還是不知的好。」
廟門外火堆不住發出輕輕的爆聲，空中儘是松枝的清香，董無公柔聲道：「其心，你快去睡吧！明天還要趕一天路哩！」
其心應了聲是，倒在松枝鋪好的軟榻，這時候，威震天下、惡名也滿天下的地煞董無公，就像一個慈母一般，輕輕替其心蓋上了一件長襟，連嚴父也不像了。
睡在中夜，忽然一陣清嘯，深夜傳得老遠，其心翻身坐起，只見父親盤膝而坐，嘴角露出笑容，再聽那聲音一刻之間已到了不遠之處。
其心悄聲道：「好快的輕功。」
董無公含笑道：「飛天如來老禿驢又在尋人晦氣了！咱們出去瞧瞧熱鬧去。」
其心道：「飛天如來，爹爹您是說崑崙的大和尚嗎？我在少林寺見過他，他好像對我很是親切。」
董無公道：「這禿驢是爹爹生平知己，昔年天下人冤我，只有大和尚死也不信。」
其心道：「武當周道長也一直替爹爹辯護。」

董無公道：「周道長是忠厚長者，他容人之量天下無雙，其心，你有機會向道長多多討教，對你爲人大有助益。」

兩人正談話間，忽然廟門砰然打開，走進一個夜行人來，其心迎著火光一瞧，大吃一驚叫道：「天山老人！」

那夜行人正是天山老人鐵公謹，他陡然見到其心，心中也是一驚，再看其心身旁，站著一個老者，臉上陰暗分明，挺鼻突額，雖是兩鬢灰白，可是輪廓顯著，色彩極是生動。

天山老人再一細瞧，當下臉色大變道：「董大俠別來無恙？在下好生喜歡。」

董無公長笑一聲道：「從來就無人叫過老夫大俠，不是魔頭，便是殺胚，哈哈，這稱呼倒是新鮮，你爲虎作倀，我也懶得來管你，自有大和尚來收拾你。」

天山老人鐵公謹在西北何等成名，他也是一派宗主，只因地煞昔年成名實在太大，是以他言語極是恭謹，這時見董無公正眼也不瞧他一眼，當下如何能忍下這口氣，冷冷一哼道：「地煞殺人父母，淫人妻子都是稀鬆平常之事，在下早該記得對人才講人話。」

其心知天山老人從前功力和自己只有伯仲之間，自己近來大有進展，根本不用怕他，當下正待反唇相譏，忽然眼前一花，一個高大人影如鬼魅般踱了進來，口中急聲大叫道：「這賊子留給我大和尚。」

其心定眼一看，來人正是崑崙飛天如來，兩眼瞪住天山老人鐵公謹。

鐵公謹冷冷地道：「大爺有事，不願和你這和尚無理相纏，你道大爺是真怕你不成，來來來，你們最好一塊兒上。」

飛天如來咧嘴朝董無公一笑：「老董，宰一頭豬要幾個人？」

董無公一怔。其心叫道：「那要看你怎樣宰法，如果捆住笨豬，只消一手一刀，便能宰掉，如果……」

他尚未說完，飛天如來接口道：「小施主你說得對，我和尚便會捆豬。」

那天山老人鐵公謹雖氣得七竅冒煙，可是此人也是個厲害角色，心中猶自盤算，今日之戰，只怕絕難討好，一有機會立刻脫身。

天山老人一言不發，驀然一掌擊向飛天如來，飛天如來口中嘻嘻叫道：「好厲害的山豬，這樣捆不成，大和尚得學學張三爺（張飛）捆豬，這麼給豬一下，不就成了？」

他口中說著，手下卻絲毫不敢怠慢，兩人戰到分際，天山冰雪老人掌力暴發，大和尚神色凜重，凝神接招，口中嘻笑怒罵也少得多了。

那天山冰雪老人，功力極深，崑崙掌教飛天如來雖不見敗態，可是一時之間要想取勝卻也極難，大和尚以罡氣護身，施展崑崙「九宮十八式」雙掌上下翻飛，在冰雪老人兇猛攻擊中，不時加以還擊。

戰了一百餘招，天山冰雪老人漸漸不耐，他掌力放盡，施出天山派鎮門之寶「無敵神拳」，一時之間攻擊大盛，威猛無比；大和尚腳踏八卦方位，身形上下搖擺，就如風吹荷花，雨打浮萍，教人根本摸不著他身形何處。董無公暗暗讚道：「這詰摩步法，昔年隨達摩祖師東傳，所習之人甚多，但能真正得其精髓，如大和尚這般精神的，只怕再無第二人了。」

驀然冰雪老人一掌擊出，隱隱間風雷之聲大起，飛天如來腳下一踏虛步，側身閃開；天山冰雪老人身形一起，往廟後撲去，幾個起落，已越過廟頂。

就在這同時，大和尚一摸光頭，僧袍一抖，也自凌空飛起，冰雪老人才一落地，只見一個身形迎面飛來，他雙手迎空一掌，只見大和尚兩腿一屈，身如斷線之鳶，藉著自己掌力又前進了數丈。

冰雪老人一定神，立刻向右撲去，大和尚哈哈大笑，大袍一抖，身子硬生生在空中轉了一個方向，迎頭往冰雪老人飛來，大和尚劈手凌空一掌，冰雪老人腳下一陣踉蹌，身形一起，隱沒林間。

其心只瞧得心震目眩，大和尚落到地上對董無公道：「這廝功力不凡，上次崑崙之變，除了凌月國高手外，那蒙面漢便是天山冰雪老人，我大和尚那夜雖然不見面孔，可不會忘記他那笑聲。」

董無公笑道：「好個大和尚，又奏功了，天山冰雪老人一生稱霸西北，中了大和尚一招，就是不死，功力也是全失了。」

飛天如來道：「我大和尚說他是條豬，真是一點不錯，他替凌月國主作倀，豈不知兔盡狗烹，鳥盡弓藏，那凌月國主事成之後，豈會容他？」

董無公含笑道：「和尚，你此去何方化緣？」

飛天如來道：「找凌月國主伍鴻勛去。」

董無公搖搖頭道：「和尚，我知你仇心最重，本來最不宜做和尚，可是這事卻要三思，崑崙之事，姓董的豈會袖手？」

飛天如來摸摸光頭道：「我和尚也無把握能勝凌月國主，老董，和尚就依你，我和尚廟被人燒了，身上一文不名，看來只有厚臉到不死方丈那裡白吃一段時間了。哈哈！老董，你有事快去快回，你們董家的事，又是天劍又是地煞，和尚可插不上手。」

董無公道：「和尚好主意，咱們就此別過。」

六一 英雄大會

一月後。

已是秋天的季節了，天高氣爽，金風吹送，草原上一片翠綠已逐漸開始褪色，但蔚藍色的天空，悠悠白雲，卻仍不失清新的氣質。

遠望過去，只見有三個人站在原野之上，立在一株大樹之下，倘若這時有熟悉武林中的人經過，包管會驚得說不出話來，幾十年威震天下的天劍、地煞此時竟對面而立，而且在一旁的少年，正是近年來聲名大震的奇少年董其心。

其心恭恭敬敬對天劍行了一禮道：「伯伯，小侄有禮了。」

董無奇微一頷首，面上的神色卻是不自然，雙目斜斜瞧著董無公。

其心又道：「伯伯，這次爹爹約你一會，是要告訴伯伯一件秘密的事情。」

董無奇嗯了一聲道：「什麼事情？」

其心道：「關於那秘谷之中夜襲的事情！」

董無奇陡然吃了一驚，他那日夜晚在谷中親眼目睹一切，比之無公印象更為深刻，這幾十年來每時每刻都念念不忘於心，那奇叟、神尼的功力，葉公橋蓋世神拳，爹爹金鋼彈指，慘遭中毒，弟弟淒厲詭異的表情，已在他腦海中重重烙下永不可磨滅的痕跡，這時聽得其心一言，不由脫口呼道：「你——你說！」

其心應道：「祖父中毒，絕不是伯伯所爲——」

董無奇怔了一怔，只覺這簡單的一句話好像是一股無比的力量，將心靈擔負了整整四十年的大石一抹而開，他負擔這嫌疑四十年，雖然從來沒有人以此辱罵過他，也沒有任何人知道這件事，但內心的痛苦卻使他一再萬念俱灰，最後竟遁入道門，這時其心一句說出，他只覺四十年的痛苦積慮如輕煙般散開。他怔怔地望著其心，忽然仰天哈哈大笑起來。

其心又道：「那下毒手者也不是爹爹，是那秦白心秦管家！」

董無奇驀然收止笑聲，奇叫道：「他，他不是已死了嗎？」

董無公仰天長歎一聲道：「你我當日誤傷他一掌，無巧不巧，你用的是陰功，我用的則是剛力，本來那秦白心出谷不出三日必死，但咱們忽略了外邊等候的是奇叟及神尼！」

董無奇怔了一怔，頓足道：「是了是了，他懷恨於心，於是下毒於酒，並且勾引外人乘危而入……」

其心插口道：「他做內奸，卻非是因懷恨，乃是早就如此，那奇叟、神尼多年以來便爲謀求那『震天三式』處心積慮，秦白心早就是他們的奸細——」

無奇歎了一口氣道：「這也是劫數使然。」

其心又道：「祖父覺察所中毒竟是最爲霸道的『南中五毒』，他老人家功力蓋世，霎時便悟出如用本門內力，受外加大力一壓，正好可以逼出毒性，便叫伯伯下手打他一掌——」

無奇腦中速閃，他本是武學大師，這道理一想即通，忍不住叫道：「你——你怎麼想得出來？」

其心歎了一口氣道：「上天安排這奇冤，又安排由董家的人予以澄清，小侄親見兩個本門中人中了南中五毒，又遭敵人內家掌力所擊，卻死而復甦……唉，這等奧秘的道理，如非天意，就是親身中毒受掌，死而復甦也未必能夠領悟，僅茫然不知其理，祖父…… 他竟能在急亂之間領悟其中道理，唉，只可惜伯伯當時不敢下手，否則那一掌發出，立即救了祖父的性命！」

董無奇只覺聽得冷汗直流，世間竟有這等奇妙的事情，冥冥中天意安排，絕非人力所能估計的。

其心侃侃又道：「可惜伯伯爹爹為此反目四十年，卻始終沒有將此秘密揭開。」

董無奇道：「那可惡的秦白心……」

其心接口道：「那秦白心日後追隨天禽、天魁而去……」

無奇陡然吃了一驚道：「天魁、天禽？那他們兩人豈不是——」

其心沉重地點了點頭道：「除了奇叟、神尼，世上哪有人能調教得出這兩個蓋世高手？」

董無奇只覺一股仇火上衝，他大叫道：「那麼咱們找他們算賬……」

其心沉重地點了點頭又繼續道：「小侄曾親見那秦白心中了南中五毒，卻在受了一掌之後死後復生，這人生生死死好幾次，一生的命運的確神秘無端，但最近卻在天禽滅口之下真的送了性命。」

其心有條不紊地將這一件複雜曲折的事件說明清楚。無奇無公都是唏噓不已，對於敵人的疑慮一一澄清，尤其那黃嫣被秦白心擄出谷去，在天禽家中為奴幾十年，仍忠心耿耿為主犧牲更是感歎不已。

地煞董無公仰天長歎一聲，忽然一整衣冠，拱手道：「無奇大哥——」

董無奇也是一聲歎息，對拜一揖道：「無公兄弟——」

兩人相對一揖，至此誤會全消。其心見伯伯、父親攜手重歡，心中也是歡愉不勝。

無奇沉吟了一會道：「兄弟，你我同根相煎四十年，這乃是天禽、天魁所賜，咱們這就去找他們，好歹瞧瞧是誰家功力高強。」

其心聽那「同根相煎」，只覺心中忽生一種難受的感覺，他也不知是什麼原因，只是方才歡愉之心大減，那古漢時曹氏兄弟七步賦詩相逼的事不斷地在他腦海之中翻騰，他暗暗驚慮，突然之間自己怎麼會有這種念頭出現？他搖了搖頭，卻似乎擺不去這隱隱約約的黑影，這時伯伯、父親已並肩緩步向前而去。

他仰首望了望天穹，他心中有事，似乎覺得天空也陰暗了不少，心中驚疑不定，努力定了定神，高聲道：「伯伯，爹爹，咱們去找天禽不如向東方走吧！」

他最後一次遇著天禽門人羅之林，在此原野東方，心想當日天禽不在，此刻說不定也來此，是以提議先向東方打聽打聽。

於是一行三人緩緩向東而行，這一支力量的確足以驚天動地，天魁、天禽就是再強，也不敢輕易惹動這一支力量。

行行復行行，一路上打聽天禽、天魁的行蹤，卻沒有結果，好在三人都無急事，只是希望齊天心快快尋來會合一起，卻不知齊天心這時正和莊玲姑娘同行，一齊向中原而去。

一路行來，天劍、地煞兩人因名頭太大，都不願爲旁人所見，易容而行，這一日來到一個鎮集，三人吃了一頓歇了下來。

忽然客棧之外人馬喧嘶，好不熱鬧，其心是少年人心性，忍不住跑出房間一看，只見十多個大漢下馬而立，一個爲首的走入客棧向掌櫃道：「喂，老闆，你這兒可曾有一個俊少年投宿，那少年是這般模樣兒……」

其心聽那聲音，出來一看果然正是那西北道上的仁義豪傑，甘蘭盟主馬回回。

其心忍不住叫了聲：「馬大哥——」

馬回回哈哈大笑道：「董兄弟，我正在找你，好呀，這下可真湊巧——」

其心奇道：「找我？有什麼事嗎？」

馬回回大笑道：「這可是件大事，董兄弟，咱們先喝上幾杯再談——」

說著一揮手喝道：「眾兄弟，進來好好喝一頓——」

其心見了眾英雄，他生性本豪放，此時也甚爲歡喜，幾杯酒下肚，馬回回道：「董兄弟，這一回天下武林人物要集聚長安，選一個眾望所歸的人爲天下英雄盟主——」

其心心中一驚忙道：「馬大哥自是最適當人選——」

他話未說完，馬回回哈哈大笑道：「馬某人雖然生平不做虧心事，但這份能耐和董兄弟相比，可就差遠嘍。」

其心急得雙手亂搖。馬回回又道：「咱們西北道上一致認爲董兄弟，你爲人好，本事高，膽氣壯，以一己之力謀眾人之福，這盟主之位，你再也推辭不了，眾兄弟，咱們一齊敬他一杯！」

眾英雄哄然而起，其心見眾人誠心誠意，只因自己聲名大著，再也不好推辭，只好站起身來，仰天連乾三杯，大聲道：「感謝眾位兄弟抬舉！」

眾人見他應允了，一齊轟然鼓掌，鬧了個暴堂彩，又喝了好一會，馬回回站起身來道：「咱們莫要誤了董兄弟休息，走，咱們先回去了，董兄弟，明朝咱們在鎮外官道上相見！」

其心此刻也有幾分醉意，領首揮了揮手就此別過。

這一下答應了人家，只好先與伯伯爹爹分路而行，於是走入父親房中，只見伯伯和父親正對坐相奕，見他走入，董無奇哈哈笑道：「其心，你在江湖上的聲望不錯嘛！」

其心知方才在大廳上大鬧，兩人都已聽到，不好意思地笑了一笑。

董無公笑了笑道：「其心，既是武林中人所抬舉，你就去長安一行，我和你伯伯自會去尋找天魁、天禽的。」

其心點了點頭。無奇道：「此次大會約須時多少？」

其心想了想道：「先後加上行程，大約二十多天便足了。」

無奇領首道：「你如真被選爲盟主，多少總有不少事務要辦，這樣吧，咱們分手後，你也可隨時打聽，如有發現，立刻以秘記相聯絡，咱們約定——半年以後，就在嵩山少林寺相會如何？」

其心想了想，也只得如此。

次日，依依別過父、伯，買了一匹健馬，匆匆趕出鎮集，眾英雄早已在道上相待。於是一行十數騎馳向長安，一路之上大家談談走走，反正不急於趕路，行程倒不算快。馬回回和董其心並轡同馳，無話不談，更覺兩人意氣相投，性格相近。

又行了數日，這一日來到山區，眾人也不願繞道而行，以免費時太久，決定催馬直爬過山，再有三日便可到得長安。

山路比官道要崎嶇得多，費了大半日才來到轉角，眾人在山上歇息了一會，這時秋意較濃，樹葉大多瀟瀟而下，沒落葉的也染上了黃紅之色。

眾人歇息了好一會，忽然有一個豪傑站在山邊，高聲叫道：「瞧！山下有一大隊兵馬行軍而過，不知是那一省的軍卒——」

其心和馬回回一齊走近來看，這山路崎嶇，大半日才爬了一半，距地面並不太高，其心目力極佳，只見微風拂送處，當先一騎馬上挑起旌旗招展開來，端端地繡著一個紫色的「安」字。

其心入眼識得，啊了一聲道：「安大人的部隊！」

眾人一齊驚道：「原來就是那甘肅總督安大人的精軍，怪不得氣勢雄壯，整齊分明。」

其心卻奇道：「安大人鎮守西關，極少揮軍入京，難道這次有什麼要事不成？」

他對安大人的印象極好，再加上可愛的安明兒，心中對安大人無形間甚是關注，馬回回也自不解道：「而且安大人最近大軍打了一個勝仗，國內平安無事，爲何卻要班師回朝？」

想了一會，都不得要領，眾人在山下俯視，那隊伍走了將近一個時辰都未走完，起碼也有好幾萬大軍。

其心道：「咱們現下有事，也管不得了，不如快些趕路，乘天黑之前走出這山區。」

眾人催馬前進，足足走了三個時辰，才到了下山的路徑。

下山比較省力，但路卻並不好走，而且還得留神馬匹失足衝下去控制不住，一行人下得山來，夜色已然十分濃厚。

夜色之中，眾人計劃不如沿著官道先找一個地方歇下來再說。

次日清晨，一行人又自起程，走了不遠，忽然身後人馬之聲大作，回首一看，只見塵頭滾滾，不知漫延多遠，正是安大人的軍隊。

原來他們不避路道難行，翻了一座山，省了不少足程，歇了一夜，而那安大人軍隊走的官道較遠，昨夜整夜行軍，卻正好又在這兒逢上了。

其心喜道：「正好打聽打聽到底是怎麼一回事。」

這時大軍行得近了，其心心想如若見著安大人或手下其員大將熟人，一定又會極力表揚自己，他心中實在不願居功，轉念道：「我不如先避到一邊，等馬大哥派人打聽清楚再說。」

心念一定，招呼了馬回回，便策馬走到道旁林木處。

這時大軍已到，其心只見當首一隊人馬，居中的正是那安大人，輕甲輕盔，青巾微袍，簡直威武已極。

只見那軍中人人面有疲容，想是連夜行軍，但卻無一人亂發一言，大軍過處，只聞戰甲馬蹄之聲，心中不由暗暗佩服安大人治軍之能。

安大人何等身分，親騎行過，路民都須迴避，馬回回等人等安大人過去了，才下馬走了出來。

又過了一會，再向前走，來到了一片大廣原，一路上馬回回等見軍士個個默不出聲，倒也不好上前相問。

到得廣場，前軍傳下令來，大軍暫停行走，可以解甲御馬休息。

這時人聲大作，馬嘶連連，軍士們都解甲下馬，坐在地上喝水進食。

馬回回覺得這是個機會，便打了一個手勢，其心見安大人等高級官員坐得很遠，便也走上前來。

馬回回走到一個濃眉大眼的軍士身邊，拍拍那軍人的肩頭，道了聲：「老鄉。」

他是西北人氏，西北各地的方言十分流利，這安大人的軍隊中都是甘肅人氏，他開口操著甘肅鄉音，果然那軍人客氣地道：「這位老鄉，有什麼事嗎？」

馬回回微微一笑道：「請問老兄可知道安大人行軍回朝卻是爲了什麼？」

那軍士搖搖首道：「這個兄弟不知，只是傳下令來如此。」

馬回回好生失望，那軍士卻熱心道：「老鄉你不妨去問問那隊，那一隊青鋒隊是專管那傳令工作，消息比較靈通。」

馬回回點點頭，道了謝便向那青鋒隊走去，其心也在身後。

來到那青鋒隊中，人人都在忙著，敢情大軍雖是停歇了，但仍有不少傳令報告的工作，只有右方兩三個軍人在一堆休息著。

這時軍士們正下甲休息，場中甚爲混雜，其心和馬回回兩個老百姓在其中行動，一時並未被發現。

馬回回走上前去，拍拍一個背向著他們、坐在地上的軍士，又道了聲：「老鄉！」

那人緩緩起身，卻並不轉身，其心無意之間只見那人前面兩步左右也背站著一個軍士，那軍士尚未解甲，背上護背圓銅片雪亮。

其心從那銅片之中，隱約瞧見這被馬回回招呼著的面容，雖只隱隱一瞥，心中猛然大震，那人此時背對著馬、董兩人，伸手在臉上擦了一擦，大約是擦去汗水，這才慢慢轉了過來。

他看了馬回回一眼，道：「什麼事？」

只見他滿面黑鬚，好一張威武的面容，馬回回微笑道：「敢問老鄉——」

那軍士這時目瞥了一瞥其心，其心向他微笑點了點頭。

馬回回接著問道：「敢問老鄉，安大人此次入朝，卻是為何？」

那軍士皺了皺眉道：「大約是上方的命令，老鄉不是軍中兵士，何必多問？」

馬回回心想可能此事涉及軍事之秘，自不便再問，於是行了一禮，和其心一起行去。

一路上其心和他說說談談，好一會才走進了場外的密林之中。

一入密林，其心面色陡變，沉聲道：「馬大哥，好險好險！」

馬回回見其心面上神色，吃了一驚道：「董兄弟你怎麼了？」

其心作了一個噤聲的手勢，左右打量了一下，才低聲一字一字道：「那軍士，他便是凌月國主！」

馬回回大吃一驚，正待驚呼，其心忙作了一個手勢，道：「方才我無意中從他身前的一個軍士鐵甲上的護背銅片中瞧見他的面容，決計錯不了！」

馬回回呆了一呆，道：「那……那他怎麼……」

其心插口道：「當初他遲遲不轉身，就是想從那隊友的鏡中看看咱們是什麼人，後來他伸手在臉上一抹，乃是塗上偽裝之物，他若不伸手，我還道是瞧不實在，他一抹臉，我便斷定是他，立刻裝得若無其事。」

馬回回哦了一聲。

其心又道：「我一路上故意和馬大哥談笑，如果說出來，馬大哥如忍不住吃驚，那凌月國主精靈無比只怕立刻發覺，此番我無意間看出是他，不知他心中是否曉得我已瞧出他的行藏，方才他目光掃我一眼，我對他微笑點頭，雖毫無破綻，但這人陰詐精密，城府深得令人可怕，他到底知不知道我已看出他的行藏猶未可知……」

馬回回嗯了一聲道：「多虧董兄弟你機警，但不論他知不知道，他總知道兄弟你也到了這兒。」

其心沉吟道：「那倒無所謂，他必定推想咱們是路過此地而已，只是不知他混在軍中做甚？」

馬回回道：「不好，他不但混入大軍，而且混在傳令隊中，分明要打探什麼機密傳令——」

其心點點頭道：「天幸大軍中有這許多軍士，咱們一問便問到他，馬大哥，這事不比尋常，咱們得好好考慮一下。」

馬回回頷首道：「看來凌月國主的陰謀的確不小。」

其心道：「兩相權衡之下，馬大哥，我想我最好是留在大軍之中，一來可以保護安大人，再者可以探破那凌月國主的陰謀——」

馬回回道：「可是——可是那長安的英雄大會？」

其心道：「馬大哥就說我有急事，不能參加……」

馬回回沉吟了一刻道：「目下只好如此了。」

其心道：「請馬大哥給眾位英雄解釋，這的確是迫不得已——」

馬回回點點頭道：「到了長安咱們仍提名你爲盟主，你雖不在，但想來不久也可趕到，我們就在長安再見。」

其心施了一禮，馬回回心知其心機警無比，而且功力深不可測，雖然對方是凌月國主，必不會吃虧，自己功力相差太遠，留下來可能是拖累，於是匆匆別過其心，去告訴同行同伴。

其心也緩緩走出林外，心中盤算如何也混入軍中，並且首先須暗中示警安大人，叫他先自留心，以免自己禍生突變救之不及。

他這一混入大軍，遭遇到了許多極爲奇異的事，暫且不提。

長安城。

整潔的街道，繁榮的市場，古老的建築，淳厚的民風，可說是名城的特徵。

這幾日以來，長安城中可真是熱鬧萬分了，街道上行走的川流不息，都是些名震一方的英雄人物，酒店飯店做生意都來不及，那些武林豪客，真是酒若白水，杯到酒乾，到處都是豪壯的人聲，每日都鬧到二更時分。

西北道上的好漢由馬回回率領，終於及時趕到了長安城中，這幾日以來眾人馬不停蹄、著實辛勞萬分，一入城來，立刻找一家最大的酒樓，準備好好的大吃一頓，然後再休息休息。

這一條街道中最大的酒樓是「千杯醉」，正好居於城市中心，馬回回等一行人來到門前，只見樓下大廳中人聲嘈雜，雖是午飯時分，餐廳之中仍是熱鬧非凡，想來必是先到來的各方武林人物了。

馬回回下馬入廳，他雖是名震西北，但幾十年來時常入關，在關內的聲名也是赫赫一時，認識的人很多，這一走入大廳，立刻就有很多人迎了上來。

馬回回抱了抱拳，大聲道：「好久不見各位英雄了，馬某有禮。」

他轉頭一看，只見左端一張圓桌上坐著好幾個人，他哈哈笑道：「藍幫主，你也來了。」

那圓桌坐著的正是丐幫的英雄，藍文侯長長一笑，指著馬回回道：「老馬，明日就是大會的日子，我只當你不會來了哩。」

馬回回哈哈大笑道：「什麼話？莫說馬某從西北趕來，就是再遠也得趕來參加，看看咱們盟主的風采！」

藍文侯笑道：「好說好說。老馬，你就過來先喝他幾盅再說別的。」

這時馬回回帶來的好漢都已加入各人相識的集團中，大廳裡本已夠熱鬧了，這時掀起高潮，更是轟轟一片。

馬回回乾了一杯烈酒，洪聲道：「我在路上遇著了董兄弟！」

藍文侯一驚道：「其心？他現在在什麼地方？」

馬回回笑了一笑道：「在安大人軍中。」

藍文侯道：「老馬，你為什麼不叫他也來——」

馬回回插口接道：「他本已不推辭擔當這盟主之職，一路和兄弟同行來到長安，卻有急事，說晚幾日趕來。」

他們兩人說話的聲調特別響亮，別桌的人多半都聽到了有關其心的消息，這些人中多半是一心擁護其心為盟主的，登時都靜了下來仔細聽聽。

那丐幫的二俠雷以惇這時仰頭連乾兩杯酒，站起身來大聲道：「這次在長安英雄大會，都是四方名重一時的人物，咱們幾個叫花子可是來湊個數的，但是雷某相信，這兒大多數人對那盟主人選想必多有同樣的想法——」

他說到這裡，大廳之內已經議論紛紛，雷以惇停了一下，又道：「所以兄弟想問個明白，在明日大會中省得麻煩。」

馬回回哈哈笑著站起身來道：「雷二俠說得不錯，以我馬某人說，馬某認為盟主一職最適當的人選，當是一個新近名滿江湖的少年美俠，想來各位必也熟悉得很，就是那董其心董少俠。」

登時大廳之中響起一聲哄堂彩，其心為國立下巨功，而且行俠行義，不計自身危難，原是眾望所歸，那馬回回提出，大多數人也早是如此打算，立刻響應。

眾人又鬧了一會，這時忽然大廳門呼地開啓，一連走進十多個漢子。

爲首一人面如重棗，正是那名震一方的山西英風牧場場主孟賢梓。
藍文侯和孟賢梓沒有多大交情，倒是馬回回認識，立刻迎了上去。
那孟賢梓哈哈笑道：「聽說各位將那盟主之位已內定下來？」
馬回回一怔道：「孟兄這是什麼話？」
孟賢梓仰天一笑不語。
馬回回奇道：「這是天下英雄大會，盟主由天下英雄共推，怎能說內定之言？」
孟賢梓忽然抱拳道：「雖然大會會期定於明日，孟某今日有幾句話是不吐不快！」
群雄中有多人和孟場主交情甚深，一齊道：「孟場主快請說。」
孟賢梓道：「方才聽說各位一致準備推那董其心爲天下盟主，孟某卻有意反對！」
馬回回哈哈笑道：「我說孟兄你是怎麼了，原來是這個事兒，你有你的意見，各人想法不同，也是平常之事，豈能說咱們之意即是內定？」
他顯然也有了怒火，語氣也漸僵硬。那孟賢梓長笑道：「孟某以爲天下盟主之位，非那齊公子齊天心，不能勝任！」
他曾受齊天心的救命之恩，對那齊天心的俠義作風極感崇佩，一心想推出齊天心，這次卻見大多數人均有推舉董其心之心，一急之下，言詞之間竟有些強硬。
這「齊天心」三字一出，群豪之中登時一陣嘩然，原來那齊天心行走江湖數年，他是少年公子的心性，路見不平，立即拔刀相助，無意之中救了不知多少江湖英雄，他本人卻絲毫不放在心中，有時往往爲了救人，再危險再困難的事也毫不推辭。

那董其心卻是爲整個武林的利益和西域來的強人周旋，爲國家計勝凌月國主，但對於這些一般武林人的切身利害倒並無多大關連，相較之下，就比齊天心爲之遜色。

由於這種切身恩怨的關係，立刻有一大部分人高吼道：「孟場主說得不錯，那齊公子的確是人中之龍，再也適合不過了。」

馬回回呆了一呆道：「這……這……」

孟賢梓高聲道：「各位英雄，這盟主之位是非齊公子莫屬了，咱們待明日過了，就分頭去找齊公子共議大事。」

群豪轟聲叫好。馬回回和藍文侯面面相覷，那藍文侯陡然站起，大吼道：「那齊天心齊公子是不錯，這個藍某也是知道，但那董其心爲武林、國家，身受辱名，甘冒奇險，他是爲了大家，絲毫未將他個人榮辱生死放在心中，倘若這盟主之位由他人所佔，咱們丐幫立刻退出這英雄大會！」

他說得斬釘截鐵，毫無轉讓餘地，藍文侯在江湖上是有名的硬漢，說一不二，他此言一出，眾人都不由一驚，紛嘩之聲登時減了幾分。

那孟賢梓面上神色一連變了幾次，冷笑了一聲，卻不說一句話。

藍文侯仰頭乾了一杯，拍拍手道：「如此，咱們明日大會見面便了！」

他一揮手，丐幫群俠緩緩跟著走了。

馬回回呆了半刻，砰地將銅杯擲在地上，「嗆」一聲扔下一塊銀兩，也跟著走出大廳。

這一下整個大廳之中一片寂然無聲，藍文侯等人走到門邊，驀然廳中有一人高聲吼道：

「慢走！」

眾人循聲望去，只見三個少年站在圓桌邊，有人識得，原來是武林中新人雁蕩三劍。

藍文侯頭都不回，冷然道：「什麼？」

那雁蕩三劍之一道：「這英雄大會之中，論身分、論輩分都以崑崙掌門飛天如來老前輩爲首，他老人家至今尙未到來，咱們何必自先爭吵起來，何況咱們是爲了天下武林大事而來，就憑藍大俠幾人數言不合便四分五裂，這算得了什麼？」

他這幾句話說得原是十分有理，但此時藍文侯怒火塡胸，冷然道：「閣下是何人物？」

那雁蕩三俠見他口氣狂妄，心中也不由微微有氣，陡然之間，三人一齊揮手，只見三道白光破空而出，「奪」地只發出一聲，整整齊齊釘在大廳門楣之上。

眾人見這等手法，都不由驚呼；藍文侯瞥了一眼，卻不識得。馬回回冷然道：「敢問尊名？」

他們近來忙於各種糾紛，對雁蕩三劍新近崛起卻無耳聞，三劍心中不由有氣，怒道：「雁蕩三劍，你聽過嗎？」

他們吼聲才落，「呼」地一聲，大門陡然分開，一個人端端站在門口，全身火紅，那寬闊的背上斜插著兩柄長劍，正是紅花劍客熊競飛。

眾人都是一怔，熊競飛抱了抱拳，洪聲道：「熊某來晚了！」

這時廳外天色已黑，廳上掌上燈火，燈光下只見他勇邁之氣顯露無遺，他聲名旺盛，群豪都不由暗暗心折。

孟賢梓見那紅花雙劍提來，忙上前揖了一揖，大聲道：「熊大俠來得正好，快來評評理看！」
熊競飛啊了一聲道：「評什麼理？」
孟賢梓道：「咱們方才在討論那天下武林盟主的人選，大家一致贊成那齊天心齊公子，哪知藍幫主——」
他話來說完，熊競飛陡然吼了一聲道：「咦，這盟主不選董其心英雄，倒選了別人？」
群豪議論紛紛。熊競飛又道：「那董小兄弟為人正義，武功高強，我熊某就受過他救命之恩，那人品是沒說的了——」
眾人見他如此說，原來一部分又生出推舉董其心之心，一時群見無定，孟賢梓不由大皺眉頭！
驀然「砰」地一聲，大門又自開啓，閃入一個漢子，一身布衣打扮，雙目全瞎，正是那四川唐門中的唐瞎子唐君棣！
唐君棣閃入廳中，大叫道：「董小兄弟在嗎？唐某特來參見武林盟主！」
這唐門在武林中聲名極著，唐瞎子本人名頭更是人人知曉，這時他竟如此說，眾人都不由更是紛亂，登時倒有一大半人改變了生意。

六二　情是何物

就在武林群雄各持強理，爭擁七省盟主之際，董其心卻僕僕風塵，笠星戴月，隨在甘青總督安大人大軍，混充一名軍中伕役。

那大軍東行，來到咸陽一帶，關中之地自來民生富饒，衣物鼎盛，平原千里，溝渠縱横，舉目間儘是青蔥稻田，可是安大人似乎身重急命，揮軍馬不停蹄，日夜兼程趕路。

其心上次一眼瞧見凌月國主混在軍中，他心中大震，便和馬回回分手，那馬回回素知其心能耐大得緊，不然智慧若凌月國主，也被其心玩弄於股掌之上而一敗塗地，是以放心其心一個人去，就是被凌月國主識破，其心只要表明身分，那幾十萬大軍中要想對其心不利，真是白日夢想了。這以暗擊明，原是其心最拿手之作，當下不動聲色，依樣葫蘆，乘夜點倒一名小卒，著上軍士服裝，暗中注意新遭大敗的凌月國主。

到了夜晚，全軍畔渭水而駐，營連數十里，此時正當水發之時，渭水混濁，滚滚黃浪，伙夫汲水用礬石澄清，其心獨立河邊，佇立良久，忽然大大不安起來，正待舉步回營，忽然背後一個粗暴的聲音暗道：「兔崽子，叫你替爺爺挑水，你倒偷懶看什麼鳥風景，你奶奶的，看俺打不斷你的狗腿。」

其心一回頭，只見一個粗壯漢子怒目而視，此人滿面短鬚，是個伙頭軍，其心連忙應道：

「是，是，俺這就來了。」

他回到廚房，挑起一擔水桶，才走了數步，忽然背後一片肅靜，其心心中詫異，大凡軍中伙夫都是最沒有規矩，任是百戰雄師，鋼鐵隊伍也是一樣，伙夫總是隨便慣了的，聚在一起不是言不及義的胡吹，便是賭搏打鬥爲樂，這時居然鴉雀無聲，其心回頭一瞧，連忙飛快轉過頭來，慢慢往渭水邊走去。

原來甘青總督安大人來巡視造飯伙食，他正在詢問一個炊事軍士，態度和悅，誇道辛勞，其心和他一個照面連忙轉身，安大人並未發覺。其心邊走邊忖道：「瞧這安大人真是人傑，以總督之尊親自到廚房查看伙食，而且對伙頭們絲毫沒有瞧不起的神色，難怪全軍人人都甘心爲他死呀，聽說春天裡關外一場大戰，伙夫們也加入戰鬥，半點不見遜色，爲將之道，首重能得軍心，安大人數十年南征北討所向無敵，良有以也。」

他放下水桶，滿滿打了兩桶水，等到安大人走得遠了，這才挑起走回，將水倒在缸中。來回挑了十幾擔，天色漸漸昏暗，忽見遠遠人影一閃，一個熟悉人影往河邊飛奔而至，但見那人身形高大，身著軍士服色，走向河邊，舉步之間龍行虎躍，暮色蒼蒼中，其心瞧得清楚了，正是凌月國主。

其心在暗處靜觀動靜，只見凌月國主滿面喜色地走到河邊，手中握著一把枯枝，對著河心望了望，選擇一處狹窄之處，手一揚投出一枯枝，身形一揚，竟往那洶濤湧湧河中躍去，腳一點，又往前擲了一段枯枝，這時河風勁吹，那枯枝何等輕飄，竟能激射五六丈之外，方向絲毫不變，落水之際，不過刹那時間，便被巨浪捲去，可是凌月國主身形一起一落，就在這刹那時刻，藉著一點枯枝浮起之力，在洶湧波濤中，竟如行康莊大道一般。

其心又驚又佩，駭然忖道：「這凌月國主武學實在深湛，從前達摩祖師一葦渡江，每被人認爲神話，想不到世間真有人能練成這至極功夫，不知爹爹和伯伯能不能辦到。」

轉念又想道：「武功練得像凌月國主一般，真是難上又難，可是他仍然不滿足，貴爲一國之君也便罷了，還想竊霸中原，人心之不知足，以此公爲最了。」

他沉思間，凌月國主身形愈來愈遠，漸漸的隱沒在暮色之中，其心忽然心中狂跳忖道：「那廝滿臉喜色，不知有什麼陰謀得逞，不好，莫要是安大人巡行時著了他的道兒？」

他想到此處，心急如焚，一時間沉吟無計，飛身往中軍大營走去，離此總有十數里，其心施展輕功走了數里。忽然遠遠聽到一個宏亮的聲音道：「末將秦孝恭，恭迎大人蒞臨。」

另一個蒼勁的聲音笑道：「孝恭，你容光煥發，想必有得意之事，哈哈！」

其心心中一鬆，腳步自然收慢，心想：「這幾天聽軍中人談論，秦將軍擊破凌月國主領第一功，是個上下愛敬的勇將。」

他心中盤算，不知凌月國主到底碰上什麼得意之事，只怕多半與安大人不利，這次全軍東行，毫無人知道目的何在，其心數次竊聽幾員領軍參將談論，也都是半點不知，自己也想不出一個所以然來。

其心沉吟半晌，決定今晚探聽一下安大人大營，他本不願與安大人再相見，免得惹上許多煩惱，可是事到如今，說不得必要之時，也只有露面了，當下走回營中，匆匆吃了晚餐。明月初上，其心緩緩向中軍走去，走了半個時辰，只見警衛愈來愈是森嚴，每隔數步，便是一個崗哨，雖是急行軍十多日，布哨人馬仍是精神凜凜，黑暗中甲盔森森，刀槍出鞘。

其心低身閃過衛哨，不一刻來到大營，那安字大旗臨晚風而立，劈劈啪啪發出輕響，帳營中燈火瑩然，兩個長長人影相對而立，似乎正在對奕。

其心閃身暗處，凝神往帳內一瞧，那坐著的正是甘青安大人和年輕謀士李百超，兩人正在對奕。

李百超手執白棋正在沉思，久久不能下著，忽然安大人蒼勁的聲音低聲道：「百超，咱們身負重命，日夜兼程趕路，我真恨不得一日千里以赴君難，怎麼今天皇上又突然下了聖旨，叫全軍過渭河待命？」

李百超似在沉思，半晌才驚覺道：「學生也正在思想此事，好生令人不解。」

他邊說邊又下了一子，安大人雙目凝注棋局，良久喟然歎了口氣道：「百超，你這子不但作成一劫，突破包圍，而且主客易勢，眼看我一大片土地盡失，所謂一子之差，滿盤皆輸，算了，我認輸了。」

他輕輕站起身來，轉身踱著方步。李百超道：「總督心神不寧，學生僥倖之至。」

安大人忽道：「百超，我棋力較你如何？」

李百超接口答道：「總督棋力已臻高手之列，學生望塵莫及，學生記得與總督大人對奕何止百次，每次都是執白子先行，從來就沒勝過一次。」

安大人沉吟道：「什麼叫百無一失？世下豈有永不敗之局？百超，我勝你百次，今日畢竟輸了，那百次勝利又有何用？」

李百超心中一震，安大人天性豪邁開拓，今日怎會對棋局輸贏計較起來，他沉吟一會道：「大人發現了什麼不對的事嗎？」

安大人沉聲說道：「百超，我安靖原一生軍旅，雖說不上完美無過，但自信唯求心安理得，咱們男子漢光明磊落，義之所及，生死又安足論？」

李百超道：「大人人格高超，這是天下百姓均可熟知的，大人有何憂心之事，學生不知能否替大人解些許之憂？」

安大人不語，半晌喃喃地道：「我雖勝了百次，畢竟敗了一次，百超，世上人難道真不能推赤誠之心以待人？殲滅大軍，攻城佔地，開拓疆土，這是爲將之任，原算不得什麼了不得，最難得是能妥善遣散百戰之師，解甲歸田不生兵散之亂，百超，希望你記住我今夜之言。」

李百超聽得愈來愈不對勁，他知元帥素來對他都是推心置腹，可是今夜竟有難言之隱，心想元帥一定有極深苦衷，自己不便要他說出，只暗中留意便得。

安大人又道：「百超，你有謀國之才，真是少年沉著，老氣橫秋，從前漢高祖用蕭何則根本固，你才不下蕭相國，可惜生不逢時，唉！生不逢時，真是人間之大不幸。」

李百超再也忍不住道：「士爲知己者死，學生遇大人可謂三生之幸，何言不幸？」

安大人慨然道：「百超，你說得對，士爲知己者死，雖死何憾，你去休息吧！」

李百超一怔，忽然由帳內走出安大人愛女安明兒來，口中叫道：「爹爹，姆媽又有信函來啦！」

安大人唔了一聲。安明兒見李百超不住向她使眼色，也不知是什麼事兒，橫了百超一眼，李百超起身告辭退下。

安明兒道：「爹爹，你要看信嗎？」

安大人道：「你媽說了些什麼？」

安明兒吐吐舌頭道：「我再大的膽子也不敢私看爹爹的信呀！」

安大人凝視愛女一眼，只見她臉上愛嬌神氣，但眉間卻有薄憂，稚氣大消，心中也說不上是什麼感覺，原來上次安明兒偷看媽媽用快馬送給爹爹函信，滿以爲是什麼要緊大事，卻不料滿紙都是相思叮嚀之情，安明兒想到爹爹姆媽年紀愈大，情愛彌堅，心中不由得癡了，正在出神之際，被安大人瞧見了，他並不點破，只裝作不知。

安大人忽道：「明兒，你今年幾歲了？」

安明兒一怔道：「過了六月初五我便十八歲了，爹爹你問這幹嗎？」

安大人喃喃道：「十八歲，十八歲，爹爹十四歲出來闖天下，一轉眼便是四十多年，明兒，十八歲該是大人了。」

大凡十七八歲的少男少女，最忌別人以孩子看待，安明兒聞言喜道：「當然是大人啦，那還用講？」

安大人道：「明兒，你一生都在順境，凡事都有爹爹媽媽替你管，自然小了幾歲，你姆媽更是愛你有逾性命，你生下來未足月份，不但你姆媽九死一生，受了許多痛苦，便是養大你也不知化費了多少心血。」

安明兒睜大眼睛，父親絮絮談著家常，這是從來未有之事，她心中好奇接口道：「我現在不是長得好好的嗎？爹爹，我小時候很喜歡生病嗎？我怎麼記不得了呢？」
安大人道：「明兒，你五歲以前真是個藥罐子，你姆媽經常數夜數日不吃不眠看護你，誰也不會想到尺長不到的小嬰兒，能長成今天這麼強壯，唉！明兒，你姆媽用愛和心血將你培養大的，難怪出落得這般漂亮可愛了。」
安明兒聽父親讚她漂亮，心中訕訕有些不好意思。安大人又道：「明兒，你既是大人了，要懂事，你心中秘密放在心中好了，一個大人總該有些秘密的，爹爹媽媽也不來管你，記住，明兒，任何事情落在頭上，你得勇敢面對它。」
安明兒不解道：「爹爹，你說什麼？」
安大人道：「明兒記住，當你必須像個大人一般負起重任，你便負起它，明兒你聰明不用說的，就是心腸太好，唉！你姆媽的性兒一古腦兒傳給了你。」
安大人柔聲向愛女說著，臉上儘是愛憐之色，安明兒何等乖覺，心中連轉，忽然臉色大變，張開口半晌說不出一句話兒來。
安大人道：「明兒你別胡思亂想，再過十幾天便是你十八歲生日了，我叫百超好好準備，爹爹在軍中慶祝你成年，別有一番意義！哈哈！」
安明兒顫聲道：「爹爹！那……那……那……姓……董……董的少年出了……出了什麼事，爹爹，求求你告訴我。」
她說到後來竟是哭音。安大人歎了口氣忖道：「女生向外，真是顛撲不破的道理，我說了半天，她卻懷疑到姓董的少年身上去了。」

當下微微一笑道：「明兒，你真是不打自招，哈哈！你媽媽問你爲什麼要跟我來，是不是要找董其心那孩子，你卻滿不在乎地說『哼，我管他死活！』現下卻又如何？」

安明兒見父親輕鬆取笑，心先放了三分，但畢竟關心，也不顧羞澀道：「他到底……到底……怎樣……怎樣了？」

安大人哈哈笑道：「你有心上人，連姆媽一個人在蘭州寂寞也管不上了，明兒明兒！你姆媽真錯疼你了。」

他哈哈大笑，但笑容斂處，卻閃過一絲淒愴之色，接著道：「咱們東來前，你姑姑來蘭州，她說董其心身負什麼金沙神功，是你姑姑漠南一門絕傳多年之功夫。」

安明兒鬆了口氣，她見父親含笑看她，心中真是又羞又窘，就像小時候向母親背書背不上用細筆寫在掌中心偷看，被母親發覺一般，只有低下頭的份兒。

安大人道：「你姑姑說這門功夫非同小可，如果真的學全了，江湖上再難碰上對手。」

安明兒忍不住問道：「姑姑不是也會金沙神功，她還傳了我哩！」

安大人道：「你姑姑說她會的只是幾招架式，若說真正功力，連一成兒也沒學上，董其心這孩子真是神通廣大，行事出人意表，難以捉摸。」

安明兒沉吟，回想那日和其心離別情況，只一閃身便連影子也捉不到，心中感到不安。

父女兩人談了半刻，安大人進內帳看書去了，安明兒靜靜坐在燈下，一條條數著掌中條紋，數來數去，卻沒有一次相同。

其心在暗處瞧了半天，只覺安大人神色語氣大異平常，一時之間也猜不清前因後果，正自沉吟，忽見安明兒站起身來，緩緩走出帳來，竟往其心立身之處走近。

其心屏神凝息，過了一會，只聽見一陣悉窣之聲，其心偷眼瞧去，只見安明兒從懷中取出一個精巧的畫夾子來，她小心翼翼將夾子打開，凝目注視出了一會兒神，一轉身面對其心而立，月光下，其心只覺她形容大見清瘦，這姑娘天生愛好白色，此時白衣長裙，立在那裡，就如洛水神仙一般好看。

其心不敢弄出絲毫聲音，安明兒瞧著畫夾子，那表情又是悠然又是愁苦，口中輕輕吟道：「長相思，在長安。」

念著念著忽然悲從中來，便哽咽了，其心好奇心起，伸頭飛快一瞧，只是那小夾中框著一副人像，臉上一派深不可測的神色，不是自己是誰？

其心心中大震，他適才雖聽見安明兒關心他，心中十分感動，可是只以爲這是少年人好友之情，安明兒的年紀輕輕，對自己好只怕是一時衝動，將來見著比自己更好的少年，便會如煙消雲散，忘了自己，卻不意安明兒相思如此之深，一時之間，心中真是千頭萬緒，不知如何是好。

安明兒喃喃道：「我從沒有畫過一幅比這一幅更生動的，爹爹說得真對，用愛和心血培育的一定會光輝燦爛。」

她撫著那幅小畫低聲道：「姓董的大哥哥，我天天這樣思念你想你，你也有一刻想念著我嗎？唉！明兒月兒又該圓了吧！」

她呆呆站了很久，露意漸濃，夜涼似水，她身著單薄的衣服有點抵不住了。其心心中道：

「明兒！明兒！你快點進帳去吧！多情總是恨，你這是何苦？」

安明兒看看天色，又聽到父親在帳中收書就寢的聲音，知道時間已不早了，輕步也溜進帳內。其心不再逗留，展開輕功跑回自己營帳。

夜裡其心心中起伏，就如上次在嵩山少林寺一般，不死和尚清越平和的聲音似乎又在耳邊響了：「施主一年後再來尋老衲。」

他雖不解此話之意，可是近來隱隱約約之間，彷彿已能看到一點自己日後命運，他反來覆去，只聽見帳外有人撥著弦，唱著戰歌，一遍又一遍，聲音沙啞，就如暮年的英雄，騎著齒長的瘦馬，西風中在古道中行走一般淒涼，心中更是不能平靜。

他從前因爲天資超特，事事著人先機，都是應付別人的事，年紀漸漸長大，往往把自己也投入事中，自然諸多感觸，所謂事不關心，關心則亂。這是人之天性，聰明若其心者，也自不能免。

好容易鼓敲四擊，其心才朦朦睡去，五更不到，又起身擔水，他心中盤算已定，決定留在軍中，每夜前往保護巡視安大人。

大軍停在渭水之畔，一住便是數日，其心每夜替安大人在暗中守衛，也再不見凌月國主蹤跡。

到了第四天初更時分，忽然一支人馬直往中軍元帥帳中奔來，隔得老遠便有高聲唱道：

「聖旨到！聖旨到。」

安大人臉色一變，隨即平靜，緩緩走出中門，立在帳外，只見自己兵馬營火一片，漫漫無際，內心衝突不已，臉上一會兒殺氣騰騰，一會兒又淒愴悲涼，一會兒憤怒目眥，一會兒又平和頹然，一刻之間，連換了數種神色，那隊人馬已走近了。

當先一人一品朝服，身材矮短，其心一看，正是那朝中權臣徐大學士，這人喪盡天良，勾結凌月國主，上次其心在北京撞見。不知此刻到安大人軍中所爲者何？

徐大學士騎在馬上朗聲道：「甘青總督安靖原接旨。」

安大人跪在地上，雙目似電掃了徐大學士一眼。徐大學士乾咳一聲宣讀道：「聖旨！著令甘青總督安靖原，率領前鋒以上將軍，立即啓程隨欽差大臣徐學士越臨潼待命！」

安大人緩緩站起身來，衝著徐大學士道：「下官這就隨大人前去！」

徐大學士沉聲道：「皇上著命貴總督率領諸將見駕！」

安大人吃了一驚道：「見駕？皇上出京了？」

徐大學士冷冷一笑，也不言語。安大人道：「諸將奉下官嚴命戒備，一時之間盡數調開，只怕隊伍難免生亂。」

其實他的隊伍軍紀嚴明，統兵官不在部隊自有代理統率之人，安大人自知事態嚴重，目下之計只有盡量設法保全他座下諸將。安大人目光如炬，直瞪徐大學士，徐大學士心中發虛，回頭向一個禁軍服色的人瞧了一眼，只見那人也向他使了一個眼色，便道：「好！好！咱們這就動身，見了皇上自有任務交代於你。」

安靖原一言不發，侍衛牽過青驄馬來，翻身上馬，跟著徐大學士人馬去了，這時候，安明兒卻正在河邊散步，纏著李百超有一句沒一句地瞎聊哩！

其心見大事不妙，徐學士這人行爲他是親眼瞧見過的，安大人此去只怕凶多吉少，怪就怪在安大人神色似乎明知此事前因，卻爲什麼也不準備，事到臨頭，反而束手就擒，難道安大人真有什麼短處被徐大學士抓住不成？

其心無暇考慮，當下立刻起身跟蹤，臨潼離此不過數十里路，馬行迅速，不到一個時辰便到，其心施展輕功，保持一段距離跟在後面。

忽然前面人馬停在一處莊園門前，徐大學士和守門的人說了兩句，眾人便魚貫而入，安大人被夾在中心，隱約間已被解押一般。

其心不敢怠慢，選定了立腳之處，飛身如一溜煙般跟進院子，只見那莊院不小，大廳中燈光通明，院中到處都是人影，顯然布了不少哨衛。

其心此時武功何等深湛，他不時故意輕輕發出聲音，就乘著侍衛查看之際，如一陣輕風般連閃過幾關，看好藏身之處，一拔身平貼簷下，五指深深印在木板之中，他身著黑衣，黑暗中就如瓦色一般，再也看不出來。

其心伸頭向廳中瞧去，只見徐大學士安大人還有兩個老者相繼走進大廳，其中老者衣著禁軍服色，雙目精光閃爍，內家功夫極深。一排跪在地上，廳中南向坐著一人，背對著眾人理也不理。

徐學士俯身道：「臣徐國鈞覆旨。」

那南向坐的漢子轉過身來，其心心中狂跳，忖道：「這就是當今我中華天子了！」

他雖見過不少大場面，但皇帝至尊，江湖上行俠之輩卻是做夢也不想到會見著了，其心不由心中狂跳，手心冷汗直冒，不知安大人命運如何？

那人面色清癯，放下手中所覽書籍，輕輕道：「卿家免禮！」

徐學士道：「謝陛下。」

四人緩緩站起，那天子目光如電，看了眾人一遍，最後停在甘青安大人臉上，反覆看了良久，轉向對徐學士道：「甘軍諸將如何？」

徐學士道：「安總督執意諸將不離職守，臣恐遲豫生變，是以先來覆旨。」

天子哼了一聲道：「靖原，朕待你不薄，任你在西北稱霸一方，從來少問你之政事，你受何人唆使，未受命率全軍私入中原是何道理？」

安靖原俯身道：「君要臣死，不敢不死。」

天子一拍桌子道：「安總督，你身為封疆大吏，私帶邊軍戍卒東來，不是想起兵作亂，難道你還有不服？」

天子轉臉對另一個朝服老者道：「雲尙書，起兵作亂，私謀篡位，罪當如何？」

那老者是刑部雲尙書，當下沉聲道：「依律，族滅九親。」

天子又道：「安總督，你抗旨不受，甘軍大將不來，罪當如何？」

雲尙書又道：「依律，凌遲！」

安大人沉吟半晌，沉痛地道：「鳥盡弓藏，我固當烹，皇上殺我十族都好，萬望莫殺甘軍一人。」

天子大怒，站起來一推推翻面前桌案道：「安總督，你還有理由？」

安靖原抬起頭來，只見皇帝臉色暴怒，額上青筋不時跳動，想起昔日皇上登基，自己受命執京畿之衛戍，與皇上真是食則共飲，遊則共車，皇帝為人素來厚道，難道此事當真不知？

他想了一會，原來安大人以為皇帝因他功高有意要藉口殺他，自己心灰之下，根本不願多辯，但見皇帝臉色不似作偽，當下一震道：「臣受詔全軍星夜赴京以清君側。」

皇上大驚，先向徐大學士瞧了一眼，又瞪著安大人道：「詔書何在？」

安大人沉痛地道：「臣該萬死，軍行倥傯，詔書竟爾失落。」

他說完向那著禁軍服老者瞧去，只見那老者陰森森的臉上，沒有一絲表情。

皇上半信半疑。徐學士道：「安大人行事謹慎，詔書受於天子，這等大事，豈能有所失閃？」他俯身向皇上又道：「甘軍諸將只聽令於安大人一人，臣以為此事一變則不可收拾！」

皇帝眼角抽了一下道：「安總督，你下令調先鋒諸將前來。」

安大人再次抬眼瞧著皇帝，只見皇上臉上冷冰冰的就如石板一樣，嘴角還掛著一絲殘忍笑意，安大人心中一陣冰涼，想起昔日與皇帝共患難，時時防臣中奸小毒害，食必自己先嘗，寢則從不敢靠蓆，那段日子可真叫險，心中更是頹喪灰心，皇上熟悉的面孔，也變得十分生疏了。

皇帝見安大人不語，發怒喝道：「你敢違命？」

安大人長吸一口氣道：「甘軍諸將，卻是國家多年培養而成的一方勇士，從前先秦殺蒙恬而匈奴起，精英盡失，只怕要動國之奠基，尚祈陛下三思！」

他生死早已置之度外，這時侃侃而談，皇上悚然動容。徐大學士道：「稟皇上，時機一失，後果難堪！」

皇帝一招手從廳後走出兩個內侍來，將紙筆鋪在地上，安大人長歎一聲道：「甘軍無不受命之將，都是忠心耿耿於陛下之人，陛下一道聖旨誰敢不來，何必定要臣……」

他說到後來便不說了，抓起筆來，下了一道命令，只覺執筆之手顫慄不已，好容易寫完了，又從懷中取出一支金色令劍來。

皇帝冷眼瞧著，那刑部雲大人張口欲說，可是久久不見發聲，安大人喃喃道：「君要臣死，不敢不死。」

反覆念了幾遍，一滴豆大熱淚灑在紙上，印濕了大塊，這統帥過千軍萬馬的元帥，在他叱風雲的歲月裡，何曾想到落得如此結局，安靖原自己毫不畏死。可是要他親令諸將無辜前來領死，卻令他傷心不已。他天性堅毅，舉國聞名，從來都是鍥而不捨，不知失敗困難爲何物，英雄有淚不輕彈，只是未到傷心處，安大人手中緊執金色小令劍，這是甘軍中最高帥符，雙手只是發抖，砰然一聲，那小令劍竟握不住掉在地上。

原來安大人軍隊逼渭水而營，那天晚上夜巡回來，忽見帳內燈火大亮，放重要文件的櫃子被翻得七零八落，他心中大驚，中軍戒備嚴密，怎能有人進入，安大入正要喚侍衛進來，忽然樑上飄下一人，手中執著皇帝詔甘軍入京聖旨，燈光下安大人一瞧，來人卻是宮廷侍衛統領，昔年和自己共同扶持皇上登基。

那侍衛領頭，便是此刻與安大人並立著禁軍制服的老者，此人功力極高，卻很少人知他何門派，從來出手不到三招，敵人非死便傷，當下安大人心中一悚道：「黃統領深夜來訪，必有事教我！」

那侍衛統領陰陰一笑道：「安大人，咱們打開窗子說亮話，皇上要你人頭震壓天下。」

安大人一驚，他是經過大風大浪的人，聞言緩緩道：「安靖原堅信事君以忠，待屬以誠，黃統領此言是何道理？」

那侍衛統領揚了揚手中詔書冷冷道：「安大人，你太得民心了，殺你豈能無由，你帶大軍離邊而來，如果未奉詔書，哈哈！這是何罪？」

安大人再是鎮靜，此刻也覺冷汗直冒，全身一陣冰涼，他心中忖道：「我只要一下令兩千鐵甲衛士進來，這黃頭領武功再高也不能脫身，先搶回詔書作爲根本再說。」

安大人目光暴射，正要拍掌，忽然轉念一想，目視黃統領大步越窗而去，他心中忖道：「黃度文脾氣古怪，除了聽皇上的命令外，別人是再也命令不動他，既是皇命要陷我，我豈要申辯了！」

當時只覺又是傷心又是氣憤，自忖歷史上大將能落得好下場的，真是寥若星辰，不禁悲從中來，回到內帳，只見安明兒睡得正甜。

他此事未告知李百超，他知皇上必然要斬草除根，是以那夜暗示百超要好好解散甘軍。

屋簷上其心瞧得熱血只往上湧，氣憤得兩目發赤，可是他知道此刻下去，縱使打倒侍衛，救安大人脫險，便陷安大人不義，安大人絕不肯走，目今之計，只有先行通知甘軍李百超和諸位將領，他在這種緊張局面上，神智反而更見清晰，這便是其心最大長處。

他輕輕滑下屋簷，提了一口真氣，凌空數躍，已經飛出圍牆，直往大軍聚集連營之處跑去，只半個時辰便到，才一走進營區，便見營內馬聲的的，此刻已是午夜，不知軍中又發生了什麼事。

其心直撲中軍大帳，只見燈光大亮，遠遠的帳中席地而坐了二、三十名全身戎裝的將軍。其心施展上乘輕功，幾個起落已到帳房，朗聲叫道：「李軍師，小可有要事相告。」

眾將之中十個有九個不認識他，李百超見其心突然來到，真是又悲又喜，顫聲道：「董兄來得正好！請看此函！」

他伸手遞給其心一信，飛快看了一遍，只見上面字跡潦草，敘述安大人身處危境，中了徐大學士圈套。

其心吃了一驚，這送信示警之人消息爲什麼如此靈通，當下也不及細想，一口氣便將所見情形向眾將簡略說了一遍，只聽得眾將目眥欲裂，人人氣憤塡膺。

眾將中天水總兵史大剛再也忍不住叫道：「李軍師，咱們還商量個什麼勁，大帥危在旦夕，咱們起兵去救，不成就幹……就幹！」

他說到後來，激動得眼淚雙流。其心掃了眾人一眼，只見安明兒雙眼紅腫坐在主位，這當兒倒是相當鎭靜。

眾將聽史大剛這麼一喝，那比較沉著持重的人也不能沉著了，人人摩拳擦掌，準備大幹一場，可是心中卻是一般沉痛，比起對敵御外患，心情大大不同。

李百超忖道：「如等大帥將令一到，此事便要爲難，是聽他將令呢？還是不聽？爲今之計，只有快刀斬亂痲，先救人要緊。」

當下大聲叫道：「文將軍領中軍，史將軍爲右翼，秦將軍爲左翼！咱們立刻出發，如果……如果……大帥不幸，咱們千萬不能放過……放過那……奸賊……奸賊。」

眾將同仇敵愾高聲叫道：「殺徐國鈞那奸賊！」

正待各自回營領軍，就在這一刹那之間，從帳外閃出兩人，手持安大人將令兵符，李百超跌足歎道：「一著之差！一著之差！」

那爲首老者便是禁軍侍衛統領，他宣讀將令，將金色小劍一揮，眾人面面相覷，都紛紛看李百超的眼色。

李百超一時之間也亂了方寸，他心中一萬個要說武力解決，可是看到了帥令，卻是說不出來，那侍衛統領道：「安總督令諸位剋時前往，各位看這帥令是否無誤？」

這時甘軍諸將激動，安大人帥令威嚴，人人不敢侵犯，可是又都知安大人身在危險之中，將領中儒將秦孝恭頭腦冷靜，他知此時萬萬不能歇氣，大聲叫道：「咱們先宰了這兩個奸賊再說。」

眾人轟然叫對，那侍衛統領陰陰一笑，雙腿未舉，身子已箭矢般一掌拍向秦孝恭頂門，忽然另一個身形來勢比他更疾，飛身落在秦孝恭身上，舉起右掌輕輕一推。雙掌一交，其心吃了一驚忖道：「勁道旋轉而進，此人是青海派高手，只是爹說過青海空空大師死後，再無能人，這倒奇了！」

那侍衛統領天賦異稟，神力驚人，早年又得青海怪人空空子親傳，他一直在宮中少與江湖人爲伍，是以武林中人也少有知他門派，只傳言宮中有個絕頂高手。

那統領見其心硬接他一掌，身子動也不動，心中之驚更勝於其心，要知他武功怪異，勁道專從空身旋轉攻到，他適才一掌是用足力道，這少年年輕若斯，居然毫無其事接下，內功之深，真令他心寒不已。

他冷冷地道：「甘軍中原來還有如此高手，難怪安靖原膽敢犯上了。」

董其心仿若根本沒看著他一般，聲音比他更冷十倍道：「能勝過你這奸賊的未必是高手。」

那統領其實對其心甚爲忌憚，可是情勢所逼，只有上前欲攻。忽然李百超叫道：「各位將領，元帥一生忠國愛民，他受奸人陷害，總有一天水落石出，咱們……咱們……可不能……魯莽，讓元帥永蒙不白之怨。咱們跟著元帥一起去，大不了一起死去！」

他這原是無奈之際下策，想仗著人多，而且又都是戰功喧赫的將軍，以壯聲勢，眾將聽他這麼一說，哪還有什麼話講，異口同聲叫道：「對，咱們跟元帥一塊兒死去！」

聲音雖是高昂，可是人人臉上都是悲憤之色，李百超瞧著瞧著，忍不住痛哭失聲，一時之間，哀聲四野。其心瞧得眼睛發熱，又看到安明兒哭得似個淚人兒一般，連忙別轉過頭。

過了一會，眾將收淚止哭，一言不發，李百超率先而起，諸將紛紛站起。那侍衛頭領不住冷笑。其心心中忖道：「目下我先去救安大人，也管不到他願不願意，點倒他救他出來再說，免得被一網打盡。」

他心中對這件事已猜透了七、八分，知那詔書定是凌月國主所盜，而這詭計又多半是徐學士安排下的，卻未想到盜那詔書的是皇上最親信侍衛，就是目前和自己交手之人。

其心乘亂正要走出大帳，忽見一道幽怨的眼光射了過來，其心心中道：「安小姐，你以爲我是這等涼薄之人嗎，我心中之急，只怕並不下於你哩！」

他知道不能再事逗留，一轉身閃出大帳，往黑暗的道上前進，他必定得先趕到臨潼，不然那侍衛頭領趕回又是麻煩，萬一凌月國主也在附近，那麼，不知如何是好，只有走一步算一步了。

其心知那統領要監視諸將，必定不會追趕自己，這段時間必須刻刻用上，當下展開最上乘輕身功夫，提起一口真氣，飛躍一段，再換一口真氣，他這種趕路法極耗內勁，可是快也快到了極點。

走到半路，忽然前面人影一閃，一個夜行人迎面上來，其心暗暗戒備，只見來人是個老者，鬍子白花花的，大鼻細眼，長相十分可親，背後背了一個大葫蘆。

那老者笑嘻嘻道：「小伙子，你可真勤快，這麼晚了還趕路，來，來，來，老朽請你飲一杯。」

那老者伸手拔開葫蘆仰天喝了一口，上前半步拍拍其心肩道：「小伙子，你也來一口。」

其心身子一側，竟未閃過那老者之手，他心中驚奇，細細打量那老者兩眼，只見他手中揮著一塊粗布汗巾，正是其心自己之物。

其心大驚，這人好快手腳，正待開口，那老者嘻嘻地道：「說你這小伙子勤快真不錯，就看這塊汗巾雖是粗布，可洗得雪白，便可以知道了！」

其心道：「老丈，小可還有急事，少陪少陪。」

他雙掌一錯，右手化拳爲掌，直扣老者脈門，那老者連退幾步，總是退不出其心掌力所罩，當下口中叫道：「好凶的小伙子，我還你，我還你汗巾便是。」

其心搶過汗巾，他不願再和老者糾纏，正待起步，那老者笑道：「慢走，慢走，你這小伙子真成，老朽放心了！」

其心奇道：「什麼？」

那老者道：「你巴巴地跑來跑去當我不知嗎？你看看這包物事是什麼玩意兒？」

那老者伸手一摸，也不知他從何處提出一個包裹，順手擲給其心，其心側身讓那包裹落地，老者讚道：「好精明，好精明，小伙子，你要的東西，老朽都替你給弄來了。」

其心見他說得認真，又見此人容顏不似壞人，便打開包裹，只見裡面包著一小疊文書，其心微一過目，當下喜得狂跳，說不出話來。

那老者瞇著眼只是笑，他走近其心口中道：「小伙子，你救了那小姑娘的爹爹，哈哈，小姑娘一定感激，非他媽的以身相許了。」

其心一怔，只見那老者手中又揮著自己汗巾，此人真是奇人，看來這等重要文件，也必定是他妙手空空從凌月國主身上取來的了。

那老者道：「賊無空手之理，不然他媽的下次可準得倒楣。」

他說完便走，其心忽然想起一人，追上去道：「前輩可是姓白？」

那老者瞇著眼道：「老賊三十年不出江湖，你這小伙子不過二十歲左右，倒知道老夫來歷，哈哈，你真成。」

他身子一顛，人已在數丈之外，其心瞧著他身形，可是只有兩個起落，便連影子都消失了，心知此人神通廣大，一定又是借地形地物隱身。

其心提著包裹，心中狂喜忖道：「神偷白谷君會在這兒出現，我幼時聽爹爹說過不少他的趣事，此人絕跡江湖數十年，人人都已淡忘，想不到仍然健在，怕有八九十歲了。」

其心不再逗留，只一頓飯時間，又跳進了大莊院，才進了院子，只見徐學士和刑部雲大人兩人並肩而來，正在爭吵不已。

雲大人道：「安大人是一品大員，你怎可叫人動刑？」

那徐大學士陰陰地道：「一品又怎樣，王子犯法，庶民同罪，他陰謀叛國，不用刑怎肯招供？」

那刑部雲大人道：「老夫掌管刑部，這詢問之事，只該由老夫負責，卻由不得你任意作賤安大人，老夫去見皇上去。」

徐學士冷笑道：「雲大人，我看你還是少管閒事，嘿嘿，這案子牽連極廣，雲大人一意維護逆叛，難道和安靖原有關係不成？」

兩人爭爭吵吵往大廳走去了，其心聽得心火如焚，又不知安大人此刻被囚何處受刑。

他在院中閃閃藏藏，轉了一圈，卻找不到囚人的地方，忽然門外人馬聲喧雜，甘軍將領騎馬趕到。

其心心中忖道：「我等皇上出來詢問諸將，到了最後關頭再出面，定能扭轉乾坤。」

過了一會，廳前那侍衛沉著的聲音道：「皇上有旨。」

倒。

徐大學士道：「皇上令甘軍將領進廳。」

李百超先踏進大廳，眾將都跟著他魚貫而入，抬起頭來，天子正坐廳中，不由紛紛俯身跪倒。

皇上道：「安靖原反叛犯上，你們諸將不加阻止，反而推波助瀾，是何道理？」

天水總兵史大剛為人直爽膽大，他忘了自己只是個三品武官，當下抗聲道：「元帥受奸人所陷，皇上明鑒，還望多多調查，以免中奸人之計。」

皇上還沒有開口，徐大學士喝道：「天子至尊，你好大的膽，竟敢出言不服？」

皇上緩緩地道：「依你看誰是奸人？」

史大剛早就豁出性命不要，朗聲道：「徐大學士便是奸賊。」

皇上不由看了徐國鈞大學士一眼，叫道：「徐大學士世代忠良，祖孫三世為我朝丞相，你至死不悟，還要冤枉好人，來人！」

那侍衛統領聞言走了出來，徐大學士走近皇上悄悄稟道：「皇上冒萬險親來鎮壓此事，目下此事已了，立刻處決主從各犯，以正國法。」

皇上沉吟不語，他和安大人感情極厚，少年時更同生共死過，心中想饒安大人一命，卻是找不出適當理由。

那侍衛統領伸手擒住史大剛，正傳推出廳外處決，皇上長歎一口氣，目光掃了四周眾人一眼道：「安靖原稱兵反叛，甘軍將領助威，雲大人，依律應如何處置？」

雲大人道：「一律處死！」

皇上點點頭，伸手正待推翻書案，表示決定此事，忽然大廳頂上轟然破了一個大洞，眾人還沒看清楚，其心已端端立在廳中。
其心也不多說，他將那包文書親自交給皇上，那侍衛統領見突然有人犯駕，嚇得連忙鬆開史大剛，上前對其心背後便是一掌。
其心一閃，口中一個個字道：「皇上請看這幾件文書。」
皇上畢竟是一國之主，緩緩翻開那包文書，態度從容之極，才看了一眼，立刻龍顏大變，原來第一張正是旨令安大人即日率兵東來的詔書。
皇上臉色鐵青，徐大學士強處鎮靜，不住向那統領使眼色，皇上又翻了翻下面文書，卻都是凌月國主致徐大學士函件。
徐大學士見事已敗露，原想叫那統領挾持皇上以爲退身之策，他雖老奸巨猾，此時也是心驚膽顫，那統領恍若未睹，徐大學士下意識奪門便走，那統領大喝一聲飛起身來，一掌擊碎徐大學士內臟，徐大學士慘叫一聲，一口鮮血噴出，口中猶自叫道：「你……黃度文……你想殺人……滅……」
話未說完，人已斃去，那黃統領跪下道：「皇上恕罪，小人怕這奸賊跑走，是以手下太重。」
皇上此刻思如亂麻，不置可否地點點頭，大廳中靜悄悄的，只有其心和皇上對立著。
這一剎那間，整個局勢完全改觀，眾將見到這驚心動魄的大事，都目瞪口呆，凝住其心，不知他究竟那頭葫蘆賣那頭藥。

皇上歎息一聲道：「朕以小人之心忖度君子，各位卿家請起。」

眾將面面相覷，李百超首先站起，人叢中安明兒再也忍耐不住，也不管皇上至尊，哭叫道：「董大哥，你……我……永遠感激你。」

其心微微一笑，皇上又道：「朕無德，沉湎於小人之言，好在此刻時尚未晚，雲大人，你請安總督來。」

他四下一看，雲大人並未在場，心中正感奇怪，忽見廳門口雲大人和安總督走上前來，那安靖原步履之間蹣跚，可是卻仍是精神奕奕。

其心心內慘然，他知安大人受刑定是不輕，皇上遠遠迎了上來，安大人雙膝一跪，胯間滲出一片鮮血。

皇上執著安大人之雙手，雙目垂淚，一句話也說不出來，安大人凝視皇上，沒有半點怨懟之色。

好半天沒有半點聲息，皇上扶起安大人，忽然指著人叢中安明兒道：「靖原，這是我侄女了，我無女，就收她作義女吧！」

他說話完全像對朋友而言，絲毫沒有帝王之傲；安大人目中流淚，昔日的友情又在胸中復活中，想要說句感激之語，哽咽不能成言。

皇上又道：「靖原，咱們好幾年沒有見面，唉！時光無情，咱們都老了，你叫他們帶兵回去吧，眾人都有賞，我要和你好好回京聚聚，我義女也去，進了宮便是瓊屏公主了。」

皇上轉身尋找其心，口中道：「如非這少年卿家，朕幾乎鑄成大恨。」

四處找尋卻不見其心，心中正在奇怪，忽然大廳外飛進一物，赫然正是統領黃度文之頭，下面附了一張紙，用血寫了一行字：「此人爲盜詔書者，巨奸內應，我皇何能安寧，請先代我皇除凶。」

下面沒有署名，皇上瞧著那張紙條，想起前因後果，不由恍然大悟，喟然道：「這少年行事真如神龍不見首尾，如此人才，可惜朕不能用，惜哉。」

這時安明兒在人叢中偷偷看著其心擲過的紙團：「我有事先走，事完一定來看你，你別張聲！其心。」

心中想到董哥哥這人能耐之大，言而有信，不由十分安慰，人群中只有她一個人看到其心悄然而退，又看到黃度文跟了上去，因爲只有她時時刻刻注意著其心。

六三　董氏昆仲

天上星兒在眨著眼，月亮卻被蒙在一片黑雲裡，大地裡顯得昏昏然，就像大雨將至一般。

這時，在那靜靜的羊腸小道上，有兩個人影正飛快地移動著，從表面上看，這不過是兩個過路的夜行人罷了，沒有什麼值得注意之處，但是若要細細看清了這兩個人是誰，那麼立刻可以推測到一件震驚天下武林的大事要發生了。

這兩個並肩飛馳的夜行人，左面的是天劍董無奇，右面的是地煞董無公。

多少年來，這一對叱吒風雲的人物如煙消雲散一般失了蹤，武林中有人猜測他們已經死了，有人傳說他們為了一件秘事翻臉成仇，沒有人能說出他們到底到了何方，這時，他們兄弟又並肩出現在武林，這將象徵著什麼？

是又一場武林大戰要起，還是又一次血淋淋的浩劫將臨？

董無公在天劍的身旁飛縱著，他心中有萬言千語一言難盡的感覺，老天爺對他們捉弄太殘酷了，那年絕嶺決鬥的景象歷歷有如猶在眼前，兄弟鬩牆的慘局使這一對兄弟整整仇恨了四十年。人生又有幾個四十年？

董無公默默地奔著，他斜眼望了望左側的哥哥，正好無奇也在望他，他們兩人都迅速地收回了目光，但是兩人的心都在劇烈地跳動著，幾十年的仇恨消除了，但是留在心田上的深痕豈是一時所能消除，他們兩人都在胸中默默地說：「我們將永遠沒有童年時候的日子了！」

默默裡，他們進入了一個荒亂的小村，村中人不知是避天災還是躲戰禍，跑得空蕩蕩的一個不剩，董無公跑著跑著，忽然低聲道：「怪事——」

董無奇在同時裡也停下身來，只見空中一對飛雁正作人字形低聲而過，忽然之間，這一隊大雁連鳴聲都沒有一下就突然一起落了下來，兩人走上前去，七八隻大雁全都已經死去。

董無公與董無奇望了一眼，無公道：「內臟被震碎而斃！」

天劍點了點頭道：「看情形這一隊飛雁方才飛過之處必有上乘氣功者相搏，這些飛雁為掌流所及，飛出一段路，不幸暴斃——」

地煞點一點頭道：「不錯！」

他們兩人互相望了一眼，不約而同地採取著謹慎的姿勢悄然前行。

黑暗中，地形漸漸向下斜傾，向左一轉，腳下更覺崎嶇難行，這時天色驟暗，星光也被烏雲所蔽。董無公伸手一觸，摸著一方硬涼之物，他再探指一摸，那硬涼之物上竟然刻著有字，他沿著刻紋摸下去，頭一個字是「顯」，第二個字是「考」，他低聲道：「是個墳場——」

天劍沒有回答，只是凝神向前注意，這時，這時他低聲道：「咱們用一口真氣貼著草尖低著飛上去瞧個究竟！」

董無公道：「只怕我沒有大哥『暗香掠影』的功夫。」

天劍脫口道：「無公你少來這一套吧。」

董無公聽到這一句話，心中忽然感到快活起來，他有幾十年不曾聽到哥哥用這樣的口氣來對他說話了，一時之間，他彷彿又回到了童年的時代，想得愣住了。
天劍用肘碰了他一下，他這才回到現實之中，耳邊只聽到天劍低喝一聲道：「起！」
霎時，只見兩條人影在驟然之間彷彿失去了重量，緊緊貼著草尖橫掠而過，速度竟然不在疾奔之下！
這真是武林奇景，全憑著一口真氣作這等「草上飛」的掠行，武林中所謂「草上飛」，不過是形容輕功高妙而已，哪有真正在草尖上飛掠而草尖不動之理？董氏昆仲這時這種飛掠之法，全仗著深厚的內力，一口氣飛掠而行，任何神仙般的功力，也難持續半盞茶時間以上，但是卻是的的確確做到「草上飛」三個字。
他們飛出一段，果然發現前面人影晃動，似是一個肩上背著另一人疾奔而行，那速度之快，竟是董氏兄弟平生所罕見，他們兩人不約而同地一齊停下身，不敢再過靠近。
迎面微風吹來，帶來前面那人的自言自語：「……真是禍不單行，在西域經營了半生的基業會毀在一個毛頭小子手上，到這裡好不容易兩個高手上了鉤，我用了幾千次的獨門迷藥竟會下多了份量弄死了一個，好在剩下這個瘋老頭只要一醒來，從此便是我的得力助手了……」
天劍、地煞兩人聽得一怔，再抬頭時，前面之人已走得無影無蹤，他們立刻躍上前去，果然地下發現一具屍首，這時，董無公忽然想起一事，他低喝道：「快，前面那人怕是凌月國主，凌月國主——」
董無奇一想他方才所說「西域經營半生毀在毛頭小子手上」的話，道聲：「不錯，咱們快追——」

就在這時，忽然一股無比強勁的掌風直襲過來，同時背後一個悲憤無比的喝聲：「是誰害了我的兄弟？」

董無公只覺背上掌風如同開山巨斧，竟是多年來從未遇過的上乘內家掌力，他驚駭參半地一個弓身，單掌一繞一盤，接著一推。

轟然一聲，地煞董無公竟然被震得倒退三步，而來人也被震得再度升空而起，直達三丈有奇。

天劍、地煞雙雙駭然，那來人在空中也是駭然驚呼：「潛龍升天，地煞董無公——是你！」

無公只覺嗓音好熟，一時記不出是誰來，抬目一看，只見那人在空中盤旋三次，小轉彎九次，然後急如蒼鷹地一瀉而落，他忍不住脫口而呼：「龍行九步！查老大，咱們三十年未見了！」

董無奇一聽「龍行九步」四個字，心中也是一震，低聲道：「你是說關東長白山的查氏兄弟？」

無公道：「一點也不錯——」

這時那人已經落了下來，只見五旬年紀，長得魁梧無比，身子彷彿一座鐵塔一般，長白山查氏兄弟從不履入關內半步，中原武林極少提到他們之名，只是四十年前大河南北綠林第一高手黃鷹手蔡端遠征關外，據說在三十招內被查老二一掌打斷胸骨而亡，後來中原人就再沒有聽說過查家兄弟名頭了，也沒有人知道查氏神功究竟有多高，董無公當年為洗刷冤名，遠走關外，曾與查氏兄弟結成生死之交，後來一別數十載，雙方都無訊息，想不到這裡又碰上了面。

查老大望了天劍一眼，董無公道：「這位是長白山龍行九步查金鐸老大，這位是家兄董無奇——」

查老大一聽「董無奇」三字，一揖到地，心中震駭，口中呼道：「原來是天劍董兄，查某適才誤犯，多多擔待……」

他望了望天劍、地煞，一把抓住董無公道：「賢昆仲終得化冤復舊，只可憐我兄弟卻讓人給害了。」

說到這裡，他已是淚如雨下，董無奇暗道：「這人是個爽直的血性漢子。」

董無公吃了一驚，把地上屍首一翻，正是那查家老二，他也不及細問詳情，大叫道：「令弟是中了迷藥過多而被毒斃，兇手是凌月國主，咱們快追！」

查金鐸揮淚道：「凌月國主，我姓查的與你一在天涯一在海角，你幹嗎要害死我兄弟，管你什麼國主不國主，天皇老子下凡我查老大也要宰了你洩恨……」

無公知這查氏兄弟手足之情深如海，武功既高，人又憨直，凌月國主結下這個仇，包管要他吃不完兜著走了，他想起自己兄弟血海般深仇到了暮年居然能重修舊好，比較之下，老天待他也不算薄了，想到這裡，他胸中那怨天尤人的憤然之氣也就消然而退了，他抬眼去望哥哥，無奇正在望他，新的手足之情似乎在開始滋養了。

他反首道：「查老大，節哀應變至要，咱們快追啊！」

天色暗了，夜已來臨，森林裡只有一堆野火在發出熊熊的紅光，火堆旁坐著兩個老人，誰也不知這兩人竟是赫赫名震天下的天魁、天禽。

左面的一個道：「老溫，你究竟打定主意沒有？」

右面的老人沉默半晌，沒有回答，他微一伸掌，拍在身旁的石上，抬開手後，微風一帶，那塊青石竟成了一堆石粉。

左面的老人道：「咱們千辛萬苦籌劃了多年，爲的就是稱霸武林，你說對也不對？」

右面的老人點了點頭，左面的道：「那麼咱們就得不擇手段，幹他個血洗武林！」

左面的老人道：「你說血洗武林，我溫萬里舉手贊同，可是對付天劍、地煞，叫我用毒暗算，咱們天魁、天禽的面子往哪裡放？」

右面的老人一聽此話，面色陡變，似乎就要發作，但是立刻他又忍了下去，不再言語，只是淡淡點了點頭道：「老溫，你說得也有理。」

他一面說，一面打量著天禽溫萬里的神色，溫萬里忽道：「天劍、地煞是我溫某人自認天下唯一敵手，要幹也要一刀一拳地正面幹。」

天魁沒有答話，只是沉默，但是從他的眼光中可看出他正在動用另一個心計。

火光熊熊之中，不時爆出劈劈啪啪的枯枝焦裂之聲，天魁和天禽這兩大武林宗師就這樣相對而坐著。

天空大片大片的烏雲如灰馬行空一般疾奔而至，剎時之間，大地漆黑伸手不見五指，只有那一堆野火顯得更亮更紅，火舌在吞吐著，映得四周樹木一紅一黑。

這時天魁忽然仰天輕歎了一聲道：「溫兄，憑你我之力，原以爲天下武林再無可敵之手，不錯，武林中九大門派在咱們攻擊之下，誰也不敢再出頭，卻料不到最後的棘手問題，仍然出在那姓董的一家之上——」

天禽道：「地煞背了一身惡名，隱伏了幾十年，想不到到了這緊要關頭又出現了。」

天魁伸手抓起一枝樹枝，低聲道：「從最壞的打算來看，萬一天劍和地煞合了手——」

他話尚未說完，天禽打斷他，哈哈笑道：「合手？那除非天塌下來，試問他們那弑父的恩怨如何了結，哈哈，那是一個死結呀！」

天魁湊前了一些，火光映在他的臉上，顯得無比的嚴肅與正經，他低聲道：「老溫，我說萬一呢——」

天禽怔了一怔，緩緩地道：「那麼——咱們又是勢均力敵了！」

天魁點了點頭，低聲道：「老溫，咱們是自己人，憑良心說一句話，你自以為比那天劍、地煞如何？」

溫萬里默默想了一想，搖了搖頭哼道：「儘管我胸中雄心萬丈，但若要我說一句能勝過天劍、地煞的話，我可說不出。」

天魁道：「若是與老董逢上了，我在胸中把那時的情形真不知預測過幾千百遍，無疑前五百招必是各有所長，各有所忌的局面，等到天下的奇招妙式都差不多施完了，後五百招當是臨時創招創式的時候了，但若說分高下，那必是千五百招以後的事啦，至於誰勝誰負，那只有老天爺知道了。」

天禽搖了搖頭道：「依我的看法，他們兩人要想真正合手是不可能之事，頂多是各自與咱們作對罷了。」

天魁哈哈大笑道：「這正是我心中的想法，正因為他們不可能同心合手，咱們才在這裡繼續努力呀，若是他們真合了手，溫兄，咱們早該捲鋪蓋回家啦——」

天禽默然不語，只是把手中拿著的一塊石頭不住地拋丟著，天魁望了他一眼，又說道：「老溫，你心中一定在暗罵我長他人志氣了對不對？我舉個例子你就知道啦，我問你，咱們那幾個徒兒的資質如何？」

天禽手中依然拋著那塊石頭，抬眼答道：「即使算不上龍鳳之姿，也是習武上上之材——」

天魁一拍手道：「對了，我也是這麼想，憑咱們這十幾年的調教，他們幾個乍入中原之時，耀武揚威誰人能敵，可是比那董其心和齊天心又若何？」

天禽冷笑了一聲道：「董其心和齊天心嗎？那兩個小子不過是憑著詭計多端罷了——」

天魁哈哈大笑道：「詭計多端？齊天心在二百招內御劍飛身敗了郭庭君，董其心在中毒之際一舉殺了羅之林，這是詭計多端嗎？哈哈，溫兄溫兄，你也太護短了啦！」

天魁的笑聲到了最後已變得比哭聲還要難聽；天禽的臉色如鐵石一般冷然，火光閃耀在他的臉上，那雙眉漸漸直豎，目光中逐漸放出凶光，手中那塊石頭愈丟愈高，到了最後，只見他猛然平伸手掌，那塊石頭如同被千石硬弓疾射而至，嗚嗚怪嘯著伸入黑暗的高空，足足過了七呼七吸時間，才落了下來，依然一絲不差地落在天禽的掌心中，奇的是原來是拳大的石頭，此時竟然已變成彈丸般的小石子了！

天魁嘴角含著暗笑，冷冷注視著天禽，只見天禽一躍而起，冷冷地道：「老大，你不必再相激啦，他媽的董氏兄弟雙雙上來，姓溫的也不含糊，一切計劃依你的！」

天魁也是一躍而起，一把抓住了天禽的衣袖，急聲道：「好，老溫，你答應用毒？」

天禽昂然一笑，道：「無毒不丈夫！」

天魁一拍他的肩膊，道：「咱們先坐下細細談一談——」

天禽坐了下來，伸指一彈，那一粒彈丸小石呼地一聲疾射而出，「撲」地一聲射入巨幹之中，深不可測。

天魁道：「天劍地煞之中，只要任能毒倒一個，剩下的一個咱們就不顧顏面來個以二殺一，一舉消滅了這兩人，天下事大定矣！」

天禽道：「老大你說得倒稀鬆平常，幹起來只怕沒有那麼如意哩——」

天魁搓手道：「咱們先回老家去一趟……」

天禽呵了一聲道：「你是說『血鳩子』？」

天魁道：「你算算日子吧，咱們現在回去，『血鳩子』正是可以出缸的時候了。」

天禽屈指算了一算道：「正是，我怎麼把日子都忘記了，用這血鳩子去對付董氏兄弟，老大……你……你……」

天魁哈哈大笑道：「太妙了是不是？這『血鳩子』老夫用了七十二個內功有根基的武林人的元陽之血浸煉而成，正該是一鳴驚人的時候了！」

天禽沒有再說話，只是望了天魁一眼，天魁臉色一沉，恨聲地道：「溫兄，無毒不丈夫，這是你自己說的話！」

天禽哈哈大笑，指著天魁道：「老大你有眼無珠，我溫萬里是出爾反爾的人嗎？我不過是在思索如何下手罷了。」

天魁乾笑一聲，然後沉聲道：「老溫，你聽愚兄一言，大丈夫身不封萬戶侯，否則葬蠻夷之中，在世不能流芳百世，入土也該遺臭萬年，若是婆婆媽媽混一世，倒不如趁早回到媽媽的肚子裡去算啦。」

天禽道：「老大你放心，姓溫的說出的話，便是天雷也轟不動的了。」

天魁拍手道：「好，老溫，真有你的——」

天魁說到這裡，忽然猛的一停，低聲噓了一聲，道：「有人來了——」

他話未說完，只見五丈之外枝葉略一簌然，一個白衣人如幽靈一般出現。

天魁和天禽心中駭然，要知以天魁的功力，在周圍二十丈之內人之腳步聲可清晰辨出，此時他才辨出，來人已在五丈之處，這人的功力可想而知了。

天禽低聲道：「高手到了。」

他們立於火邊，那白衣人立於幽暗之處，是以一時無法辨出來人面貌，天魁緩緩站了起來，冷冷道：「來人是誰？」

那白衣人也不回答，只是緩緩前行，天魁待他走出五步，猛然喝道：「站住！」

他這一聲含勁而發，真如平地突起一個焦雷，四周大地都爲之一震，奇的是那白衣人卻如無感覺一般，緩緩繼續前行。

天魁手一指，一片枯葉嗚嗚然直飛而出，那白衣人卻動也不動，枯葉飛到面前，不知怎地竟一彎而過，直落向後方，嘩啦啦一聲，竟如一片鋼葉一般，掃下了一片枝葉。

這時天禽已看清了來人，他呵呵大笑道：「原來又是這個老瘋子來了。」

天魁定目一看，正是那個瘋瘋癲癲的老兒。天禽大笑道：「老頭子，好一手噓氣成飆的內功啊。」

那老兒忽然嘻嘻笑道：「老鬼這手摘葉飛花可也漂亮呀。」

天禽道：「老頭子，你跑到這裡來幹什麼，跟蹤咱們嗎？」

瘋叟道：「跟蹤你們，去你娘的蛋，你又不是漂亮的小妞兒，老夫跟你什麼蹤？」

天禽與他纏著，天魁卻悄悄橫移了一步，忽然之間，猛發一聲暴吼，揮掌直向白衣老頭兒擊去——」

這一掌是天魁內力所聚，天魁號稱天下第一手，那掌上的功夫實是神出鬼沒，這一掌看似無聲息，實則內勁之足普天下尚難找出幾個能接得下的人來，瘋老兒發覺之時，已經遲了一瞬，他大喝一聲，舉掌就封！

說時遲那時快，忽然一條人影如旋風一般飛了出來，揮掌遙空擊向天魁——

只聽得轟然暴震，天魁只覺掌上一緊，已與一人掌力相接，接著他感到對方掌力之強，當真是平生僅逢，他駭然地再吼一聲，單掌未收，卻是第二股掌力已由掌鋒逼了出來——

呼地一聲，來人落了下來，天魁橫移半步，他胸中熱血沸騰，昂然凝視著來人，只見來人氣度威盛，面戴黑巾，不見廬山真面目。

天魁在心中暗呼道：「莫非天下還有這等高手？」
蒙面人站在瘋老兒的旁邊，伸手拍了拍瘋老兒的肩膀道：「老兄，你險些中了暗算。」
那瘋老兒嘻嘻道：「老弟，虧你發掌相助，我老兄這廂有禮。」
他們兩人就如在戲台上念對白一般；天魁、天禽不禁哭笑不得。
天禽道：「蒙面朋友有霸王再世之力，何不以真面目相示？」
那蒙面人哈哈大笑，伸手扯去了臉上的黑巾，露出真面目來，只見他面如冠玉，堂堂儀表，天魁和天禽同時在心中駭然驚呼：「凌月國主！」
蒙面人長揖到地，笑道：「兩位請了，久聞天魁掌上功夫天下無雙，老夫今日服了。」
天魁立刻變容大笑道：「凌月國主西天一地之尊，駕臨此地，咱們真是三生有幸，此處雖無佳餚，卻有美酒，來來來，快來痛飲一樽。」
凌月國主側頭對瘋老兒一揖道：「老兄，如何？」
瘋老兒如唱戲一般依樣畫葫蘆地也是一揖道：「老弟，如何？」
天魁又好氣又好笑，只是發作不得，凌月國主微微一笑道：「咱們就叨擾一杯，老兄，你請！」
瘋老兒彬彬有禮地一擺長袖道：「老弟，你請！」
凌月國主走上前來，天魁伸手拿起酒杯，舉壺斟滿了一杯，伸手一揚，叫聲道：「皇爺，請用酒。」
那隻酒杯平平穩穩地直飛過來，凌月國主伸出兩個指頭微微一夾，就把酒杯夾住，半滴未傾，他就唇一吮，已經乾杯，舉杯大笑道：「謝了，謝了。」

天魁又舉第二杯走到瘋老兒的面前，伸手道：「請用酒——」瘋老兒伸手正要接過，忽覺一股內力沿著酒杯直湧上來，他一吸氣，運勁一擋，那隻酒杯竟然懸空自碎，瘋老兒長吸一口，竟把杯中灑下之酒凌空全吸入口中，他也舉空手大笑道：「謝了，謝了，謝了。」

凌月國主仰首呵呵笑道：「兩位對咱們這位瘋老先生必是舊識的了？」

天魁暗道：「原來這兩人是一起來的，只不知何以這瘋老兒和凌月國主成了一路人？」

天魁、天禽對望一眼，心中都奇道：「瘋老先生？他姓瘋？」

凌月國主還沒有說話，那瘋老兒大搖大擺地上來，自我介紹地道：「我姓瘋，瘋子的瘋，別人見了老夫這般模樣，當面不說，背後一定在說我瘋瘋癲癲，其實瘋瘋癲癲又有什麼不好？你瞧瞧，世上哪個人不是愁眉苦臉像家裡死了人似的，怎比得上瘋子個個都是嘻嘻哈哈？是以老夫就索性改姓瘋，你們喚我瘋大哥也可，瘋老兒也罷，請便請便。」

他說著還伸出手來揮了兩揮，似乎很有派頭的樣子。

天魁勉強哈哈笑了一笑，心中卻在不住地打主意。他是個陰鷙之極的人，在凌月國主來意未明之前，他絕不會放鬆一絲提防之心，他心中暗暗盤算著：「真不知這隻老狐狸拉上了這個瘋子，來找咱們弄什麼手段？」

凌月國主卻在心中暗笑道：「拉上這個老瘋子，用一派胡言亂語來對付天魁這個老奸巨猾，真是妙不可言的計策。」

天禽這時道：「喂，皇爺，聽說貴國百年來的基業全讓董其心那小子給毀了，武林中傳說得繪聲繪影，今日見皇爺神采依舊，豪氣如昔，我看怕是傳聞有誤吧。」

天禽何嘗不知凌月國主在其心手中吃的虧，他這樣說實是故意氣氣凌月國主的。凌月國主聽了這幾句話，居然臉上神色不變，乾笑數聲道：「凌月國嗎？唉，咱們練武的人能當什麼皇帝，老夫早就不想幹那撈什子皇帝的了，這才抽個空溜到中原來快活幾日，國內事留給那幾個蠢才去辦，吃了敗仗是意料中事，老夫有心回去整頓一下，怎奈閒散慣了，再也沒有興趣啦。」

他說得好不輕鬆瀟灑，天禽也哈哈笑道：「好說好說，董其心那小子也真夠厲害的了，一個人單槍匹馬混到凌月國搞個翻天覆地，又一溜煙跑回來啦。」

他不斷地提董其心，就是要凌月國主下不了台，凌月國主冷哼一聲不語。

那怪老兒這時忽然嚷道：「喂喂，再來一杯酒如何？」

天魁把酒壺橫飛過去，凌月國主坐在一棵樹根下，忽然仰天大笑起來。

天禽道：「皇爺有什麼可笑之事，說來大家聽聽如何？」

凌月國主道：「方才來的時候，在路上老夫忽然想起一個問題來——」

天禽道：「什麼問題？」

凌月國主道：「老夫先問兩位一句，像老夫這種人算得上是好人還是壞人？」天禽大笑道：「那還用說嗎？老奸巨猾，陰私毒辣，怎能算得上是好人？」

凌月國主笑道：「不錯，溫兄說得是，便是閣下二位也是世上難以尋求的大壞蛋，這一點想來兩位也不必否認吧？」

天魁冷哼了一聲道：「那就看你怎麼說了。」

凌月國主道：「老夫再問一句，這世上是好人多還是壞蛋多些？」

天禽呆了一呆，脫口道：「依我看，怕是好人多些——」

凌月國主道：「不錯，如咱們這等壞蛋，普天之下怕也找不出幾個人，可是有一點必須注意的，這世上從古至今，好人也沒有壓倒壞人，壞人也不曾打垮好人，是也不是？」

天禽道：「是又怎樣？」

凌月國主道：「好人人多，卻也戰勝不了壞人，爲什麼？只因好人講的是『各人打掃門前雪，休管他人瓦上霜』，而壞人呢？所謂『同流合污』，所謂『狼狽爲奸』，這就是道理所在了。」

天魁、天禽聽他說得有理，不禁相互對望了一眼，凌月國主這時道：「咱們三個人只怕是當今世上頂尖兒的壞蛋了，只是有一點，咱們還算不得是一等一的壞蛋——」

天魁、天禽不自覺地齊問道：「什麼？」

凌月國主道：「咱們還不曾『同流合污』，還不曾『狼狽爲奸』！」

天魁、天禽心中都是一動，凌月國主的話說得很明白，他要與天座二星聯手合力，論形勢，天魁、天禽確也需要幫手，論力量，凌月國主加上那個老瘋子著實強大無比，但是凌月國主這隻老狐狸一舉一動全是詭計，豈能憑了他三言兩語就聽信於他，誰知道他安的是什麼心？

天魁拍手道：「皇爺妙諭，只是小弟還有一點補充——」

凌月國主裝得極有興趣的樣子道：「願聞其詳。」

天魁道：「世上的壞人既能合手合力，何以結果也勝不了好人呢？這是因爲除『同流合污』，『狼狽爲奸』以外，最後還有一樁『勾心鬥角』。管蠡之見，見笑皇爺了，哈哈哈哈。」

凌月國主一拍雙掌道：「妙極妙極，咱們打開窗子說亮話，天座二星存的什麼心，我凌月國主不會不知，老夫心中打的什麼主意，二位必然也是瞭若指掌，咱們就來個小人協定如何？」

天魁也學著凌月國主的口吻道：「願聞其詳——」

凌月國主道：「咱們同心努力，先定下天下武林大勢，異己者掃除完盡以後，咱們再來『勾心鬥角』如何？」

天魁和天禽齊聲道：「皇爺快人快話，深合咱們之意。」

凌月國主道：「說得好聽點，咱們是共圖天下大事，說得難聽的話，咱們是互相利用狼狽爲奸，怎麼說都好，反正咱們是合定了，誰要在大事未成之前生了害人之心，那便如何？」

天魁、天禽道：「死於亂刀之下！」

凌月國主道：「好極，我若違了誓言，管教身首異處。」

天魁一招手道：「瘋老兄，你也算上一份？」

那瘋叟抱著酒壺道：「當然算上一份，而且我年紀最大，我還要當老大哩。」

天魁笑道：「好，好，咱們以後就喚你瘋老大吧。」

凌月國主道：「咱們四人可要好好痛飲一番，瘋老大，你斟酒吧。」
歷來奸雄爲達目的，狼狽爲奸之事多不勝舉，但是如他們這般公開言明事成之後就開始「勾心鬥角」的，倒真是別開生面，絕無僅有的了。

六四 玉帛干戈

斷崖下是一彎河，流水淺而急，發出嘩嘩的聲音，那河的對岸，一片黑壓壓的原始森林聳立著，彷彿是無邊無際的大城牆，不見天日。

林子裡黑得伸手不見五指，地下是厚厚的落葉，潮濕得踩得出水來，只有蛇蟻在那黑暗處縱橫著，從沒有人敢踏進去半步。

然而，這時候林中忽然傳出了人聲，或許是這原始森林中第一次出現人蹤吧。

「沙沙沙」。

腳步聲是那樣的沉重有力，彷彿那人的背上背了大包黃金一般。

忽然，林中的腳步聲停止了，不久以後，河水旁出現了四個人影，這四條人影的出現也是古怪，不知道他們是何時出現的，也不知是如何出現的，彷彿是一瞬之間，河邊忽然多了四個人。

四人中前面的二人對著這林子指指點點，彷彿在討論要不要穿進林子，後面兩人中的一個也上前加入了意見，他們說得十分低聲，聽不清在說些什麼，過了一會，這四人一起向林子這邊移動過來，清風拂過，彷彿聽得他們說：「……不走這林子，可就得繞好大個圈子……」

林中其黑如墨，四個人一進林子，立刻呼吸到迎面而來的腥濕之風，地上濕草爛葉之中原來全是蟲蛇，這時奇怪地竟然紛紛躲開，似乎受到一種無形的壓力，迫使牠們讓開一條路來。

四個人很快地行著，在那密密的林中如長了夜光眼一般，不曾被任何一枝樹枝絆著。

行到林子中央，一排巨樹長得密得出奇，臂粗的樹枝縱橫如網，根本沒法行得過去，四人中爲首之人猛一伸掌，呼地一掌向前劈去，轟然一聲，一片巨枝應聲而折，他前跨數步，舉掌又是一掌劈去。

然而就在這時，黑暗中另一掌由前飄來，四人中那爲首之人單掌一圈，已與來勢接個正著，只聽得劈然一響，爲首之人倒退了一步，駭然一聲驚呼：「誰？」

黑暗中沒有回答，那四人中最後的一人走上前來低聲道：「怎樣？」

爲首之人沒有回答，那最後之人再次問道：「皇爺，怎樣？」

那爲首之人壓低著嗓子，一字一字地道：「發掌之人，掌力之奇怪強勁，老夫平生所僅遇！」

他抬起頭來再喝道：「誰？」

黑暗中依然是一片沉寂，那後來之人低聲道：「不管，咱們再往前走。」

四人正待起步，黑暗中傳來一個低沉的聲音：「你是誰？」

四人同時又停了下來，八隻眼睛運起上乘內功向四方搜索過去，忽然後來的那人飛身一掌向右打出，居次的那人同時出掌向左打去，兩股勁道挾著雷霆萬鈞之勢直撲而上，樹枝樹幹折斷之聲不絕於耳，然而這兩人竟然同時橫跨一步，互相駭然對視，喃喃迸出幾個字來：「有兩大高手埋伏林中？」

那爲首之人再次喝道：「朋友，你到底是誰？」

黑暗中只是反問道：「你是誰？」

爲首之人哈哈笑道：「上有冰山，下有黃沙，我生在西域凌月，來到華夏中原！」

黑暗中那人冷冷地道：「我道是誰，罷了，原來也是故人，凌月國主請了。」

凌月國主猛一提氣，對著發聲之處舉掌拍去，這一掌乃是凌月國主生平得意之作，喚作「玉門琵琶」，是西方拳法中最上乘的一招，黑暗中只聽得「拍拍」然連響了九下，接著凌月國主頹然收招——

說時遲，那時快，左右同時傳出冷笑之聲來：「不必再試啦，後面的二位可是天禽、天魁？」

天魁喝道：「你不說老夫也已知道你是誰啦——」

黑暗中，左面之人道：「不敢，在下董無公。」

右面傳來更沉更低的聲音：「老夫董無奇。」

董無奇！董無公！

幾十年來，武林中再沒有人把這兩個驚天動地的名字連在一起，如今，竟由這兩人親口中同時報出來，霎時之間，黑暗中空氣彷彿被突然凝凍了。天魁、天禽是武林宗師，凌月國主雖是一代奇傑，這時都在心中重重地激震著，好像千丈巨浪突然衝擊而至，一時間不知所措。

寂靜持續了片刻，凌月國主首先大笑道：「天劍地煞，中原武林奇人，老夫雖在窮鄉僻壤，亦是大名如雷貫耳，今日幸會了，真乃老夫畢生幸事！」

董無公淡淡一哂道：「皇爺您客氣了，敝兄弟山野之人，見了皇爺不會行那大禮，尙請皇爺多多包涵哩。」

這幾句話聽在凌月國主的耳中，有如千萬尖針刺心，他心中暗恨，口中卻呵呵笑道：「老夫雖然生在宮庭之中，卻是天生江湖個性，董兄取笑了。」

天魁這時拱手道：「董氏兄弟乃是中州武林一號人物，老朽每一念及昔年地煞在武林中那些轟轟烈烈的豪舉，便忍不住要由衷讚一聲好，前些日子武林中突然失去董兄的蹤跡了，有人傳說董兄心灰意懶尋幽地而隱了，有的甚至傳說董兄已經故世了，老朽每一思之，便覺悵然，想不到今日竟然又見著董兄真面目，真要叫我老頭子雀躍三尺啦！」

他這番話說得又真切又動人，完全是一派惺惺相惜的模樣，董無公經過幾十年血的慘變，閉門靜修的結果使他的修養功夫已達爐火純青之境，他聞言不喜不怒，只是微笑道：「閣下之言徒令愚兄弟汗顏，倒是愚兄弟今日有一件事要請教於天座三星──」

天魁道：「不敢。」

無公長長地吸了一口氣，緩緩地呼了出來，然後一字一字地道：「敢問天魁、天禽與昔年的神州三奇是什麼關係？」

此語一出，天魁心中重重地震了一下，天禽接下去答道：「神州三奇嗎？與敝兄弟有那麼一點不大不小的關係。」

無公緊問道：「是何關係？」

天禽卻是哈哈一笑道：「這是敝兄弟的小秘密，不足爲外人道，不足爲外人道。」

他說的聲調極是輕鬆，彷彿真是一件芝麻豆大的小事。無公被他戲弄了一番，胸中雖是大怒，口頭卻是依然微笑道：「溫先生既是不說，那也罷了，小弟想再請教一事——」

天禽爽快地道：「請——」

無公張嘴待言，眼前就浮起父親慘死，兄弟反目成仇數十年的苦難歷史，他強抑住滿腹激動，一針見血地道：「敢問二位究竟是由何得知先父隱居秘谷之所在的？」

天魁和天禽不由自主地同時退了一大步，隨即天魁大笑道：「董兄此言何指？咱們不明白是什麼意思。」

無公正要開口，那一直半言未發的天劍董無奇忽然道：「你們不敢承認嗎？」

天魁斜睨了他一眼，冷笑道：「什麼承認不承認？這是你對老夫說話的態度麼？」

天劍董無奇仰天打個哈哈道：「世人把我董無奇與閣下二位名列一齊，真是盲目瞎子不如了。」

天魁道：「什麼？」

無奇道：「我董無奇頂天立地的大丈夫，卻不料與兩個小丑鼠輩齊名同號了幾十年，真是丟人之極！」

天魁冷笑一聲道：「天劍，你要造反了嗎？」

無公見這兩人事事推賴，心中也是冒火，他正要開口，天劍無奇嘿然地道：「等到我的劍子逼上了你的頸子時，自然就會講實話了！」

天魁、天禽一生何曾聽過這等話，兩人相互望了一眼，然後一起大笑道：「董無奇，你那兩手劍法咱們也不是沒有見過，你太猖狂了！」

無奇道袍一揚，橫跨了半步，咄咄逼人地道：「不見棺材不流淚，天下的小人都是一個模子中壓出來的！」

那凌月國主一直站在一邊靜靜地聆聽著，他雖然尚不知事情的全部真情，但是他已猜知了大半，他愈聽心中愈喜，只巴不得雙方立刻就幹起來，卻不料到了這箭拔弩張的當兒，天魁卻忽然道：「姓董的你也不要橫，不是老夫唬你，你那血仇大恨沒有老朽的指點，你想報得了嗎？」

這一句話突出，使得整個局面與在場每一個高手的想法都大大的一變——

這話究竟是什麼意思？

天劍不竟愣了一愣，莫非昔年事情還有更曲折的內情？天魁天禽知道得比想像中還要多？

董無公忍不住大喝道：「天魁，你這話究竟是什麼意思？」

天魁狂笑一聲道：「什麼意思？你自己該懂，有一件秘密老夫是至死不會透露的，而這件秘密想來必是賢弟最想知道的……」

無公聽他這麼說，心中又是一震，不知他悶葫蘆中究竟賣的是什麼藥，他冷笑一聲一時竟接不下去。這時天劍接道：「是了，這可不是我罵你，是你自己說的，你是不到劍臨喉頭不肯說的了？」

天魁只是不斷冷笑，他這一番話全是臨時胡湊的，只因天劍地煞事關己則亂，竟被他弄玄虛弄得糊塗了，天魁心中暗暗得意。

天色一暗，天邊大片黑雲如千軍萬馬般疾飛而至，使原就黑暗的密林，更像窒息般的昏然，然而就在這一剎那間，一個清越的「咔嚓」之聲發自林中，一道虹光閃起，大名滿天下的天劍董無奇拔出了長劍——

無公沒有料到發展得那麼快，他輕輕地退了一步，只這一步之退，正好正在敵方攻守必經之地，他氣定神閒地一跨之間，卻是明顯地表現出一代宗師的風範。凌月國主揚了揚眉毛，暗自讚歎。

天魁道：「要幹麼？」

同時他把眼睛的目光斜瞟了凌月國主一下，凌月國主也向他打了一個眼色。

就這樣，四個天下最高手相向對著，一場將要震駭武林的大戰一觸即發——

「呼」地一聲，董無奇微微抖動了一下手中的長劍，那劍尖上下左右跳動了十二下，每一下都似乎是一個絕妙人寰的奇招的起手之式，但是跳了十二下之後，卻是一招未發，依然歸於靜止。

對面的天魁，卻在這一剎那之間，一連換了十二個不同的守勢，那迅如閃電穩若泰山的態勢已達神形合一的境界，天魁自許拳掌功夫天下第一，那倒也不是瞎吹之辭。

就在天魁換到第十二個守勢時，天禽向前輕飄飄地跨出一步，只見他身體向左一圈，右一擺，竟如失去重量一般飄出三丈，四周連一絲微風都沒有激盪起，凌月國主忍不住在心裡大大喝道：「天禽身法，天下無雙當之而無愧！」

霹靂一聲，一道閃電如銀蛇飛舞，一個悶雷就落在林子的上空，這一剎那電光中，那個瘋老兒忽然一躍而起，大喝大叫地怪嚷道：「那身法……那身法……我又看到身法了……左圈……右擺……不錯，一點也不錯……火……大火，呀，好亮的大火……」

這時，長空又是電閃，密林中透過一剎那紫白色的亮光，董無公轉眼瞥見那怪老人一面嚷著，一面左一掌，右一掌，一連劈倒了三棵巨樹——

無公宛如焦雷轟頂，他駭然暗呼：「『三羊開泰』！果真是我董家的絕學！」

電光一閃即滅，黑暗中雷如砲鳴，就在這最黑暗的一剎那中，只聽得地煞董無公的一聲大喝：「大哥，走！」

接著旋風暴起，林中落葉漫天狂舞，電光再閃之時，林中六個人駭然只剩下了三人，董氏昆仲和那瘋老兒竟如輕煙般驟然失去了蹤跡。

天魁、天禽和凌月國主三人相顧駭然，心中都在喃喃暗呼著：「天劍……地煞……」

在三人的心底，都悄悄地升起一絲寒意！

「是怎麼回事？那老兒跟著他們兄弟走了？」

凌月國主道：「這是一件怪事，那老兒怎會突然發起瘋病來？」

他沉吟了片刻，忽然想起一事，喃喃道：「向右圈……向左擺……向左圈……向右擺……」

天魁道：「皇爺可有什麼高見？」

凌月國主搖了搖頭，過了一會，卻忽然道：「溫兄喚著『天禽』，依老朽之見看來，那份獨門輕功，便是真正天國的神禽也比不上哩——」

天禽道：「讓皇爺見笑了。」

凌月國主道：「小弟久聞天禽溫萬里能在空中不借外力而變向飛行，小弟雖是駑才，但也算得上終生浸淫武學的人了，以小弟的想法來看，雖非不可能之事，但的確算得上武林奇觀的了，未知──」

他說到這裡略爲一停，然後道：「未知溫兄可否讓小弟開個眼界？」

天禽不知他這番話是何用意，但他不好不答應，只得道：「皇爺既是不嫌粗劣，小弟便顯醜了。」他略一縱身，身形竟如被祥雲托著一般緩緩升了起來，升到丈高之際，只見眼前一花，他如蝴蝶穿花般一連變換了四個方向，飄然落地，那身形委實叫人難以置信。

凌月國主凝神注視，喃喃地道：「嗯……不錯，左圈……右擺……」

他猛抬頭，向天禽道：「敢問溫兄和那怪老有什麼舊仇？或是和他之發瘋有什麼關係？」

溫萬里搖首道：「沒有。」

天魁哈哈笑道：「皇爺弄了半天玄虛，原來是懷疑到這個上面來啦，真不愧慎思密慮四個字了！」

凌月國主不理他話中譏刺之意，微笑再問天魁道：「方才老兄對那董氏兄弟所說的什麼重大秘密是真是假？」

天魁呵呵笑道：「真即是假，假即是真，皇爺何必多問？」

凌月國主微笑不語，在心中暗道：「原來董氏兄弟與天座雙星之間還有那麼複雜的關係在，這可是我老人家大大有利之機會哩，依我看來，關鍵只在那個瘋老兒……」

想到這裡，他又暗自微笑了一下，想道：「關鍵若是那個瘋老兒，那就好辦了，他服了我獨門迷藥，只要再找著他，一切就都明白了……哈。」

天魁道：「從來世上沒有人能夠從老夫處取得信任兩字，凌月國主你是第一人了，哈哈……」

凌月國主笑道：「小弟倒是信任過人的，但是從來只是信之而用之而已，能結交一個互相利用相助合作的朋友，倒也是第一遭哩。」

說罷，兩個老奸巨猾竟然互作英雄相惜狀相對大笑起來。天禽道：「目下咱們到哪裡去？」

天魁道：「先去尋找瘋老兒吧。」

凌月國主心中暗道：「正中下懷。」

天色漸漸亮了起來，沿著山坡一排排的松樹長得像是人工栽植的，初現的霞光斜照在叢樹上，使樹木的葉緣宛如鑲上了一圈新綠的嫩蕊。

這時三個人影從樹叢後走了來，走在最前面的一人彎著腰幹，疲乏的步子更使他顯得老態龍鐘，更奇的是這個人口裡一直不停地在唸唸有辭。

走在後面的兩人正輕聲地交談著：「無公，我瞧這老人一時瘋病是不會停止的了。」

左面的一個道：「咱們只好暫時跟著他走，總要從他口中探出一點什麼來。」

右面的一個點了點頭，繼續跟著前面那老人前行，前面那老人行了幾步，忽然停下身來，指手劃腳地向四面望了一望，然後呵呵怪笑道：「誰說我是瘋子？誰說我是瘋子？我一點也不瘋呀，我能記得清清楚楚一點也不曾忘記，誰說我是瘋子？」

無公跨前一步，一把抓住老者的衣袖，問道：「你記得什麼事情？你記得什麼事情？」

老者瞪著一雙血絲眼睛，冷冷地道：「火！」

董無公道：「什麼火？」

瘋老頭一伸手抓住一根樹枝，放在雙手之間，猛然一陣搓動，那樹枝突突冒出一股白煙，接著呼地一下就燃著起來。

瘋老兒冷冷地道：「就像這樣的火，你沒見過嗎？」

董無公與無奇相對駭然，不僅是驚震於這瘋老兒竟然懷有如此驚世駭俗的上乘內功，尤其令二人駭然的是——「無公，他這一手竟是『三昧真火』！咱們董家獨門的『三昧真火』！」董無奇對無公叫著。

無公也是同樣驚震地點了點頭。天劍董無奇追問道：「在哪裡看到的火！」

瘋老兒指手劃腳地道：「我老人家記不清楚了，你知道麼？」

無奇、無公對望了一眼，無公道：「你從哪裡學得一身奇藝？」

瘋老人冷笑起來，他指著天劍、地煞二人罵道：「兩個後生小子居然考問起老夫來了，莫說你們兩個小輩，便是你們的老子見了老夫，也得考慮考慮才敢說話。」

無公、無奇都大吃一驚，無奇低聲道：「我從來就沒聽父親說過他有這麼一位長輩的，這人究竟是怎麼一回事？」

瘋老頭見兩人不答話，忽然又吼道：「我老人家年紀雖不比你們老子大，可是輩分卻是大，你們的老子若是還沒有死的話，見著老夫看他敢不敢叫我一聲瘋老兒！」

無公道：「你老人家自己可知道你的瘋病是怎麼一回事麼？」

老人雙目一瞪喝道：「誰說我有瘋病？」

董無奇搖手道：「沒有沒有，咱們是說……」

老人大喝一聲打斷他說下去，怪聲道：「你不必說了，我現在清醒得很，我曉得我是怎麼瘋的，可是一當我的病發起來，我就什麼都弄不清楚了……」

無公輕聲道：「你可能把你的來歷告訴咱們？」

瘋老人雙目一瞪，又怒聲喝道：「我不是告訴你了嗎？老夫是汝等的叔父。」

無公和無奇相對苦笑，那老人忽然從衣袋中一陣亂摸，掏出一件事物來，在手心中滾了幾滾，無公定目一看，卻原來是一粒骰子。

瘋老人把那粒骰子一拋，反手又接在手中，然後道：「你們玩過這玩意兒嗎？」

無公、無奇大覺糊塗，不知他這一句突然而來的話又是什麼意思，董無奇見那老人十分正經地注視著自己，似是等他回答，他只好乾笑一下道：「玩過玩過，小時候玩過……」

瘋老人長歎一聲，把手中骰子猛然拋入空中，一面接下道：「老夫的一生就葬送在這兩粒魔豆之上！」

他的聲音忽然變得淒涼起來，令人完全覺不出他有絲毫瘋癲的情況，無公知道時機難得，連忙追問道：「賭博之事乃是市井無賴之徒消磨時間之遊戲，老前輩乃是武林奇人，怎會栽在這上面？」

瘋老兒道：「你省得什麼，世上有一種人乃是天生地造的賭徒，無論什麼事情他必是抱著賭博之心，若是一日不賭他便全身上下都不舒服，他賭博既不是爲錢，亦不爲氣，只是他天生就喜歡賭博而已，哪還管什麼身分地位？」

他這一席話侃侃而談，天劍、地煞都是又驚又奇，老人繼續道：「你們要知道我的事，老夫今日便索性告訴你們一個清楚——」

董無奇道：「你老是河南人嗎？」

瘋老人不理他的問話，臉上現出一種茫然而悠遠的神情，他喃喃地說道：「你們不會懂的，你們不會懂的，一個賭徒的心理你們怎麼了解，你知道什麼是『賭』麼？」

無公和無奇心中只盼望他快說下去，也不知該怎樣答腔，都緘口不言。老人歎了一口氣道：「人活在世界上不就是一場賭嗎？勝利者就和贏了一場賭博無二，失敗者也不過如同抓到一付『閉幾』一樣，一個賭徒在賭博的時候，你以爲他一定想贏麼？那也未必，他只是要賭，勝負是另一個問題，他心中所能想得到的只是要賭，沒有理由的……」

老人愈說愈激動，漸漸聲音也響了起來，無公覺得事情愈來愈接近中心，卻是絲毫不知老人究竟要說出什麼事，老人喘了一口氣繼續說道：「你知道麼，我與你們的父親年齡相差十餘歲，像貌長得十分相像，卻是完全不同的性子，我在十五歲就被你們祖父趕出了家牆……」

無公、無奇面上同時現出詢問的神色，老人道：「爲什麼？是不是？只因我是個游蕩不務正業的浪子——」

他的面上流過一絲冷笑的影子，接著道：「我從小就沒命地好賭，不管什麼賭局我必參加，輸光了便偷了家裡的東西去典當，被父親責打得遍體鱗傷，第二天依然如故，我難道不知道我是在一天天地墮落嗎？我心中有一堆熊熊的火在燃燒，每夜睡覺的時候，我都聽到一個聲音在耳邊響著『孩子，你不能再賭下去了』。可是我只要一爬起身來，就會不由自主地來賭……」

老人說到這裡，臉上已經全是忘我的神情，彷彿已經忘記自己在對什麼人說話了：「最後，我終於離開了家，十五歲開始流浪——」

無公暗道：「難怪父親不曾提起過他。」

老人道：「那一年的冬天，大雪冰封了大別山，我在山麓下凍餓半死時，遇到了一個天下奇人，也改變了我的一生……」

無公忍不住問道：「你遇見了誰？」

老人道：「世上沒有人知道那老人的名字，連我在內，但是我遇上了他，一夜的談話使我傾心吐肺地折服了，從此我跟著他，一起流浪，一起過一天吃一頓的生活，整整三年……唉，三年真是太短了，他對我說的每一句話到如今我還能清楚記憶，世上沒有一個聖人說的話如他那麼智慧，可惜，只有三年……」

無公和無奇都想問一句：「爲什麼？三年以後呢？」

但是當他們一觸及老人的目光時，卻說不出口了，老人的目光中射散出一種散漫而悲涼的神色，彷彿整個眼前的世界全籠罩在絕望之中，再也沒有生機。

老人停了一會說道：「結果這位恩師竟死在我的手上！」

無公、無奇吃了一大驚，老人喃喃自語如同夢囈：「那又是一個冬夜，雪花飄得滿天滿地，我終於回到了洛陽，啊！故鄉終於重見，城門也是老樣子，樹木也是老樣子，甚至路上的行人也是老樣兒，我可沒有心情來欣賞，因爲我必須在今夜把城西首富錢員外家中的傳家之寶靈芝仙草偷出來，黎明之前要趕回師父處，否則師父的性命就危險了。」

無公想問，又忍住了。老人喃喃道：「師父的舊傷發了，聽說那是四十年前在嶗山上單掌和一百四十個武林高手鬥內力所受的暗傷……」

他說到這裡，天劍、地煞同時驚叫出來：「你是說……那奇人是……」

老人也不理會，繼續說下去：「我偷盜靈草到手，正是午夜之時，心中輕鬆地呼了一口氣，大搖大擺地穿過洛城的中心，就在那裡，魔鬼找上我身了……」

他說到這裡，彷彿整個人又回到昔日那一刹那中，面部神情僵冷而肌肉搐動：「忽然有人叫：『哈！板豹，板豹，通殺了！』聲音從左邊的屋裡傳出來，那正是洛城最大的賭場，我一聽到那聲音，霎時之間，整個人彷彿變了一個人，一種無以抗拒的力量迫使我走了進去，昏暗的油燈，烏煙瘴氣的場面，一切都沒有變，坐在莊家椅上也仍是三年前那個胖子，三年前我不知送了多少錢在他手上……」

瘋老兒歎了一口氣，繼續道：「我明知我該立刻趕回去，但是我的雙腳卻是立在賭場中半步也不想移動，那熊熊的烈火又在胸中燒上來，我望著那胖子邪毒的雙眼，真想立刻上去把他桌子的錢全掃過來，但是我彷彿又看見師父的傷狀——」

「忽然，一顆骰子跌落地上，正好落在我的腳旁，對，就像這樣——」

他把手中的骰子丟在腳邊，他的臉上露出難以形容的表情。「我彎腰去把骰子揀起來，我的手指一觸上那粒光滑的骰子，立刻，我整個崩潰了！」

無公和無奇對望一眼。老人長歎道：「唉，賭徒畢竟是賭徒，天生的賭徒啊……」

無公道：「後來呢？」

老人冷冷地咧嘴笑了一下，不知是自嘲還是嘲人，大聲道：「後來？我抓起骰子就賭開了！」

說到這裡，他不再說下去了，無公、無奇都不敢問下去，瘋老人仰首望著蒼天，忽然雙淚垂了下來，他嘶啞地道：「結果我抱著大把銀錢趕回師父處，看見師父安詳的屍體！」

無公張嘴想說，卻是不知說什麼；老人雙目瞪著無公，神色漸漸又不對起來，忽然，他厲聲喝道：「董無公，你聽完了我說故事，現在聽聽你的吧，聽說你殺了父親，血屠武林，好呀，說給咱們聽聽吧，……哈哈哈哈……」

無公駭然退了一步，見他瘋病又發，不知該如何是好，就在這時——

一陣梟鳥般的輕笑聲劃破長空，那怪笑聲好不驚人，發聲時猶在數十丈外，聲竭之時，已到了十丈之緣。無公、無奇相互望了一眼，同聲道：「天禽來了！」

說時遲，那時快，只見一條黑影沖天而起，足足在空盤旋了數周有餘，驀地直降地面，正是天下獨一無二的天禽身法。

緊接著又是兩條黑影如旋風一般飛降天禽之旁，不用說，那必是天魁和凌月國主了。

無公低聲道：「恐怕得大戰一場了。」

無奇輕輕摸了摸腰間的長劍，輕輕撫了撫劍柄上的穗帶。

凌月國主大步走上前來，雙目凝神注視著瘋老兒，眸子中射出一種古怪之極的異光，那瘋老兒的目光與他一接觸，立刻就好像著了魔一般，呆若木雞地一動也不動。

凌月國主大步走上前來，天劍董無奇手按劍柄，大喝道：「你再走一步試試看！」

凌月國主毫不理會，天魁和天禽卻同時跟了上來，斜對著天劍——

霎時之間，天座三星成了鼎立之勢，大戰一觸即發！

凌月國主卻對著瘋老人柔聲道：「瘋老大，跟咱們走吧！」

瘋老兒似乎著了催眠之術，眼上儘是茫然之色，迷迷糊糊點了頭。

董無公叫一聲：「凌月國主，你施什麼邪術？」

凌月國主大喝一聲：「瘋老大，咱們走！」

瘋老兒身不由己，似乎被一種無形的力量控制著飛身而起，以最大的速度隨著凌月國主向東奔去。

董無公大叫道：「快追！關鍵只怕就在瘋老兒身上！」

說著他已騰空而起，說時遲那時快，天魁、天禽在這一刹那之間同時向地煞發出一掌，天劍董無奇縱身一攔，大喝道：「我擋你追！」

他雙掌一右一左同時發掌，左掌是太極門中最上乘的內家神拳，右掌卻是力可劈石的「六丁開山」，發掌之際，竟然絲毫沒有滯處，天魁、天禽相顧駭然，轟然一聲，董無奇同時接了兩掌，竟是三人不分軒輊！

只這一下耽誤，地煞已追得不見蹤影，天魁、天禽竟然同時向西退去，天魁大喝道：「董無奇，有種過來嗎？」

無奇朝著西方冷笑一聲，不加理會。

突然之間，天魁與天禽兩人身形如電，一掠而向西邊，董無奇呆了一呆，只聽那天魁冷冷道：「董無奇，你走不了啦！」

董無奇心中一震，向西邊一瞥，只見那山道不遠處漸漸縮小而成袋形，那天魁、天禽已穩穩守住要地，自己若要脫身，非得硬闖不可了！

天魁冷冷一笑又道：「董無奇，你今天落了單，咱們兄弟卻是雙在，可是咱們再不濟也不會同時向你出手，只是你試著闖闖這一關吧……」

無奇面如寒冰，心中卻不住打算：「聽他之意，分明是要以車輪大戰，今日形勢不好，無公追出一時不可能趕回，非得出奇制勝不可……」

天禽突然哈哈大笑道：「武林中人稱咱們三人爲天座三星，卻不料到頭來咱們先來了窩內反……」

董無奇冷冷道：「窩內反？嘿，說到窩內反，那可是凌月國主那老兒的看家本領，奉勸兩位小心一著！」

天魁、天禽對望一眼，哈哈大笑起來，天禽笑道：「這個不勞董兄操心。」

董無奇冷笑道：「兩位是自信人多力眾了，嘿嘿，兩位可知，凌月國主正在勾引那南域白象國主？」

天禽、天魁陡然吃了一驚，那笑聲立刻低沉了下去，天魁冷笑道：「董兄如何得知？」

董無奇笑了一笑道：「地煞力擲五象，那白象國已傾師入中原了！」

天魁默然不語，要知那白象國主在武林中相傳極爲神秘，勢力之大歷久不衰，強如天魁心中也不由駭然。

天禽乾笑兩聲道：「這樣說來，老大，咱們的計劃要變更了！」

天魁面沉如冰，冷冷道：「董兄，多謝你通風報信，只是今日……」

董無奇突然仰天大笑起來：「天魁，不是董某狂妄，天下能擋得住董某的人，到今天還沒出世！」

天魁冷哼一聲道：「董兄，今日你就試試看吧！」

董無奇長吸一口真氣，面對天座二星，他是毫無辦法，只有一拚，他心中暗忖道：「那天魁自負得緊，我不如到他身邊，陡然出劍，諒他縱是陸地神仙，五劍之內立刻被迫而退，到時一衝而過，天禽一出手，說不得只有全力一拚，就算兩敗俱傷，也得衝出谷去，萬萬不能和他們其中任何一人纏上十招，到那時想走就難如登天，好在現在攻擊權在我手中，尚有一線希望！」

他心念電轉，面色卻絲毫不變，緩緩上前三步，天魁釘立當地，左右手慢慢當胸而立，顯然在天劍的面前，他也不敢絲毫托大了！

董無奇緊緊地盯視著天魁的雙手，只見那雙手一合，就要分開之際，驀然山谷之外一陣衣袂之聲大作。
天禽面色一變，天魁卻是目光不瞬，雙手一合，刹時董無奇劍出如龍，喀的一聲，閃電彈出一劍。
這一切動作幾乎在同時發生，天魁右手一封，董無奇暗暗念道：「不管是敵是友，只要這當兒闖入一人，形勢一亂，立可脫身。」
他心思一轉，手中長劍陡然倒轉，斜削而出，這一式古怪已極，天劍的劍上造詣的確已然通神，劍鋒劃破空氣，發出嗚嗚尖呼之聲。
天魁只覺氣勢爲之一挫，那董無奇劍勢之銳，他不得不向後一退，刹時天劍已連攻五式。一片青光一閃，天魁再退三步，呼一聲，董無奇一掠直衝谷口。
天魁大喝一聲，身形一橫，已攔住去路，只見董無奇手中長劍平指，目中殺機森然，突然之間，一朵紅雲浮上他面孔。
天禽陡然吃了一驚，駭呼道：「你，你……」
一種古怪的嘶聲隨著天劍的身形而發，不可一世的天禽竟然不知所措向左一閃，呼一聲，天劍董無奇已然一衝而過！
陡然又是一陣疾風，天魁竟不可思議地追得和天劍首尾相銜，一掌拍向天劍背心。
董無奇暗歎一聲忖道：「這天魁的確是登峰造極。」
他身在空中，再也無法躲避，只好猛吸一口真氣，運於背心，準備硬拚一掌！
說時遲，那時快，忽然左方人影一閃，一個身形沖天而起，猛推一掌，接了那天魁的一式。

兩股掌力一觸而散，拍的一聲，天魁身形一窒，那人卻借勢一揮，身形已到二丈之外。

天劍董無奇只覺背上壓力一輕，連騰兩次，到了十丈之外，只聽身後天魁的怒吼，天禽的低呼，回首一看，只見那個救自己的人也趕了上來，正是那遼東的英雄查老大。敵人是再也追不上了。

天劍和他一口氣奔出一里，董無奇歎口氣道：「今日好生僥倖！」

那查老大卻道：「董兄，方才你施出的難道就是失傳百年的『暗香掠影』無上心法？」

天劍點點頭：「想天禽也必是驟然吃驚而退，否則以他功力一拚，最多兩敗俱傷，總之方才千鈞一髮，多幸查兄相救……」

查老大微微歎氣道：「我四下找那萬惡的凌月國主──」

董無奇插口道：「凌月國主？他向那一邊跑了──」

查老大雙手抱拳道：「多謝指點──」

話聲未落，身形已疾奔而去。董無奇呆了一呆，搖搖頭道：「好性急的漢子。」

他思索了一會，不知無名追那瘋老兒有何結果，自己已失去聯絡，只得隨便沿著道路走行，希望無名能夠從後趕上自己。

心念一定，便下了山嶺，沿著山邊便是官道，他整整衣束，跨上道去。

他一面疾行，心中卻不住尋思，不知不覺間已來到了一個不大不小的鎮集，他略一沉吟，尋了一家較爲清潔的小飯店走了進去。

這時忽然店門一響，一邊又走進三個人，無奇是背面而坐，這三個人一直走了進來，經過董無奇的身邊，順便掠了一眼，卻見那三人都正盯視著自己，無奇微微頷首，那三人看了一眼也各收回目光。

無奇緩緩別過頭去，心中卻暗暗吃驚忖道：「這三人打扮裝束，好像不是中原人士，而且那為首之人目光之中英華閃爍，分明內功極強，而且很得上乘功夫的訣竅，英華閃而不吐，已算得上一等高手……」

他乃是武功的大行家，心中暗暗猜測，忽然瞥見那三人低頭不住輕聲商量了一陣，忽然又一起起身走了過來。

那當先的一人微一抱拳道：「這位道長請了。」

無奇微微一笑，那人又接著道：「敢問道長是否姓董？」

董無奇又是一笑，站起身來道：「貧道姓齊，施主們……」

那三人對望一眼，仍由那為首之人道：「齊道長請別多疑，在下見道長面容，似乎有點像另外一位姓董的先生！」

董無奇點了點頭道：「既是如此——」

那人笑了一笑，不待無奇說完又插口說道：「其實在下也沒有見過那位姓董的先生，只是曾聽幾個兄弟談起，說是那姓董的先生是一代奇人，在下心中也曾渴望能和他一見……」

董無奇笑了笑，他心中卻猛然震驚，忖道：「是了，是了，二弟曾對我提及那次力擲五象後，曾遇見那白象王子的手下，想來此人定也是此等身分，他大概聽起同伴描述過二弟的容貌，便誤認我是二弟……」
心念一轉之間，忽然那一人揮手對同行另外二人說道：「你們先退下去吧。」那二人應了一聲，一起走出店外，那人回首對董無奇又道：「在下姓莫，草字逸京，道長可願與在下同席？」
無奇含笑道：「貧道與施主素不相識，不如免了吧，再者貧道並不想進食，只是想入店略略休息，施主請便吧！」
說完稽首一禮，轉身向店門走去。
那莫逸京怔了一怔，陡然之間身形一掠，搶在董無奇身前，一手當胸道：「齊道長何必匆匆如此——」
董無奇微微一笑道：「莫施主尙有何指教？」
莫逸京面色陡然一沉道：「在下久居山野不出，那日曾一再聽在下幾位兄弟說那姓董的是如何如何神奇，如何如何威猛，在下心中總有幾分不能相信，今日一見，卻見姓董的都是畏首畏尾的人物，分明在下兄弟們看走眼了！」
董無奇只覺一股無名怒火上衝，他哈哈一笑道：「施主認定貧道姓董了！」
莫逸京冷冷一笑道：「董道長，咱們入席再談如何？」
董無奇目光一長，直直注視著那莫逸京，冷笑道：「莫施主的功力一定高強極了！」
莫逸京冷笑道：「不敢，南疆五域，在下第二！」
董無奇哈哈道：「貧道自幼學劍，及長習拳，雖是一無所成，卻自認功力中原第二！」

莫逸京怔了一怔才道：「道長好說了！」

董無奇哈哈道：「雲南『空明』內家真力，高明的是高明，莫施主，你已練就幾成火候？」

莫逸京聽他說出「空明」內力，似乎吃了一驚，冷笑一聲道：「道長試一試就知道了！」

董無奇陡然目中神光暴射，莫逸京長吸一口真氣，剎時無奇卻冷哼一聲道：「後會有期！」

一步已跨出店外！

莫逸京怔了一怔，足尖一點，呼地搶出店外，就在門攔之處，一掌輕輕擊向對方背心，口中道：「道長留神！」

剎時間董無奇身形一停，右手從左脅下翻了出來，青青道袍閃動處，莫逸京頓覺全身一緊，喀喀幾響，左手挾著的門楣已裂成數塊，身形再也支持不住，一邊倒退了三步！

董無奇的身形隨著一推之勢，緩緩轉了過來，注視著莫逸京，正色說道：「虛忽空空，無相御力，莫施主，中原你也算得上一流高手！」

那莫逸京怔怔望著他，忽然一揮到地道：「在下兄弟之言不虛，董先生果是天下奇人，莫逸京今日確是服了！」

無奇微微一笑道：「莫施主，你弄錯了，令兄弟所言的董先生，決非貧道，那是另有高人，貧道豈敢承當奇人二字？」

莫逸京抬起頭來，瞧了瞧無奇，知道他不會再說假話，一時不由呆在當地！

無奇又是一笑道：「貧道也知莫施主驚詫得很，但貧道和那位董先生卻有關係存在！」

莫逸京又是怔了一怔，思索不定，董無奇也不再多言，笑了笑道：「如此，貧道先行一步！」

莫逸京如夢初醒，急叫道：「董……不，齊道長，請慢走！」

董無奇回首停下足去，莫逸京滿面誠懇，拱手說道：「在下此次外出，是奉家師之命，尋找那位董先生。」

董無奇點點頭。莫逸京又道：「家師聽說那董先生神勇無匹，渴望相見一談，完全是欽佩之意……」

董無奇心中暗暗吃驚忖道：「白象王國那主兒可真不簡單——看來咱們強敵怕真要增多一個了！」

那莫逸京接著道：「在下一時尋找不著，卻見了道長，道長仙風道骨，神力驚人，在下心知家師見了道長，必然也是欽佩無比，不知道長可否隨在下一行？」

董無奇心念連轉，那莫逸京滿面誠懇，這人心術不壞，想是衷心佩服自己功力，而且這白象國主功力深不可測，倘若與自己一方有了誤會成仇，的確很難對付，自己左右無急事，不如相見一談，也許一見投機，可化敵爲友。

他心思電閃，望了望莫逸京道：「令師之名，貧道久聞，心儀不已，也想一見，但不知令師在何處，貧道有事在身，恐不能延擱太久，莫施主，你說如何？」

莫逸京見他一口答應，滿面歡愉，忙道：「家師已出來到中原一行，現停身不遠，一日之際即可來回，三日時間，不知道長可否騰出？」

董無奇心中暗驚，果然白象王國的主力都已入中原，沉吟了一下，點頭道：「如此，煩莫施主領路吧！」

莫逸京極爲恭敬地行了一禮，反身穿過街道，向西方走了過去。

董無奇緩緩地跟上前，兩人一前一後，不一會便走出了小市鎮，來到一座森林邊上。

莫逸京回首道：「穿過這森林，再爬過那小山嶺便是目的地了，這一條是捷徑，而且很少有人行走，道長，咱們不如加快足程吧？」

董無奇頷首，兩人提起真氣施出輕身功夫。

走了大半日，已爬過那小山崗，董無奇立身在一塊大山石上，遠眺對山，只見山谷間有一棟小小的木屋，緊背著山石建築。

莫逸京向董無奇點了點頭，說道：「道長，那木屋便是所在地了。」

董無奇嗯了一聲，這山谷並不是什麼隱秘之地，而且緊沿著對山，官道上行人絡繹不絕。

莫逸京又道：「道長，咱們這就下去如何？」

董無奇點頭相應，大約一頓飯的功夫，兩人已下了山坡，那木屋在卅丈之外。

莫逸京向四周張望了一會，咦了一聲道：「怎麼靜悄悄的，師弟們呢？」

他呼了兩聲，不見回應，心中不由一驚，反首對董無奇道：「道長，咱們過去瞧瞧是什麼事？」

兩人身形幾個起落就來到小木屋前，忽然董無奇身形一止，右手一橫，攔住莫逸京的身形，輕聲道：「慢著！」

莫逸京停下身來，只聽呼呼之聲隱隱自木屋之中傳出，竟是掌力帶起的聲息。

莫逸京吃了一驚道：「有人在屋中……」

董無奇搖了搖手，傾心又聽了一會，沉聲道：「這人掌力之強，想來必是令師了！」

莫逸京面上現出惶然的面色，喃喃道：「難道師弟們都遇害了，強敵已攻入師父屋中？」

董無奇沉吟不語，驀然他吸了一口真氣，低聲向莫逸京說道：「莫施主，你把佩劍給我吧！」

莫逸京呆了一呆，解下佩劍，董無奇輕輕抽出劍來，他號稱天劍，那劍術上的功夫已然通神，平時極少動用，此刻卻雙劍在手，可見他對那白象王國的主人是何等重視了。

董無奇輕輕揮劍，向莫逸京說道：「莫施主，那屋中之人掌力極強，已臻天下一流，倘若有什麼急變，貧道自忖並無把握全身而退，是以你先退開一些，觀變以待！」

莫逸京見他語色沉重，董無奇的功力他是親身相試過，一見都如此沉重，自己必是無能為力，終是惶急地點點頭退到一邊。

董無奇心中暗暗忖道：「室中掌風強勁，天下只有幾人能夠辦到，但這幾人與白象國主都無怨無仇，如此推來，是二弟的可能最大，但二弟此刻卻決不可能在此，這倒是令人費思了！」

他緩緩移動足步，手中長劍斜斜指在地上，左手微揚，呼地拍出一掌，木門應手而開。

只見他身形好比一條清煙，一閃而入木屋，驀然之間迎面一股勁風直撞而至，董無奇大吼一聲，他半分也不敢托大，左手封出，掌心一吐發出十成內力！

兩股力道一觸而散，喀折一聲，一張二寸厚的桃木方桌被震得粉碎！

董無奇只覺身形一震，心中駭然，右手一抖，一道青光劃體而繞，劍式之中瞧得清切，只見對面半丈之處只坐著一個白髮老翁，氣度宣然。

無奇心中一驚，這屋中只有一人，並非兩人對搏，只見那人頭頂上淡淡白煙如雲，那人也瞧見了無奇，驚呼道：「你，你是什麼人？」

他話聲未落，只見頂門之上白煙突濃；無奇吃了一驚，但見那人目光忽然呆滯，右手一揚，一股勁風又打向自己。

無奇長吸一口真氣，左手再推，又自硬接一掌，只覺那人掌力一吐而散，目光立時清澈，他本是武學大行家，閃念一轉，已明白其中之理，大吼道：「我助你一臂！」

說時遲，那時快，他掌力不收再吐，那老人掌力自覺猛受巨力一推，霎時真氣內灌，直落中庭，上奔天門，下達四肢，頂上白煙一淡，滿面紅潤，右手緩緩落了下來，閉目盤坐不語！

那莫逸京在門外只隱約聽見他們對吼了幾句，等了一會，再也忍耐不住，衝進門口，只見董無奇當門而立，長劍斜釘在木板地上，師父端端坐在蒲團之中。

他吃了一驚，回首望了一望董無奇，董無奇輕輕搖了搖手，他只好強忍下問話。

這時那白象國主緩緩吐出一口氣，站起身來，一言不發，向董無奇一揖到地道：「多謝道長！」

無奇稽首回了一禮，那白象國主瞧了瞧莫逸京開口道：「逸京，今日若非這位道長，為師的十分危險！」
莫逸京驚疑不解。他又道：「爲師這幾年來一直在苦研空明拳力的最後一層，卻始終不能領悟，前日天意誤打誤撞竟能凝氣而吐，當下爲師狂喜而練，立即發現功力尚不夠精純，以爲師以前的功力，自認已達第十一階，卻不料尚不能嫻熟，跳入第十二級，立刻力不從心，但此時有若騎虎難下，只得努力以全身內力駕馭真氣，苦撐了兩日兩夜，你師弟們都出去找尋幫手——」
莫逸京啊了一聲道：「那——那師父，您怎能——」
白象國主搖了搖頭道：「到了今晨，那真氣再也控制不住，沖體而出，爲師只好發掌以導引，每發一掌才勉強能支持抑止暴發，起初每半時辰發作一次，到後來片刻之間就要發掌，而且掌力愈發愈重，每次都要全力打出，幸虧這位道長一眼瞧出爲師危難，內力急吐，爲師只覺受外力一壓，那真氣一收，趕緊自提真氣相接，果然氣納百海，如今不但毫無損傷，而且大功告成，這完全是這位道長所賜！」
莫逸京長吁一口氣道：「徒兒原去找尋那董先生與師父一見，恰巧逢上這位齊道長，徒兒和他對了一掌，功力簡直蓋世，心知師父必願結交如此英雄人物，是以懇求他來此一趟，天幸竟能挽回危難——」
白象國主點了點頭道：「方才和這位齊道長對了兩掌，他的內力在爲師之上，尤其助爲師納氣，見識多廣，這正是爲師夢寐以求的人物！」
董無奇哈哈一笑道：「貧道哪敢擔當厚讚，貧道此來，卻是爲了一事想向施主進言——」

白象國主驚了一驚，欠身道：「不敢，老朽姓方！」

董無奇點首道：「聽令徒提起要尋找董先生之事，此事貧道也知一二，不知方施主有何打算？」

白象國主道：「那董先生能力擲五象，功力蓋世，老朽要見他一面之用意，純是仰慕之情，絕無仇恨之心，並望能與他促膝共談武事，齊道長以爲如何？」

董無奇見他說得極是誠懇，點首道：「這一點貧道有同感，每逢功力相當的對手都忍不住要討教一番……」

白象國主哈哈一笑插口道：「道長說得對，老朽現在心中愉快已極，只因雖未尋著那董無公先生，但卻遇上了道長——」

董無奇也是哈哈一笑。那白象國主忽正色道：「道長請恕我無禮，老朽從方才那兩掌之中推測，道長功力已臻舉世第一的地步，請問道長你——你到底是中原何等人物？」

董無奇收住了笑聲，望了白象國主一眼然後說道：「以施主之見如何？」

白象國主嗯了一聲道：「親聞中原天座三星、地煞……」忽然他的目光轉到無奇手中的長劍，他失聲叫道：「啊，你——你該是天劍先生吧！」

董無奇微微一笑道：「貧道俗家原姓董，草字無奇！」

六五　春風得意

長安城，天下英雄大會，正在熾烈的爭執著盟主大位人選的問題，由於齊天心行走江湖，做了許多漂亮仗義之舉，江湖上好漢講究恩怨分明，受人一絲恩惠，也必償清報答，是以一些受過他救命或援手的好漢們，都固執地非齊天心當盟主不可，其中像山西英風牧場場主孟賢梓，更是死硬的擁護者，不惜一切犧牲支持這灑灑似玉的公子哥兒。

然而甘蘭道上的好漢，在馬回回的領導之下，卻是董其心的擁護者，丐幫藍幫主和董其心淵源極深，對這沉穩如山、智若深海的小兄弟，早就從心裡佩服，當然希望這小兄弟能夠名揚四海。在雙方爭執不下之際，藍文侯想到當年丐幫興旺之際，十俠威臨天下，丐幫幫主一句話，江湖上好漢豈會再有第二句，如今十俠凋落，緬懷往昔，不由大起英雄垂暮之感。

英雄大會連續開了好幾天，卻仍是爭執不下，那年高望重，說話最有份量的崑崙掌教飛天如來，眼見如果此事一個處理不善，一定會引起分裂，本來爲謀團結而開會，如此大違原意，是以飛天如來暗自發愁，他雖心中願故人地煞之子董其心嶄露頭角，可是不得不謹慎處理。

這一對傑出的堂兄弟，兩人其實都沒有膺任這大任的意圖，可是擁護者卻分成了兩派，除了藍文侯而外，根本就沒有人知道他們彼此間的關係。在這時候，瀟灑的齊天心，正和莊玲並駕遨遊，歡樂的時光使他把什麼事都拋到九霄雲外去了。

齊天心驕傲自負，可是對莊玲卻是處處小心呵護。在洛陽，齊天心和莊玲正一起去逛李家珍玩店，莊玲雖則出身富家，可是陡然瞧見滿屋珠光寶氣，奇珍異寶，也不禁眼花目眩。

齊天心湊近莊玲耳邊柔聲道：「小玲，你愛什麼就買什麼，出手小了，須防別人說你小家氣。」

莊玲兩眼百忙之中回首白了天心一眼道：「我是小家氣，你要大方擺闊，我偏偏要出你醜，卻又怎的？」

齊天心輕輕拍拍她雙肩輕輕道：「你要我出醜只管請便，我早就不在乎了，你可瞧瞧你自己，全身穿得多闊綽，別人都在注意你哩！」

莊玲聽他柔聲說話，想到自己一向脾氣不好，常常對這愛侶使小性子，他卻從未發過脾氣，心中不禁大感歉然，不自禁伸手握住天心右手，兩人目光一對，相視會心一笑，店中眾人見這一雙，女如濱水白蓮，明艷不可方物，男的也如臨風玉樹，英氣翊翊，又見兩人親暱笑語，不由瞧得癡了。

莊玲笑道：「大哥，我說是說不過你，你瞧，這串珠子顆顆都一樣大，圓得真是可愛，不知要值多少錢？」

齊天心道：「小玲，你就把這店中珠寶都當作是你自己的，自管取拿便是！」

莊玲吐吐舌道：「真的嗎？我可要不了這許多。」

說話之間，莊玲又看中一隻白玉雕馬，製作得維妙維肖生動之極，一隻珊瑚蜻蜓，遍體鮮紅似血，她每停下來瞧一樣，齊天心一揮手，夥計便取下包起。

莊玲一路賞玩下去，李家珍玩店中奇珍異寶，搜羅之全可謂天下獨步，而且店鋪占地極廣，就是走馬看花，也須個把時辰才能瞧完，那店後有供各處客人或是販賣珠寶商人留居之所，更是豪華奢侈，不亞皇宮巨廈，莊玲直看得眼花瞭亂，愈看愈覺名貴，那先前數經陳列之珍玩，和這後面的一比，倒是下品了。

莊玲心知愈看裡面的愈是名貴，有些珍玩她已很喜歡賣下了，可是看到後來，更顯剛才賣的太不值得，她一個女孩家又不好意思去退，只有心一橫，硬著頭皮收下，只是在選擇上更加小心了。

齊天心在旁看莊玲像孩子般的歡天喜地，一邊批評一邊選購，心中也十分高興，東西買得多了，夥計跟了一大堆，哈腰捧物隨在後面，莊玲又買了一件漢玉佩，看看身後一大堆夥計，心中不覺有點不好意思，斜眼瞟了天心一眼，只見他帶笑伴在身旁，臉上並無半點不悅之色，莊玲心念一轉，忽然想起一個念頭。

「如果我跟董其心在一塊，他難道會縱容我這麼亂花錢嗎？他怎會像齊大哥這般大方？」

她一想到其心這初戀的小情人，心中稍稍有些傷感，可是此刻傷感輕微，只是微微惋惜，因為她此刻在幸福之中，更主要的是她對齊天心的情感，已經遠遠超過了其心。

莊玲輕輕歎口氣道：「好的東西實在太多，我可不能太浪費了，大哥，咱們要節省些，不然用慣了錢，如果一旦沒錢，怎好過日子？」

她這是自找台階，好像並不是她自己愛財愛寶，反倒是天心要如此逼她買，這掩耳盜鈴想法，原是自己騙自己的作法，大凡女子都是如此，明明自己心中這般如此，可是口中卻是另一回事，如是大家千金，那更是只有她的是了。

齊天心道：「我倒想過過沒錢的日子，我常常看到一些人辛辛苦苦賺錢，當他賺到一個錢時，那份高興真是動人。」

莊玲道：「別盡討好人家，像你齊公子，平日用得慣了，如果一天沒錢，我看你如何過法？」

她抬頭一看，忽見架上一個方絨盒子，那盒子製作得十分精緻，四角鑲金，古意樸樸，不由取下打開一看，只見盒中放著一枚碧玉髮釵。

那些夥計見莊玲伸手拿那髮釵，都是神色緊張，生怕她失手摔落。莊玲自言自語道：「這玉釵雖不錯，可是式樣卻嫌太舊了些，倒是這盒子做得可愛。」

她順手放回玉釵，忽然從後堂走出一人，年約三旬五六，生得英氣勃勃，白面微鬚。那中年向齊、莊兩人拱手道：「小可李劍方，不知貴客來臨，有失遠迎，實在抱歉。」

齊天心拱拱手道：「原來閣下便是店東，李家珍玩天下聞名，這位姑娘想要見識見識。」

李劍方道：「好說，好說，以閣下豪邁，人品風格，小可如不走眼，定是江湖上人人交口讚譽的齊公子。」

齊天心微微一笑，只覺那李劍方一臉正派，雙目炯然有神，知他內功不弱。

李劍方瞧著莊玲手中所捧紅絨盒道：「姑娘真好眼色，這是無價之寶。」

莊玲大奇，忍不住道：「這碧玉無半點雜色，雖是難得，可是比起你店中整塊翡翠雕品，便要遜色多了，怎是無價之寶？」

李劍方道：「這是明皇貴妃楊玉環所用之物，普天之下，再難找出第二件玉環遺物。」

莊玲大感興趣，問道：「你是說這玉釵楊貴妃用過來釵髮嗎？那……那可真難得。」

李劍方道：「這初相傳當年楊玉環縊死馬嵬坡軍前，親手交給明皇這玉釵，以示生生世世永愛不渝，後來安祿山兵變平定，明皇每撫此釵，觸物傷情，最後終於鬱鬱以終，這玉釵尖端碧中透紅，相傳明皇每思貴妃，心痛不已，以此釵刺胸，此物雖小，卻飲過不少多情天子之血哩！」

他侃侃道來，莊玲聽得津津有味，仔細瞧著那玉釵，忍不住又道：「這釵頭當真有血色，唉！想不到唐明皇如此多情，釵兒有靈，也該助明皇、貴妃天上相會，以訴相思之苦了。」

這番話豈是一個女子說得出口的，莊玲天生任性，根本不理會別人感覺，但見夥計們個個瞪大眼睛，心中大感奇怪。

李劍方道：「姑娘性情中人，這玉釵本來是無價之物，姑娘如是喜愛，小可……」

齊天心搖手道：「咱們豈可奪人所好，李兄太客氣了。」

莊玲先見那玉釵貌不驚人，這時聽李家店東一說，對那玉釵大爲喜愛，其實她乃是深受唐明皇、楊玉環故事所感動，因人及物，非買下不可了，當下道：「大哥，別人既是肯賣，咱們便買下了。」

齊天心搖頭不允。莊玲不喜，低聲道：「你怕這姓李的索價太高是不是？我剛才買的都不要了，只要這玉釵，這總可以了吧！」

齊天心道：「我哪裡是省錢了？小玲，你隨便選別的，再幾百件、幾千件也可以。」

莊玲大感沒有面子，她悻悻然道：「你答應過我要什麼買什麼，怎麼說話不算數了？不買便罷！」

齊天心沉吟一會道：「李兄這至寶價值如何？」

那李劍方道：「既是齊公子要，就算一萬兩銀子。」

齊天心點點頭連稱公道，將紅盒遞給夥計包好，莊玲轉嗔爲喜，甜甜對齊天心一笑，低聲道：「大哥，我記得你今天好處。」

莊玲玉釵到手，躊躇志滿不再多說，兩人又逗留了一會，雙雙離去，夥計早將選物包成大包，小心翼翼送了上來。

兩人併肩而行，莊玲心中感到歉意，不時說笑逗齊天心開心，裝得像個不懂事的孩子，漫步之間，不覺又走到洛水之畔，這是兩人初次定情之地，兩人默默走著，只見水波激盪，想到春日共游洛水之樂，都不覺陶醉，這時煙波夕陽，水上人家炊煙裊裊，又自一番情趣。

良久，齊天心忽道：「小玲，我希望你別戴那碧玉釵。」

莊玲奇道：「爲什麼？」

齊天心道：「我總在想，明皇多情千古遺恨，世間難道沒有美滿的事嗎？多情難道總會不幸的嗎？我們……我們……」

莊玲大眼轉了兩轉，忽然雙手握住天心激動地道：「大哥，我懂你的意思啦！只要你有這個心，我總是你的人了，大哥你別怕！我們生生死死永不分離。」

齊天心道：「那玉釵終是不祥之物。」

莊玲點頭道：「大哥說得對，我不該要買這不祥之物。」說完便打開包裹，取出碧玉釵，飛快投入洛水之中，激起一片水花，齊天心阻亦不及，看看莊玲臉色，只見她毫無怒意。

莊玲道：「我是個壞姑娘，大哥，你罵我吧，你再寵我惜我，我可受不了啦！」

天心道：「你將這玉釵拋了，我心中大安，走，咱們回家去，你不是要漫遊天下嗎？過兩天咱們便動身。」

莊玲低著頭道：「大哥，我又替你浪費了很多錢，這一萬兩銀子豈不是白丟了，我太任性，大哥你得管管我。」

她怯生生地說著，好像做錯了事的小姑娘；齊天心輕輕撫著她肩頭不再言語。

莊玲道：「大哥，我知道你很想念你爹爹，咱們明天便動身。」

齊天心點點頭，忽然背後一個蒼老的聲音叫道：「船家！船家！」

齊天心大驚，以他耳力，竟然未發覺有人走到身後，他急忙轉身，只見一個白髮老者，笑容可掬地站在身後，也不知是笑什麼？

那老者走到兩人身邊，一停，口中仍是叫著船家，這時船家正在晚炊，無人聽見他呼喚，那老者叫了兩聲不見有人答應，口中嘰哩咕嚕罵了一陣，轉身便走了。

齊天心見他步伐蹣跚，心中更是犯疑，正自沉吟之間，那老者愈走愈遠，一會兒便失去蹤跡，倒是河面上來了一條小船靠岸。

那小船一靠岸，從船上下來一個高大女子，雖則布衣荊裙，卻是舉止高華，隱隱之間有一殷雍容不可侵犯之色。

那高大少女從懷中摸了半天，卻摸不出半分銀子，她臉一紅，順手脫下手上玉環，丟在船頭道：「船家，這個算船資！」

那船家雖則不懂珍寶，但是玉環通體白闊，卻知貴重無比，他是個老實人，搖手只是不要，口中叫道：「姑娘自管走，我左右是回家順便載了姑娘，船資不用給了。」

高大少女一笑，也不答話往前走了，她身法快速，幾個起落便隱於蒼蒼暮色之中，那船家張大口驚得說不出話來，半晌喃喃道：「仙女！仙女！」

齊天心看得奇怪，不由多看了兩眼；莊玲卻不高興了，冷冷地道：「這人手面也不小，倒和你性格相投！」

齊天心知莊玲千好萬好，就是愛使小性兒多疑，當下不辯不答，只是微笑，莊玲氣道：「我和你講話你怎麼不答？又有什麼好笑？」

齊天心正待開口，忽然莊玲叫道：「大哥，不好！」

齊天心奇道：「什麼？」

莊玲伸手指向前方道：「你瞧那人影——」

齊天心順著她手指的方向看去，只見一個人影匆匆地走去，正是方才那白髮老者。

齊天心怔了怔，莊玲又道：「那老兒分明是跟著那白衣姑娘去了。」

齊天心點了點頭，沉吟了一番道：「不知這老兒是何來路，方才侵近咱們幾步之內，咱們卻不能發覺，雖說咱們是在交談，但這老兒的輕身功夫也確是超人一等。」

莊玲道：「這是自然，就是那白衣姑娘的輕功也不錯。」
齊天心想了一想道：「咱們不要管這種閒事了——」
莊玲卻道：「大哥，依我說不如跟蹤一程。」
齊天心望了望她滿臉躍躍欲動的神情，不由笑了一聲道：「好吧，咱們隨步走走，卻不一定是要去管別人什麼不相干的私事。」
其實天心本性極是好事，近日來在江湖上磨練經歷久了，這種天性已逐漸減淡，尤其和莊玲交往以來，時時關注著她，根本分不出心管他人閒事。
兩人對船家點了點頭道：「船家，你可否在此等咱們一會，咱們過去看看就來？」
那船家心神猶自未定，點點頭道：「好的，好的，老漢反正無事。」
齊天心和莊玲便起步走了過去，走了十幾步便是一片森林，兩人一前一後走進林中。
進入森林，兩人一齊道：「加快足程！」
身形起處，兩人飛快闖向前去，一口氣走了三十多丈，卻絲毫沒有聲息。
齊天心收下足步道：「他們走遠了，我看咱們不如回去算了。」
莊玲卻道：「大哥，再走一會兒看看吧。」
齊天心道：「既是一定要想尋著他們，咱們不如分開，這樣機會也比較大一些。」。
莊玲卻又反對道：「不，不要分開，咱們一起走吧。」
齊天心點點頭，兩人一起又向前走去。

六六　情多必鑄

齊天心看那白髮老者走遠了，心中正在沉吟，突然莊玲驚叫道：「大哥快追，這老鬼是小偷！」

天心奇道：「小玲，你怎麼知道？」

莊玲不及答話，發足狂奔，口中高叫道：「老賊快快回來，不然……不然……要你的老命。」

齊天心不明就裡，只有跟著莊玲前追，追了一陣，哪裡還有那老者的影子，莊玲頹然站定了，雙手一攤，跌足哭道：「大哥，你替我追回那些珍寶，快一點，快一點。」

齊天心這才明白，問道：「小玲，那老頭兒偷走了你包袱中物事？」

莊玲又氣又急，哭泣得說不出話來，只是不停點頭，齊天心安慰她道：「小玲別哭了，咱們回去再買，那老賊將來咱們撞著了，再好好教訓他。」

莊玲哭了一陣，心中雖是不甘，可是那老者也不知東西南北到底走到哪裡去了，想要追回只怕是不可能的事，耳旁聽到齊天心不住柔聲安慰，不知怎的心中索性撒嬌使賴，伏在齊天心懷中，竟是哭了個夠，那淚水將天心胸前全沾濕了。

過了半晌，莊玲收淚歉然道：「大哥，咱們回家去吧，你胸口濕了一大片，風一吹很容易著涼的。」

她柔聲關切，語氣中充滿了憐惜，就如一個年輕妻子，叮囑著她工作太辛苦的丈夫，要他休息一般，她已忘了在她身旁的是武林中年輕一代頂尖的高手，就是千軍萬馬，就是成群高手攻擊，這優雅的青年也能泰然度過，那區區氣候寒暑焉能對他有害？可是她心目中卻不這樣想，她只想到對心愛的人關心，不管他是怎樣的強人。

齊天心聽得心中一陣溫暖，扶著莊玲香肩道：「太陽就要下到山下去了，天黑了什麼也瞧不見，小玲，我們回去。」

莊玲幽幽道：「太陽下去了，就什麼都瞧不到，在沒有下去那一刻卻是最美的，但為什麼只有那短短一剎那，大哥，難道世上美好的都是短暫的嗎？」

齊天心是公子哥兒性子，他出身高貴，既有花不盡的銀錢，又有極高武功，做任何事都得手應心，是以閱世甚淺，根本不識世事之苦，何曾想到過這些問題，這時聽莊玲一說，怔怔然不由呆了。

莊玲瞧著天心一副茫然的樣子，輕輕歎了口氣道：「大哥你性子本來是很快樂的，我不該惹你傷感，你剛才替我買的奇珍異寶被那老賊偷去大半，我起先很是惋惜傷心，後來想想這些東西都是身外之物，不過是用來裝飾人生的，有之固然美好，沒有又有何妨？」

齊天心接口道：「小玲，你不會沒有的，咱們轉回去再買！」

他不停催莊玲回珠寶店，莊玲瞧著天心，心想這瀟灑似玉的公子哥兒實在純潔可愛，根本就不知道愁苦是何物，當下嫣然一笑道：「我突然不愛這些玩意兒了，可不可以？」

天心奇道：「我不相信，我知道你是替我省錢來著，小玲我真的告訴你，這一生一世，咱們有再也花不完的銀子。」

莊玲斜睇著天心，雙眼帶媚半笑半嗔道：「你說是『咱們』？」

天心點點頭，只覺一雙滑膩溫暖的小手握著自己雙手，莊玲高高興興地道：「『咱們』雖然有錢，也不必亂花呀，『咱們』可以多做些好事，像救助窮人囉，像碰到災荒年賑災民囉，總而言之，要做的事可多得很，一時之間，我也說不完。」

天心笑道：「你放心，就是你把洛陽李家珍玩鋪買空了，對『咱們』的錢不過九牛一毛，小玲你想想看，做生意不過是要賺錢，我常常買很多很多我用不著的東西，你道是爲什麼？」

莊玲搖頭道：「我不知道。」

天心得意地道：「我買很多東西，不是有很多人能賺錢嗎？這樣不是大家都很歡喜嗎？」

莊玲想了想道：「你說得不對，可是我卻找不出你的錯誤，姑且算你對，可是咱們也不必真個把李家老鋪買空。」

齊天心道：「小玲，從前爹爹叫我在江湖上去歷練，我初入江湖什麼也不懂，但爹爹叫我行俠仗義，我看到不平的事伸手便管，也不知真正誰是誰非，看到別人可憐便送銀子給他，卻不知道有些事不是我能解決的。」

莊玲道：「你心中一定有故事，說給我聽可好？」

齊天心道：「有一次在徐州鄉下，有一個十四五歲小男孩父親早死了，母親又病得急，大年夜裡別人都在興高采烈吃著年夜飯，他爲了多賺幾文錢替他娘瞧大夫，沿街叫買烤白果，小玲，烤白果你吃過吧！」

莊玲拍手道：「大哥你是說那冬天放在火爐上烤裂了口，香氣四噴的白果麼，小時候我頂愛吃的。」

天心道：「我見到那孩子，問了原因，要給他一錠銀子，他再怎樣也不肯要，你道是爲什麼？」

莊玲道：「這孩子家教不錯，不甘白要人家施捨。」

齊天心讚道：「小玲你真是聰明，這小男孩真有志氣，我見他不肯要錢，情急之下便想到一個方法，要他替我洗刷我那青驄馬。」

莊玲插口道：「大哥你自己才叫聰明，這種施捨方法，那小孩子才能心安理得。」

齊天心道：「其實我那馬兒天生好潔，每天自己都泡在河裡洗得乾乾淨淨的，那孩子凍著雙手，凜冽寒風將他吹得小臉通紅，他賣力地將馬洗得發光，我永遠不會忘記，當他將馬兒牽來，我報酬他一錠銀子，那時候他那種歡喜的表情，驕傲得好像天神一般，我站在那兒好半天，直到孩子走遠了，天上飄起鵝毛般的雪花，我才如夢初醒般回到客舍，我坐在床上想了很久，得到了結果，每個人都有他自己的尊嚴，那並不因爲貧賤富貴而有所區別。」

莊玲仔細聽著，心中十分感動，這聰明的大少爺，心地純良是不用說的了，而且也有他自有的深度，不由對他愛慕之中，更加了幾分尊敬，當下接口道：「大哥你做得真對，難怪江湖上人都稱讚你，說你行俠仗義，真有魏無忌信陵之風。」

齊天心見她誠懇地稱讚自己，心中又高興又感不好意思，連忙扯開話題道：「那老者不但輕功驚人，便是手上功夫也是聞所未聞，小玲，你包裹提在手上，現在還是包得好好的，他怎能從中間帶走東西？」

莊玲氣道：「我真糊塗，等他走遠了，我才發覺包袱輕了一多半，還不知道丟了什麼東西，回去打開看看便知道了。」

齊天心心中沉吟，他出身武林世家，父親昔年是天下第一高手天劍董大先生，他父子倆感情極是融洽，與其說是父子，不如說是好友，那些江湖上各門各派奇人掌故，每當傍晚飯後，便成了他父子倆的話題兒，是以齊天心對武林各派可說是瞭如指掌，可是他苦思之下，竟想不起這老者的身分。

莊玲忽道：「大哥，那老賊剛才不是拍過你一下，你看看有沒有丟什麼東西？」

齊天心順手一摸，從懷中摸出了一張素箋，兩人展開一看，只見上面寫了幾行大字：「近來南方時疫，數千里漫無人煙，聞君慷慨大名，略施小計，已為數縣人籌得湯藥資矣，代君行善，君知悉必感激老夫，長安有事，公子前程萬里，何不前往以安人心，代問令尊金安，故人多情，不知昔日英風尚在否？」

信尾簽了一個白字，寫得龍飛鳳舞，齊天心恍然大悟叫道：「原來是中原神偷白老前輩，爹爹說他在卅年前絕跡江湖，想不到仍然健在，爹爹知道了不知有多高興哩！」

莊玲哼了一聲道：「偷了別人東西，還要別人感激他，我可不服氣。」

齊天心道：「小玲你不知道，這位老前輩一生所做的事，看起來都是瘋瘋顛顛，其實沒有一件不是大仁大義，是江湖上人人尊敬的長者，他天生詼諧，將來咱們再碰見他，請他講故事，包管你聽得歡喜，笑口大開。」

莊玲女孩心性，到底氣量狹窄，眼看自己心愛之物被人順手牽走，天心卻反而稱讚偷兒，這口氣如何壓得下，冷冷地道：「啊喲齊公子，你今年才幾歲了？你說他卅年前失蹤，那時你還沒有生出來，怎麼知道他所行所爲是真是假，又怎知道他會說笑話，好像是親耳聽過一樣。」

齊天心被她搶白得答不出話來，莊玲見自己話說得重了，過了一會搭訕道：「不管他是不是真的好人，拿別人東西總是不該，大哥，他說長安有事，是什麼事呢？」

天心搖頭：「這個我也不知，目下咱們橫直無事，到長安去瞧瞧看可好？」

莊玲連聲叫好，當下兩人決定明天再走，回到家中，莊玲打開包袱檢點，發現那些玉器珠寶，至少失去了一半，不由又想破口大罵，但礙著天心面子，只是冷哼不止，臉色氣得都變了。

次日兩人並轡騎往長安而去，不數日來到這關中名城，才一進城，便見街上來往行人中夾著許多虎臂猿腰，英氣勃勃的江湖漢子。

那天下英雄大會已開了十來天，只爲盟主問題不能決定，一時拖著不能結束，各路英雄聚會，真可謂高手雲集，早傳遍了長安城，成爲長安人酒餘飯後，向人吹噓的材料，齊、莊兩人住定以後，找了一個店小二詢問，那店小二聽有人打聽此事，立刻精神百倍，吐沫滿天的大吹起來，此人口舌極是便給，雖是陝音含糊，可是也說得精采有趣，連在遠遠一旁皺眉躲吐沫星子的莊玲，也聽得走上前來。

齊天心道：「原來天下英雄為選盟主而來，盟主選出來沒有？」

店小二道：「如果選出來了，那就不會這麼熱鬧了，就是因為天下英雄分為兩派，各自支持一個人，是以爭執不下。」

莊玲忍不住插口道：「這兩人都是些什麼人呀？」

店小二見這美若天仙的姑娘也來問了，當下更是得意，頭一擺道：「說也奇怪，天下這許多英雄好漢，卻偏偏會對兩個江湖後輩如此尊重，小的有個哥哥這次也幸運參加大會，侍候大爺們，兩位莫笑，能侍候大爺們可是天大榮幸，弄得那大爺們一個高興，以後吃喝全不消愁了。」

莊玲秀眉一皺，那店小二倒也乖巧，立刻接著道：「小的滿口廢話，該打該打，那兩個年輕後輩，聽說一個姓董，就是俺們西北人民大恩人，上次打敗凌月，便是他先生定的破敵大計；還有一個姓齊的，聽說是個長得漂漂亮亮的公子，可是本事大得緊，那些大爺們，有一半多受過他先生救命大恩，武功之高，聽說已和神仙爺爺一樣。」

莊玲齊天心兩人相視一眼，會心一笑，那店小二又道：「那姓齊的公子爺長得俊極，皮膚比大姑娘還細，能耐大得很，公子爺您莫見怪，只怕比您老還要俊些？」

莊玲噗嗤一笑道：「你是看到齊公子了？」

店小二搖頭道：「小的哪有這大福氣？小的聽人說過，想那齊公子年紀輕輕，卻能名揚天下，一定是上天星斗下凡救人，不然人家山西孟老爺子，一向多麼驕傲自負，這次卻為了擁戴齊公子，不惜和任何反對的人決裂！」

莊玲心中大感得意，那店小二談吐不俗，雖是生得獐頭鼠目，莊玲聽他稱讚心上人，也不覺得他十分討厭了。

那店小二忽然歎口氣道：「其實俺長安人倒是希望董其心公子當盟主，俺們西北人今天能夠安居樂業，都得他先生所賜，俺們馬回回馬大爺，也是一力贊成的。」

莊玲正在高興，忽聞此語，怒哼一聲道：「長安人真是傻瓜！」

那店小二不知她為什麼突然發怒，但美人無論輕憂薄怒，都自有一番好看，不禁看呆了。莊玲凶狠狠地道：「你看什麼，再亂看挖掉你眼珠子。」

那店小二伸伸舌退走。莊玲道：「大哥，咱們去英雄大會。」

齊天心天生好勝，他對自己堂弟董其心雖然有些佩服，可是心中有一種優越感，總以為和自己比還差些，他本來並不一定有要做盟主之心，可是聽到有人和自己相爭，而且聲望超過自己，那便非要爭勝了。

齊天心道：「好，小玲咱們就去。」

兩人說走就走，半頓飯時間便走到東大街大會場，那守門的人見兩人一表人才，便躬身引進，一進大廳，只見場中高高矮矮總有百條好漢，最前面一排坐著幾個年老長者，正中是個大頭和尚，灰色僧袍又寬又大，相貌好不瀟灑。

這時大會仍為推選盟主爭執不已，一個西北道上馬回回的好友正站起陳述董其心的豐功，那反對其心的一批人起先還不好意思給人難堪，後來愈聽愈是不耐，終於鼓噪起來，喝叫那人坐下，一時之間秩序大亂，那脾氣火爆一點的已推座而起，紛紛準備放對。

齊天心、莊玲走到人叢中，眾人都忙著爭吵，並沒注意兩人，那大和尚正是崑崙飛天如來，他見吵得實在不像話，大叫一聲，他內功精湛，聲音又響又脆，就如春雷驚蟄一般，眾人一怔，立刻靜了下來。

那崑崙寺被凌月國主一把火燒了，目下飛天如來是個無家可歸的野和尚，是以四處遊蕩。他天性無滯，竟大感這種生活痛快，就是重修崑崙寺，再塑金光閃爍廟宇，要請他回去當住持，他也要考慮了。他一聲獅子吼鎮住群眾，心中好不高興，只見眾人啞口無言，靜待他說出一番道理，他卻搔著禿頭，一句話也說不出來。

眾人一靜下來，不由彼此相望，山西英風牧場場主孟賢梓眼快，一眼看到救命恩人，他高興之下，再也忍不住像孩子般歡呼起來，他那一派人更是歡聲雷動。

齊天心這一到，擁護他這派的人大大得勢，眾人見齊天心俊秀英挺，莊玲更是玉雪可愛，兩人聯袂而來，先就有了幾分好感，那些少數中間分子，都漸漸傾向擁戴齊天心，那些原來被丐幫幫主和馬回回說服的好漢，也因一睹齊天心丰采朗朗似玉，都不禁有了動搖。

齊天心很謙虛地講了幾句話，他倒底是董家之後，在這種大場面，近千隻眼光注視下，卻是從容得體，聲音平和誠懇，連平日飛揚佻脫的氣息也自收斂了，眾人更是心儀。

齊天心在這當兒一來，真是正得其時，儘管馬回回唇枯舌焦，說明董其心來遲原因是為另一件關係國家之大事，可是眾人卻聽不進去了。

藍文侯眼見大勢已去，不由喟然而歎，那馬回回急得像熱鍋上螞蟻一般，不知為什麼其心一去這麼久，眼看今天盟主一席便要由這姓齊的公子哥兒得去，心中大感不甘。

孟賢梓利用時間，倒底薑是老的辣，當時便要求眾人議決，原來這十天來所以不議決的原因，卻是雙方均沒有把握，都想拖時間以利己方，這時孟賢梓一提議決，眾人並無話說，藍文侯、馬回回也不能反對。

齊天心得天時人和，在這緊要關頭趕到，議決結果自是順利當選這領袖武林大位，藍文侯和西北道上武林默默無言，卻因眾人都是英雄人物，千金一諾，盟主大位一定，眾人都聽號令於他了。

莊玲喜得面溢春花，默默含情瞧著意中人受人尊敬恭維，真比她自己受捧還高興百倍。孟賢梓一拍手，廳後立刻擺出百桌上等酒席來，讓齊天心、莊玲首桌，兩人獨佔一桌，莊玲怯生生的有些不自在。

藍文侯心中暗想道：「我那小兄弟萬事胸有成竹，難道他是知道要和堂兄對手，不願傷兄弟感情而退讓嗎？」

想到此處，不由覺得大有道理，只見馬回回頹然坐旁一席，他輕輕向馬回回揮揮手，表示安慰。

酒席一開上，眾人情緒大好，這懸岩多日的盟主大位，終於由這少年英雄擔當，實在是適當人選，大家心情一開，放懷大飲，只有西北道上英雄們和丐幫數俠揪然不樂，也借酒解悶。

齊天心、莊玲高高在上，天心眼看一日之間，自己突然成為江湖上第一紅人，這正是他在潛意識中多年來所渴望的，此刻天如人願，真是高興已極，他平日很少暴飲，這時卻是只要有人舉杯，他都是一飲而盡，莊玲在旁看得擔心，輕輕皺起眉頭，卻也不便掃他之興。

眾人正在狂歡，在長安城外，一個寂寞的少年卻正以上乘輕功越城而過，直往城中撲去，他向路人問了英雄大會會場，立刻飛奔趕去。

月光下，這少年風塵僕僕，卻是年紀輕輕，正是馬回回、藍文侯望穿秋水的董其心。

董其心飛快地趕到會場，只聽大廳內人聲鼎沸，想起馬回回所說，自己已被選爲盟主，於是放慢身形，緩步來到場外。

忽然，他聽到廳內傳出一陣高呼：「齊天心，齊天心。」

他怔了一怔，沉吟了一會，他本是聰明絕頂的人，立刻想到一件事，於是輕輕推開廳門向內望去。

只見這時廳內人人都十分激動的樣子，根本沒有人注意門旁的他，其心轉目望去，大廳中間站著一個少年，玉樹臨風，英俊非常，正是齊天心。

其心忖道：「怎麼天心也到了這裡？」

這時忽然一個漢子大聲道：「咱們既然決定齊公子爲盟主，就應同心協力，請齊公子吩咐，咱們力之能及，在所不辭！」

廳中立刻響起一陣采聲。其心恍然道：「是了，天心當選爲盟主了。」

他本對這盟主之事不感興趣，加以對天心一向有著特別的感覺，是以這時心中不但沒有一絲一毫不痛快的思想，而且還暗暗爲自己的堂兄高興。

忽然他目光瞥見齊天心身旁一個美貌少女，笑面如花，正是那莊玲姑娘。

其心忽然感到一陣突如其來的不舒服，他暗暗忖道：「我也不必進廳去和藍大哥、馬回回相見，想來眾人見了我又會生騷亂，我不如先避開吧！」他只覺心中忽然不高興起來，一個人沿著官道走去，心中思想很是紛亂，走著走著，已來到官道旁的小樹林，他順足走了進去，忽然，他瞥見一雙青布鞋的足立在身前三丈之處。

他微微一驚，抬頭一瞧，只見那人氣度非凡，面貌入目識得，正是怒恨自己入骨的凌月國主。

其心的心神一震，但他倒底有過人的能耐，立刻抑制住震動的心情，淡然道：「王爺，別來可好？」

凌月國主一言不發，嘿嘿陰森森地笑了一笑，只見他面上殺機森然，那平日超人的氣質這時已形成凶殘陰狠的表情。

其心心中不由暗暗一驚，他做夢也沒有料到凌月國主對他已視作生平第一大敵手，早已不惜身分作下了種種的安排，是非取他性命而後心甘。

凌月國主不測高深的笑容使其心從心底生出一種厭惡的心理，他緩緩向前跨了一步——一步——這一步他萬萬沒有料到，堂堂西域一國之主，百代奇人的凌月國主竟不顧身分，在地上掘了一個三尺多深的大坑！

其心只覺足下一軟，凌月國主嘿嘿的陰笑陡然暴發而起，只見他手中寒光一閃，竟然閃電般伸出一柄利劍，右手一封，如山內力將其心穩穩罩住，右手對準毫無希望閃避的其心前胸刺去！

凌月國主的劍刺到其心的胸前不及半尺，然而就在這刹那之間，一條人影如旋風般撲到了其心的身上，凌月國主的劍子再也收不住手，呼地一下插入那人的身上——

這一下巨變驟起，凌月國主也驚得呆住了，他把伏在其心身上的人一把翻過來，看清了那人的面容，忽然臉色大變，發出一聲絕望的慘叫，雙手抱著臉，大吼道：「天啊……天啊……」

他變得神經有點失常，蒙著臉轉身飛跑而去，霎時之間跑得無影無蹤。

其心昏亂地爬起來，他一把抓起代他挨了一劍的人的衣袖，定目一看，霎時之間，其心說不出一個字來，只是駭然地張大了嘴——

躺在血泊中的人，白衣白裙，秀髮如雲，正是凌月國的公主，那個曾使其心在異域中享受到一段溫馨情誼的善良公主！

其心激動得說不出話來，他腦海中什麼都不能想，甚至他還沒有想到凌月國主親手殺死了他的妹子。

血泊中的公主，緩緩睜開了無神的眼，其心立刻如同瘋狂般地抱她上去，他抱著公主冰冷的手臂，激動地喊道：「你……你為什麼要……」

垂死的公主輕搖著頭不讓其心說下去，她嘴角上掛著滿足而美麗的微笑，輕撫著其心的面頰，低聲道：「董郎……你可知道，為你而死我有多麼滿足……」

其心聽著這樣感人的話，他的心都要碎了，他緊抱住公主，完全失去了平日的冷靜和矜持，嘶啞地叫道：「你……你不能死，你不能死……」

公主苦笑著，輕聲地道：「董郎，我一生不曾多看過任何男子一眼，我的心……」

她喘著氣，似乎就要完了，其心又是焦急，又是痛心，說不出一個字來。

一陣嬌艷的紅暈爬上了公主的臉頰，她躺在其心的懷中道：「……我的心……一看見你的時候，就全心全意的給你了……你……你……」

其心抱著她，只覺愈來愈是冰涼，他喊了兩聲，也沒有回答，他知道她就要死了。

霎時之間，其心的理智完全崩潰了，這在他成年以來還是第一次，深藏的強烈感情爆發了出來。他抱著公主，自己都不知道在說些什麼：「……我也是的，第一次見面的時候，就喜歡你啦……你可知道我是多麼想念你？」

於是，在其心的懷抱中，凌月公主安詳地閉上了眼。

其心如癡如醉，呆呆瞧著懷中的人兒，雪白的長衫，就和她的臉一般蒼白，公主安詳地睡去了，嘴角掛著滿足的笑容，她真是睡去了嗎？

其心下意識反來覆去地道：「公主，我第一次見你便愛上了你，是真的，這是真的，我一向不騙人，公主你相信我，你……你聽得到嗎？」

可是懷中的人兒卻再也不會回話了，其心真恨不得把心掏出來給她看，可是她也看不到了。

好半天，其心就如一尊石像一般，晚風將他全身吹得冰涼，連心也是一陣冰涼。忽然天色一亮，月兒破雲而出。

其心心中一震，神智清醒不少，他心中忖道：「先將公主葬了，她深愛中華，我就把她理在中原。」

他想到便做，放下公主屍體，拔出劍來挖坑，忽然公主項間發光，他俯下身來一瞧，原來是一塊玉牌，上面鑲著四個漢字「情多必鑄」。

其心看著四個字，神智一亂，再也控制不住自己，心中只覺一會兒糊塗了，一會兒又清醒無比，一會兒有若巨潮洶湧不止，一會兒又如靜水滴漣不生，心中反反覆覆，竟不知身在何處，更不知情是何物。

他木然取下那玉塊牌，只見那玉牌後面寫滿了字，其心藉著月光一看，只見上面寫著：「伍鴻雲，金沙門第卅七代女弟子，本門武功歷代單傳，藝成之日，上代掌門自廢武功。代代如此，如違此律不得善終。」

其心看了兩遍，心中不住狂呼道：「原來……原來，公主為傳我金沙掌而自廢武功，難怪她擋不過她哥哥的一劍，天啊！」

一時之間，他連淚都流不出來，只覺胸中一陣陣刺痛，喉間一癢，哇地吐出兩口鮮血，頭一昏摔倒地下。

天黑的時候，其心帶著淒然的心上路了，他把公主埋了，不敢再看那一坏黃土一眼，哀傷地上路了。

他想到自己這些年來的生活，雖然他不曾處處留情，但是他使許多女孩子為他意亂情迷，他也不是不知道，只是他裝著不知道，總是帶著心機地周旋在她們之間。方才公主臨死之際，他雖然抱著她說了許多愛她的話，但是此刻他靜靜地想了想，他心深處果真是愛她嗎？如果不是因為她為他受了一劍，他會說出那些話來嗎？

他愈想愈覺自己爲人的不誠，想到公主爲什麼會到中原來？那還不是因爲自己使她國破家亡，他愈想愈覺自己罪孽重大，處處都存著害人之心，漸漸地，其心神智又有些糊塗了。

他望著自己的影子，覺得它充滿著罪過，忽然他心中浮起一個古怪的思想，他轉而向少林寺走去。

世上的事情有時奇怪得令人難以思議，其心怎會想到在少林寺的山腳下會碰上安明兒？

安明兒被皇上收爲義女，也成了一名公主，她是隨著父親打算回西北去的，路過少林上山上香，但是少林的規矩卻不許女子入寺，於是其心遇見她的時候，她正在山下悶著，嘟著小嘴亂發脾氣。

當她看見了其心——

「呀，是你！你怎麼會跑來這裡？」

拉長了的小嘴立刻就變成笑逐顏開了。

其心萬萬料不到會在這裡遇見她，他一看見她，天性的矜持又流了出來，他帶著那不在乎的微笑上去道：「我有重要的事要……要上少林。」

安明兒道：「你走了以後，我……我好……」

說到這裡，她又改口道：「我們好想念你喲。」

其心一聽，心中重重一顫，他望著明兒那多情的眸子，心中只想趕快離去。他想了想道：

「我……我也想念你們，現在我必須立刻上山去——」

安明兒道：「我爹爹也在山上，你上去要多久？」
其心不知該怎樣回答，他只好說：「說不定要一個多月……」
安明兒失望地道：「那……我們不能等你了，我們明天就走。」
其心點了點頭道：「我這就上山去了。」
安明兒似乎有許多話要說，卻又說不出來，其心向她揮揮手，轉身走了。
安明兒忽然叫道：「你什麼時候來看我？」
其心猛然一震，答道：「我……我一辦完事就來看你。」
他不敢再回頭，飛快地衝上山去。

其心走到了半山腰上，走到了那尊大佛石像前，他停下了腳步，望著佛慈悲的眼睛，他幾乎要跪了下來，這時少林寺的鐘聲在響。
他喃喃地道：「我做了那麼多的壞事，世人卻說我是大英雄大豪傑，那凌月公主是天使般的好人，卻如此地死去，究竟什麼是善什麼是惡？難道世上愈是壞的事物便愈能長存，愈是靈性的東西便愈短命嗎？佛啊，你給我回答。」
這時，有一個老和尚走到了其心背後，他口宣佛號，一聲「阿彌陀佛」，驚醒了其心。
其心返首一看，卻原來是當今少林的方丈不死禪師。
其心見了禪師，翻身便拜，不死和尚卻是大喝一聲：「小施主，你來做甚？」
其心道：「弟子願聽大師教誨。」

不死和尚望著他一言不發，只是深深地望著他，其心和他四目相對，忽然心中激盪起來，也不知過了多久，大師忽然指著山下，張口大喝道：「去！回汝應去之國！」

這一聲乃是佛門獅子吼，其心只覺心底裡猛然地一震，接著好像被淋了一場大雨，頭腦清醒了許多，他站起身來也向山下一望，只見山下炊煙裊裊，正是農村中早起者升火做飯之時，好一片和平氣象。

其心想到大師所說的話，忽然真正清醒過來了，他乃是個天生的英雄、天生的豪傑，卻不是天生的佛門中人，他當然是屬於山下那個世界的。

於是，其心站起身來，作揖到地：「謝大師指點迷津。」

他竟因一句話改變了初衷，從後山下去了。

六七　七步干戈

齊天心和莊玲緩緩地行著，幸福愉快的日子過得令人不知不覺，他們走著談著，似乎有談不完的情話，一木一草對他們都變得格外美麗。

他們走到一片林子的邊緣，眼前是青蔥蔥的林木，腳下是如茵的草坪，他們倚著一棵樹幹坐了下來。

這時候，在這片林子的上方，一片嵯峨亂石中暗藏著兩個人，他們躲在那裡一動也不動，默默地注視著天心和莊玲，同時他們也在注視著左方，因為左方的遠處山道上，有一個人快速地向這邊奔過來。

那埋伏在山石後的兩人瞄著那疾奔而來的人，漸漸那人來得近了，只見他身形瀟灑無比，竟是名震天下的少年奇俠董其心，他正從少林趕了下來。

山石後面左面的人悄悄伸出了頭，只見他面如重棗，隱然有帝王之相，竟是那西域敗亡的凌月國主。

在他身邊的，就是那瘋瘋癲癲的瘋老兒了。

凌月國主低聲地喃喃自語道：「看來這是天賜的良機了，董其心，齊天心，……嘿嘿，你們董家上一代兄弟反目，我要叫你下一代也不得安寧！」

他說著臉上流露出陰狠猙獰的表情，這時，遠處其心已經走近了。

他忽然拉起旁邊的瘋老兒道：「瘋老大，照計行事吧，你可不要弄錯了步驟！」

那瘋老兒臉上有一種茫茫然的古怪神色，顯然是中了凌月國主的迷藥，完全受他控制行事。

瘋老兒點點頭站起身來，忽然繞著圈子向齊天心、莊玲休息的那草坪靠近過去。

凌月國主望著瘋老兒走了下去，他嘴角露出一個陰森而得意的微笑，喃喃地道：「這真是天賜其便，難得他們湊到一塊兒來，更難得那姓莊的妞兒既愛哥哥又愛弟弟，尤其難得齊天心那小子天生的草包脾氣，嘿嘿，老夫這條妙計必無差錯了。」

他得意地搖了搖頭，繼續喃喃地道：「只要瘋老兒出個花樣把齊天心小子一引開，我就可以行事了。」

他伸出一雙眼睛向下張望，只見齊天心站起身子，似乎怒氣沖沖的樣子，回首向坐在草地上的莊玲說了一句話，就匆匆向西邊追下去了。

凌月國主知道瘋老兒已經成功地把天心引開了，他緊貼著山石一個低姿翻滾，輕飄飄地落下坪草，神不知鬼不覺地向著莊玲偷發出一掌重手法內家神掌！

其心沿著羊腸小徑疾行過來，忽然，他聽到一聲淒慘的呻吟聲——

他循著呻吟聲一個輕快步，瀟灑之極地飄到了草坪之中，立刻，他發現莊玲重傷倒在地上，霎時之間，其心心中無法顧及到其他，只是飛快地衝上前去，把昏迷中的莊玲抱了起來。

只見莊玲牙關緊閉，面如金紙，其心一看就知她胸前中了最重的掌傷，如不及時施救，莊玲的命就保不住了，他貌雖冷酷，實則是個熱血少年，他再也無暇想到莊玲爲什麼會被人打傷在這裡，更無暇考慮到這其中有什麼詭計，只是火速地把莊玲平放在地上，一把扯開莊玲胸前的衣服。

他猛然長吸一口真氣，把上乘內功運行一周，然後聚集在雙掌之下，按在她胸前華蓋穴上，一點一點地試著打入。

漸漸，其心的頭上冒出絲絲蒸汽，地上的莊玲漸漸也甦醒過來，緩緩地睜開了眼睛。

她迷迷糊糊地一睜眼睛，嬌慵地叫道：「你……你是……」

其心一觸及她的眼光，心頭猛然一震，一低頭，視線正好落在她的胸部上，其心臉一紅，喃喃道：「是我，董其心，你……你受了重傷……對不起。」

莊玲大大地睜了睜眼睛，喃喃地叫道：「其心，啊，其心，是……你……」

其心道：「你憩一憩，我再替你運一次功，就可療好啦。」

莊玲仍在半昏迷狀態中，她忽然伸手緊緊地抱住其心，其心不忍把她推開，莊玲叫道：「其心……啊……其心，你可知道我是多麼地愛你，你……你只知道裝糊塗……」

其心嚇得全身出了一身冷汗，但他心中也有絲絲甜意，莊玲迷迷糊糊地把其心抱得更緊，喃喃地囈道：「其心，我雖然應該仇恨你，可是我無法恨你，我們……我們過去都太驕傲了……啊，其心……」

她把整個身體的重量壓在其心身上，其心鼻息中全是令人綺思的芬芳，耳中聽到的是如怨如泣的情話，他仰起頭來擦了擦額上的汗水。

然而，就在他仰首之際，他看到了十步之外立著憤怒如火的齊天心！

齊天心瘋狂地罵道：「你……無恥，卑鄙！」

其心心中一亂，竟然說不出話來，莊玲一反首看見了齊天心，她急得大聲叫道：「天心，聽我說——」

她才說到這裡，一急之下昏了過去。

天心衝上來罵道：「其心，你這無恥的小人，我要和你拚了。」

其心閃避著道：「天心，聽我解釋——」

天心怒衝過來，叫道：「誰要聽你解釋，你卑鄙，不要臉——」

其心望著眼中冒出瘋狂火焰的天心，他簡直說不出一句話來，一種不屈服的念頭在他的腦海中翻騰著，他突然發現，他也不是一個感情堅強的人！

平日一向的矯飾感情，似乎已然成了一種深藏不露的習慣，到了這個時候，他卻感到抑制不住的感情立將爆發而出！

天心咬著牙道：「你，你無恥！」

其心只覺真力在全身不住地運行著，血液都集中衝向頭腦之中，他開始喘息，突然之間，他似乎瞧見滿地的鮮血，伯父和父親的面容清晰地出現在他面前，「豆箕相煎，豆箕相煎……」

他喃喃地呼叫著，驀然他長長吐了一口氣，似乎是贏得了一場劇烈的戰爭，全身都感到軟綿綿的。

驀然之間，一聲怪梟似的長笑響起，一條人影比電還快掠過當場，其心只覺恍恍惚惚之間背心一麻，身形已被人拉得騰空。

他覺神智一陣迷糊，耳旁傳來天心驚怒的叫聲：「天魁，你……你……」

天魁一手抓牢其心，得意地哈哈狂笑：「董其心，你父親瞧見你這樣，還能下手嗎？」

其心只覺眼前一黑，他勉強開口道：「父親……他在哪裡？」

天魁挾著其心，身形如箭般飛馳，他冷笑答道：「天劍、地煞和那遼東鷹爪查老大聯成一線了，前日凌月國主下了戰書，約了他們三人到前面去好好了結一番，嘿嘿，你就要見著你父親了……今日真是天意，你可是自找苦吃！」

其心迷糊間，只覺左臂一麻，又被點中了穴道。

天劍、地煞和查老大三人聯袂而行，突然接到了凌月國主一人署名的戰書，查老大哪肯延擱一分一刻，立時一同上路。

來到當場，果然只見凌月國主一個人負手而立，董無公冷笑道：「王爺果然是信人，咱們應約領死來了。」

凌月國主陰沉地微笑道：「董氏昆仲別來無恙乎？」

董無奇望著他那陰詐的笑容，冷哼一聲道：「皇爺可認得這一位朋友？」

凌月國主轉過頭看著咬牙切齒的查老大，突然哈哈大笑起來：「這位朋友追得老夫好苦，老夫卻始終不知為了什麼？」

查老大怒吼道：「查仲松的事，你忘了嗎？」

凌月國主假裝啊了一聲道：「查仲松，對對，老夫記起來了。」

查老大厲吼一聲，那凌月國主卻笑笑插口道：「那查老二的事可不能怪老夫，老夫試驗一種奇異的藥物，給他份量多了一些，他就支持不住——」

查老大的雙目之中好像要噴出火來，他大吼一聲，右手一揚，猛推而出！

凌月國主陡然單掌一揚而立，掌線外切，一股古怪的旋力將查老大千斤之力御開。

查老大厲吼一聲，身形陡然之間沖天而起，口中嘯聲大作，身形在半空一弓，倒落而下，好比脫弦之箭，衣袂破風發出尖銳的怪響。

凌月國主陡然面色一變，只見查老大落到不及半丈之處，右手一探，五指如鋼，正是那長白山名震天下的大力鷹爪功。

董氏兄弟都不由暗暗讚歎，這長白鷹爪功，威猛的是登峰造極。那凌月國主身形陡然一矮，雙掌翻天而迎，兩股力道硬碰硬，凌月國主身形被那虛空一爪之力帶偏了一步，而查老大身形在半空一窒，落在三丈開外。

董無公低聲道：「大哥，你瞧那凌月國主，滿面驕狂之色，似乎不把咱們有三人的優勢放在眼中——」

董無奇嗯了一聲道：「他多半還有幫手在附近。」

無公點了點頭道：「不用說那就是天魁、天禽了，這一下咱們三對三，只是我有些擔心那查老大——」

無奇望了望場中，查老大又和那凌月國主拚了起來，他低聲道：「那查老大功力極強，雖可能較凌月國主略遜一籌，但他在氣勢上佔了先，而且他的鷹爪功極是霸道，他若是存了兩敗俱傷之心，凌月國主再厲害也佔不了便宜。」

無公點了點頭，這時那凌月國主漸漸改守爲攻，但查老大卻仍是招招猛攻，一時分不出高下。

無奇又道：「兄弟，今日一戰可就是咱們董家數代恩怨的總了結，想來那天魁、天禽等候這一日也有十幾年了！」

無公道：「大哥，等會他們兩人出來，我對付那天禽好了。」

無奇點點頭道：「那天禽身法極爲出奇，內力之深也絕不在你我之下，唉，這一戰究竟是誰勝誰負，的確是未知之數。」

無公搖搖頭道：「不瞞你說，我現在竟有一點緊張的感覺。」

無奇微微一笑道：「相信伏在附近的天魁、天禽必然也有同感……」

這時突然場中一聲厲吼，只見凌月國主飛快的身形忽然停了下來。

那查老大站在一丈之外，右手一揚，董氏兄弟不由驚呼一聲，只見那凌月國主右手一立，兩股力道凝而不散！

董無奇急道：「糟了，他們耗上內力，那查老大非吃虧不可。」

無公也道：「那凌月國主的內力造詣的確深不可測，查老大怎會走此下策？」

這時那淩月國主已逐漸佔了上風，右掌一寸寸推出，足下也慢慢向前移動！

無奇歎了一口氣道：「這一瞬間他已佔得上風，可見他的內力之強，可能猶在你我之上，他號稱西域百年奇才的確名不虛傳。」

那淩月國主又向前移了半步，這時兩人之間的距離只剩下五尺左右，董無奇、董無公心中都不由緊張起來，只見那查老大神色厲然，目中神光閃爍。

驀然之間，查老大大吼一聲，右手猛可向後用力一撤。

董無公忍不住大叫一聲，說時遲，那時快，淩月國主只覺對方壓力一輕，自己真力暴長，猛然擊向查老大右胸要害。

就在這同一刹那，在場外突然一條人影沖天而起，有如脫弦之箭掠到當場，對準淩月國主便是一掌。

這一切都稍微慢了一點，砰一聲，淩月國主的掌力已結結實實打在查老大右胸。

哪知查老大一聲厲吼，陡然左手一揚，五指齊張，早就準備的真力，一抓而下！

淩月國主再也料不到查老大竟用了這等拚命的招式，連護心真氣都孤注一擲，他真力方吐，收之不回，眼見查老大的左手便要在他身上留下五個孔兒，卻再也無法閃避開來。

這時那場外闖入的人掌力已到，這一切發生得太快了，突然那淩月國主大吼一聲，左肩一挺，猛然一股極為古怪的內力，密佈全身，那場外之人，這時一掌正好打在淩月國主左肩，只見他身形一震，竟然被淩月國主震退二步，迎向查老大攻上來的一爪。

董無奇、董無公兩兄弟只覺全身一緊，那淩月國主的功力竟然已到這等地步，而最令兩人震驚的是那闖入的人竟是那瘋老兒。

奇怪的事太突急了，兩兄弟都沒有一分一秒的時間思想，只是直覺地注視著場中的變化。那瘋老兒身形一震，正好迎向查老大的鷹爪，他卻似毫無感覺，口中瘋狂地一聲大喊，動都不動。

凌月國主似乎被這一切反乎尋常的變化嚇呆了，而且他內力已吐，再也沒有後退的餘地，只聽他一聲厲嘯，真氣再也凝聚不起，瘋老人硬挺挺一爪，但那已及身的千斤掌力已擊在凌月國主前胸，他的身形生生被打得轉了兩個轉，倒在已死的查老大身邊不動了。

瘋老人仰天嗆咳地狂笑起來，那如泉湧出來的血水使得他的聲音逐漸嘶啞，董氏兄弟只覺悚然，無奇喊道：「你……你……」

那瘋老人身形一個踉蹌，突然之間，場子左方又是一條人影沖天而起，飛快奔到那瘋老人的身邊！

董氏兄弟都為這前後不到一瞬連連發生的奇變震驚得連思想的機會都沒有，只見那人影一揚手，輕輕按在那瘋老人背上，瘋老人的狂笑嘶叫之聲登時為之一止，身形一陣晃動倒在地上。

董無公陡然好比中了邪似的，這時只覺神經刺了一下，一聲大吼，身形比箭還快一掠而至。

這時在場中下手之人身形一轉，但見他面目清癯，正是名震天下的天禽溫萬里。

地煞董無公這時好比瘋狂了似地，滿目之中殺機閃爍，對準溫萬里一掠而去。

天禽在地煞的面前，可再也不敢大意了，他雙手當胸而立，心中卻奇怪怎麼董無公一上來便顯得要拚命的樣子！

董無公身形掠起三丈左右，忽然一停，正好落在瘋老人的身邊，他低下頭去一看，只見瘋老人面上笑容如狂，只是沒有一絲氣息了。

他緩緩轉過身來，對溫萬里道：「你爲什麼要打死他？」

溫萬里冷笑道：「他挨了查老兒一爪反正快死了，老夫只是想減少他的苦痛。」

董無公的面上忽然呆板起來，他冷然道：「溫萬里，咱們之間是數代怨仇了，幾十年來你們處處謀計咱們董氏家族，咱們家破人散，在江湖上大惹凶名，這都是拜你們所賜，這一筆怨仇不能再不了結一下了……」

溫萬里的神情也逐漸激動起來：「家師奇叟、神尼皆因你董家而死，這一次老夫找尋你們兄弟兩人，也正是要算一算這筆血債！」

董無公突然仰天大笑起來：「血債？你們天座雙星這幾十年來滿手血腥，卻都記在咱們姓董的身上，還有這老人，天知道他也是董家的一員嗎？溫萬里，今日你是死定了！」

溫萬里冷冷一笑道：「董無公，你不要太狂！」

地煞董無公的臉上陡然閃出一層紅氣，他緩緩跨上了一步：「溫萬里，咱們就拚這一掌，你有種嗎？」

天劍董無奇的心陡然緊縮了起來，他知道只拚一掌的意思，那就是十二成內力全都吐出，一分也不留在體內護守主脈，這樣誰弱誰強，一觸即分！

天禽溫萬里的面上刹時掠過一絲淒厲的表情，他嘴角的笑容已變成了猙獰的抽動。猛然之間，地煞董無公發出了失傳百年的「震天拳」！

天禽溫萬里雙目之中閃出赤光，雙拳平推迎出，天座雙星威名久冠天下，地煞的名聲也是轟烈一時，這時候的勝負，真只有上天才能夠預知了——

「轟」然一聲，四周的泥沙被刮得滿天飛舞，大地似乎都為之震動，好一會，飛揚的黃沙漸漸落了下來，只見場中孤單地只站著一人。

天禽溫萬里的身體倒在三丈之外，鮮血不住地從口鼻中流出，一動也不動了。

地煞董無公堅強地站著，但渾身上下不住地顫動著，董無奇大喊一聲：「兄弟！」身形一掠奔了上來。

突然只聽場外一聲低啞急促的呼聲叫道：「溫老二，你……」

聲音入耳，看都不看，董無奇已知是天下第一高手，天座三星之首天魁先生到了。

董無公的雙目逐漸黯淡下去，突然，他看見天魁的身形，以及天魁抓持著的少年，那是他畢生夢想、希望的寄托，「其心，其心」，他再也忍耐不住，仰天倒了下去。

董無奇的手好比閃電一般，在他倒在地上之前扶了起來，觸手一摸，體內的八脈已斷其半，呼吸已然十分微弱，他不由暗暗歎了一口氣。

天魁持住其心，其心被這一切變化驚呆了，地上躺著的凌月國主、天禽、查老大、瘋老人，還有最令他神智失措的是昏迷不醒、生死不明的父親，但是在這一刻，他似乎感到連思想的自由也失去了。

其心只感覺天魁的身子在顫抖著，出奇的悲哀在他的胸中滋長著，他口中不住喃喃呼喚：「老二……老二……」

但是溫萬里卻永遠也聽不到他的聲音了。

天魁呆呆地望著地上，他一生的希望似乎都像那汩汩的鮮血愈流愈遠，天禽溫萬里的屍身就倒在他足前二步之外，他只覺得那幾十年來形影不離的兄弟這時面孔竟然陌生起來，他揉了揉雙眼，代替淚水的卻是瘋狂的怒火。

他左手緊緊扣著其心迷茫的身軀，口中咬牙切齒喃喃地道：「好，好，董無奇，舉世高人只剩下咱們兩人了。」

董無奇扶著重傷的弟弟，這時刻他的頭腦也完全昏亂了，四十年的怨仇，家破親亡的血恨，這一剎都湧上腦海，也只覺全身微微顫抖著。但是雙目所能瞧見的，卻只是其心的面孔！

他低聲吼道：「天魁，輪到咱們兩人了，你——你先放下其心！」

天魁瘋狂地大笑起來，那笑聲之中充滿了嘶嚎，他道：「董無奇，虧得你提醒老夫，我立刻震斃這小雜種再和你拚個你死我活。」

天魁狂笑著右手一翻，猛可向其心頂門落下。

董無奇嘶吼一聲道：「慢著！」

天魁的右掌好比千鈞般落下，呼地生生停在其心頂門上不及二寸之處，他仰天大笑道：「還有什麼？」

董無奇這時候好像清醒了不少，他定定地瞪視著天魁道：「讓上一代的怨仇，結束在咱們手中。」

天魁哈哈狂笑道：「你太便宜了，董老大！」

董無奇好像沒有聽見一般，他冷冷地說道：「天魁，你有種嗎？」

天魁的神經好像突然被這一句話緊張起來，他雙目之中閃閃發出血紅的凶光，冷笑道：「董老大，你太小看老夫了，今日之戰，咱們兩人之中注定有一個要死在當場，只是，董其心這小子卻非得先走一步不可！」

董無奇冷笑道：「久聞天魁掌力天下無雙，董某卻無幸一見。」

這一刻他已冷靜了下來，只聽那天魁冷笑道：「不要急，馬上便可試試了。」

董無奇淡淡道：「董某負手接你三掌，你就放掉其心如何？」

天魁突然之間大笑起來，他哈哈道：「董無奇，這是你自己說的，可不要後悔——」

董無奇冷笑道：「咱們並名天座三星數十年，這一點你可放心，董某一言既出，駟馬難追——」

天魁仰天狂笑道：「你倒坦白得很，老實說，你我如放手一戰，還不知鹿死誰手，但你竟托大如此……」

董無奇淡然一笑道：「天魁先生好說了。」

忽然其心在天魁的掌握中掙動了一下，他狂呼道：「伯伯，伯伯，你不可如此，他……他的掌力……」

董無奇雙目之中陡然神光暴射，他輕輕放下昏迷的無公，上前走了三步，猛然吸了一口真氣。

天魁嘴角突然抽搐起來，他右手一伸，口中大吼一聲，好比平地焦雷，一掌結結實實打在無奇左胸！

那千斤巨力打得無奇轉了一個身，胸前衣衫粉碎，無奇微微一笑，再上前一步道：「好掌力！」

天魁注視著他好一會，狂笑道：「董無奇，這是你自己找死路！」

他右手一抬，猛然一股嘯聲隨掌緣而發，竟然發出了他名震天下的「擒龍手」！

董無奇的身形被生生打出五步之外，他面上神色依然如常，一步步又走了回來，而且再上前跨了一步！

天魁怔了一怔，狂笑道：「董無奇，真有你的！」

他右手再抬，剎時他滿面赤紅，顯然是十成內力準備孤注一擲！

他的掌勢在胸前停一下，嘿地吐氣開聲，掌尚未推，忽然無奇身形仰天倒下，口中鮮血直流！

天魁呆在當地，一股奇異的輕鬆感覺浮上心頭，他仰天吐出吸滿的真氣，哈哈狂笑起來！

他笑了一陣，突然收住聲音，滿面都是悲愴，口中喃喃地道：「老二，咱們總算贏了，這幾十年的歲月，數代血仇都了結了，你，你都看到了嗎……」

忽然他流下淚來，淚水迷濛，望著那一地的鮮血，這幾十年來，天魁滿手血腥，那鮮紅的顏色，這時候在他的腦際中卻全好像是一幕幕的血案，他呆呆的沉默著，好像一切的思想都停頓了下來，突然他發覺倒在地上的天劍董無奇蠕動了一下。

陡然他清靜了過來，他抓著其心上前一步，伏下腰去，剎時間董無奇一張口，一口鮮血急噴而出，紅光一閃，正噴得天魁滿面，天魁吃了一驚，雙目之間一陣迷茫，他本能地一鬆手向臉上擦去！

董無奇陡然嘶吼一聲：「其心——」

剎時一聲慘叫，噗地一聲，平地上揚起滿天黃沙，天魁的身子一陣搖晃，踉蹌地一步步向後退去，退到第五步，砰地仰天倒在地上。

其心挺直了半伏在地上的身形，那偷襲所發的震天三式餘威猶自不息。

在最後的一剎時，其心發出了生平最猛烈的一掌，端端正正擊在天魁的小腹要害，這一場亙古未見的血戰終於結束了，其心強抑止著即將爆發的感情，他跑到父親和伯父的身邊，這時天劍、地煞都已昏迷不醒。

其心伏下身來，摸了摸父親的心口，他也是內功的大行家，觸手便知主脈已斷其半。

他忍不住淚珠潸潸流下，再去摸伯父的脈道，天劍董無奇全身不可測的內力，生生抵抗了天魁的「擒龍手」，內臟雖遭巨震易位，但體脈卻並無損傷，其心放心地吐了一口氣，右手一伸，按在伯父的背心穴道之上，一口真氣緩緩注入。

大約一盞茶的時分，董無奇緩緩甦醒了過來，其心滿面淚容地望著他，他張開無神的眼睛注視著其心，嘴角一陣蠕動，微弱地道：「其心，你打死他了……」

其心點點頭道：「伯伯，這真是一場血戰呀！」

董無奇勉強露出一絲微笑：「我們終於戰勝了。」

其心無言地點頭，董無奇喃喃道：「其心你扶我站起來……」

他撐著其心的肩頭，直立了起來，四周都是鮮血，武林幾十年的奇才，神仙一般的人物在這一刹那都成死屍，他緩緩移動足步。其心抱起父親，董無奇突然仰天大笑了起來，笑聲之中充滿了喘息。其心驚駭地望著他，只見伯父清癯的面孔上被淒厲笑容佈滿了，那英雄的氣質，瀟灑的手采，似乎都隨著滾滾流下的淚水愈離愈遠，愈離愈遠……

青山綠水，流水人家，一座新造的小木屋背山立著，木屋之前不遠便是一條小小的清溪，天上白雲悠悠，山風微拂，好一處清幽的所在地！木屋之內坐著三個人，二個都是六旬的老人，一個是廿多的英挺少年，正是名震天下的天劍、地煞董氏兄弟以及董其心。

董氏兄弟的面容上都露出老邁的神色，不過都是滿面笑意。董無公喝了一口茶，道：「其心，如今舉目武林，唯你獨尊，你可得好好爲江湖上做幾件好事。」

其心答道：「爸爸，我實在不想再離開你們，而且我對江湖上的事都感到厭倦不堪了！」

董無奇歎了一口道：「可怪你這麼年輕就有這種感覺了。」

其心搖搖頭道：「伯伯，那一日您以本門的最高功力，廢盡全身修爲，將爹爹主脈打通，如今你們兩人雖都無礙，但是……但是……」

無公微微一笑道：「但是功力全廢了，其心，你不明白，此時父親有一種感覺，失去武功反倒是一件美事。」

其心茫然點首，董無公又道：「能夠如此終老，的確是父親以前所不敢想像的，你知父親的天性，如有技在身，的確很難完全作到退隱山林——」

無奇也微微一笑道：「其心，你父親說得十分有理，也許你現在年紀甚輕，到你五十多歲後，你也就會有這種感受了！」

無公笑道：「尤其是父親已有過一次失去功力的經驗了，那時大事未了，心有未甘，猶自能看開世事，如今幾十年的心債也一一解除，你想父親怎會不痛快？」

其心也逐漸開朗起來，無奇又道：「其心，你明天便上路吧，到江湖上去打聽天心的下落，告訴他一切——」

其心只覺「天心」兩字一入耳，就好像尖刀在心中扎了一下，臉色都變了。

無公哈哈一笑道：「那次聽人說天心這孩子近來和一位紅粉佳人並轡同行，其心你找著他時千萬別忘了問問他……」

其心沉默著，他只感到陰影在心頭不住地擴大著、擴大著，心緒爲之不寧。

第三天，其心告別了父親和伯伯，滿懷著痛苦、悵然、矛盾的心情又重新踏入了江湖。

自從那次誤會之後，其心被天魁所擒，和天心分手以來，一連串的巨變，他根本沒有多少時間記掛著這件事，這時一個人獨行，思想自然都落在這件事上，他只覺心情愈來愈亂，愈來愈沉重。

他一路打聽，天心此時名震大江南北，不久便打聽出下落，其心立刻趕了過去。

終於，兩人狹路相逢了，其心只覺滿腔的矛盾這時卻順暢得多了，事情總得解決的，天心仍然是瘋狂般地憤怒，他望著其心，開口的第一句話是咬牙切齒的：「咱們又碰頭了，董其心你幹的好事。」

其心望著盛怒如瘋的董天心，心中隱隱然感到不幸的降臨。天心冷冷地道：「董其心，你真是好兄弟啊！」

其心自問於心無愧，他冷靜地道：「大哥，你冷靜下來再說好嗎？」

天心冷笑著道：「冷靜？我已經夠冷靜了，我真想不到你……」

他說到這裡，氣得口結，其心是個有城府的人，他只是道：「大哥，你太衝動了。」

天心喝道：「你明知莊玲是我的人了，你竟——」

其心聽他終於說出莊玲兩個字來，他心中猛然一震，千萬種說不出的滋味洶湧到心中，一時間竟是說不出話來。

天心是直性子，他按捺不住地喝道：「莊玲和我是江湖上大家都知道的事了，你竟在這個時候打主意，你……你太卑鄙了！」

其心沉聲道：「卑鄙？這是你對你兄弟說話該用的字嗎？」

天心指著他罵道：「虧你還說兄弟二字，是我先認識莊玲的，你幹嗎還要來插入？」

其心冷冷地道：「你說認識麼？那倒是我先認識她的！」

天心呆了一呆，說不出話來，過了一會他才道：「你先認識她？你在騙誰？」

其心道：「我騙你幹麼？我認識莊玲時，她才十三四歲。」

天心愣然，一股無名的妒火突然由心中升上來，他捏著拳頭喃喃道：「原來玲兒早就認識了他，原來玲兒早就認識了他，她爲什麼不告訴我？」

不知怎的，其心瞧見他那痛苦的模樣，心中竟然生出一種莫名的快感。

忽然之間，天心怒喝道：「董其心，你騙人，你一定是騙人！」

其心冷笑道：「你不必吼，我知道你心中曉得我沒有騙你。」

天心忽然之間洩氣了，他捏緊了雙拳怒罵道：「可惡，其心，你太可惡了。」

其心自己都弄不清楚自己對莊玲究竟抱著什麼樣的情意，但是他看到天心這急怒的樣子，他覺得有說不出的滿足，只是陡然之間，他覺悟到這種思想的可怕，他暗暗對自己說：「其心啊，你怎麼會有這種可怕的想法呢？是不是你真愛上了莊玲？……可是你是她的殺父大仇，天心畢竟是你的哥哥，他和莊玲好有什麼礙著你的？其心啊其心，難道你是在嫉妒他的名望蓋過了你嗎？」

他這樣想著，不由出了一身冷汗，抬起眼來看去，天心正憤怒地瞪著自己，他和聲道：「大哥，你聽我說，我和莊玲之間毫無關係，而且……」

他話尚未說完，天心已經怒喝打斷道：「我那玲兒是仙女般的人兒，豈是你所能妄想癡戀的？」

其心聽了這一句話，好像心上面被刷地抽了一鞭，他的雙眉霍然豎了起來，瞪著天心慢慢地道：「是誰妄想癡戀誰？你可去問問莊玲看——」

這句話一說出，其心立刻就後悔了，他後悔自己不該說出這麼一句火上加油的話來。天心聽了這話，雙目睜大，不知所措，過了好一會才怒罵道：「董其心，你再敢辱及玲兒半個字，看我敢不敢宰了你！」

其心畢竟還是一個血氣方剛的少年，儘管他懷著解釋息事的心情，但是這時忍不住哈哈大笑起來：「哈哈，天心大哥，你當然敢，問題只是你能不能！」

天心雖是怒火上頭，但是當他脫口說出「宰」字的時候，他心中重重地一震，人也清醒了許多，但是立刻他又聽到其心這句話，他不假思索地還道：「你若不信，就來試試看吧。」

其心望著天心狂傲的樣子，他自然而然地向前跨了半步，拿定了一個攻守兼備的架勢，在他只是一個下意識的舉動，然而天心卻冷笑著大叫道：「好極了，好極了，咱們兩個從頭一次見面就互相不服，對不對？總要尋個機會較量較量啊！」

其心聽他說「從第一次見面就互相不服」，心中不禁大大一震，他暗暗自問：「難道這就是我兄弟之間心靈深處的話嗎？」

天心激動地叫道：「董其心，動手吧，你是弟弟，我讓你先動手。」

其心抬起眼來，迎著天心那狂亂的目光，冷冷地說道：「天心，你不要逼人太甚。」

天心哈哈狂笑起來：「是我逼你嗎？罷罷罷……就算是我逼你，今天咱們是注定要拚一場了。」

其心望著理智已失的天心，他想要冷靜下來，卻是無法做到，他只覺自己異常地憤怒起來，於是他的雙目中也射出了怒火。

天心挑戰地道：「其心，動手吧！」

其心喃喃地道：「我要好好教訓教訓你的狂氣。」

天心聽不清楚，他喝道：「你說什麼？」

其心抬起頭來，一字一字地道：「我若向你動上了手，那可不是爲了莊玲，只是——只是爲了——」

天心道：「爲了什麼？」

其心道：「爲了教訓教訓你！」

天心怒極反笑道：「你繞著圈子說話幹什麼？天曉得你不是爲了玲兒！」

其心猛然一震，他眼前不知不覺地浮出莊玲的容貌，起初是個天真嬌蠻的姑娘，漸漸地變成了成熟風情萬種的少女，他心中浮著說不出的滋味，從小時候流浪在莊家的一幕幕往事都回到眼前，淡淡的哀傷輕飄過其心的心田，他想著想著，不禁呆住了。

董天心挑戰地道：「董其心，你不敢動手嗎？告訴你，莊玲是我的，除非你今天打敗我，要不然，你休想吧。」

其心想得很多，也想得很凌亂，但是忽然之間，一種古怪的衝動從他心中升起，似乎忽然之間，他承認自己是在愛莊玲了，莊玲的面容在他的眼前愈來愈擴大，她的嬌嗔、溫柔、靈巧的俏臉似乎在突然之間使得其心失去抗拒力了。

於是他抬起眼來，望著天心冷冷地道：「我事事讓你幾分，你心裡也該知道——」

天心冷冷笑道：「啊，你就讓到底吧。」

其心沉聲道：「這一次不讓了！」

天心跨前一步，狂叫道：「說得好，你就動手吧。」

其心冷冷地道：「我一先動手，你將永遠沒有反攻的機會了，還是你先動手吧。」

天心勃然大怒，他一抖手，腰間長劍已到了手中，他用劍尖指著其心道：「董其心，你那兒手功夫我又不是不知道，今天我就讓你三招，你亮劍吧。」

其心在方才那一霎時間，忽然就失去了理智，這會他不再是冷靜深慮的其心，他像天心一樣地衝動而一觸即發，「嚓」地一聲，他也拔出了長到。

兩點寒光相對閃耀著，這一對天下無雙的兄弟相隔十步，以長劍相對。

這時其心的功力已達爐火純青之境，天心雖是劍術通神，盡得天劍真傳，真拚起來，只怕仍難敵住其心威勢蓋世的震天三式和金沙神功，只是在齊天心這一代天之驕子的少年高手眼中，從來不知「懼」是何物，他仍充滿著信心能把其心擊敗。

「來吧，其心！」

其心深吸一口長氣，最上乘的內功在胸中運行起來。

「動手吧，其心！」

其心揮動了一下手中的長劍，劍尖歘然震動，發出嗡然無比深厚的聲音。

他凝目盯視著天心，對這個普天之下唯一的少年對手他是一絲也不敢大意，他知道第一招的得失就會影響千招之後的勝敗。

他盯著天心的雙目，忽然他打了一個寒噤，從天心的眸子裡他看見了伯父天劍董無奇眼中這獨特的光采，霎時之間，他聯想到一個可怕的歷史——

兄弟鬩牆！箕豆相煎！

他想起三國時曹子建七步賦詩的史事，也想起上一代手足成仇的血恨，他再望望對面的齊天心，天心雙目中冒出理智全失的怒火，似乎恨不得立刻就把其心一掌打垮，其心茫然地退後一步。

「七步干戈歷史豈能重演？」

他默默地想著：「爲了一個女人，難道董家二兄弟又將火拚一場？」

他茫然又退了一步：「不，絕不能這樣，絕不能這樣！」

他發覺在突然之間，自己對莊玲的佔有慾望完全消失了，他甚至奇怪自己方才怎會有這種感覺，那並不是爲了愛情，似乎只是在於激使自己和天心一戰，想到這裡，他更是不寒而慄了。

「難道真如天心所說的，我們兩個人打頭一遭見面就互相不服，雖然也曾努力做到相親相愛，然而畢竟掩不住潛在的敵意？」

其心默默地搖了搖頭，他在心裡對自己說：「我不能讓這事發生，爲了一個女孩子，做出讓天下英雄恥笑的事。不，不行的！」

他望著天心，忽然道：「天心，你贏了，莊玲本來就是你的。」

天心大大爲之一愣。其心道：「世上哪有兵刃相見的手足之情？天心，你既是想贏，你贏便是了。」

他說完這句話，心中忽然感到輕鬆起來，他的身子忽然如同飛箭般筆直拔起，足足衝起四五丈高，然後像流星般劃過長空，如飛而去。

天心咀嚼著其心的話，望著那突然隱去的身影，他低頭看了看手中的劍，忽然他追前兩步，大喊道：「其心——其心——」

然而其心的影子已然消失了。

輕風徐徐地吹著，楊柳枝無力地點著水面，燕子在低低迴旋著。

寧靜的村莊，寧靜的河水，飄浮在藍天上的大朵白雲點綴著這幅寧靜的畫。

其心終於回到故居來了，在這裡，他度過了歡樂的童年。從離開這兒起，他就一步步遠離了歡笑。

現在，他終於回來了，他望著那河水，夏日裡曾洶湧激流的小河，他眼前彷彿仍能看到那一群群的頑童，在河流中嬉戲著，喧鬧著，還有河邊的草坪，輕風吹帶過去似曾相識的青草味。

他輕輕地吁了一口氣，緩緩地沿著小山坡踱了下來，忽然，他發現河邊還有一個人——那是一個美麗少婦正跪在河邊搗洗衣服，「拍、拍」的聲音和河水輕輕的嗚咽有節拍地混在一起。

其心走上前去，立刻他呆住了，那美麗的少婦，那眼睛，鼻子、嘴唇……不正是童年時青梅竹馬的好朋友小萍嗎？

他怔住了，不知不覺地叫出一句：「呀——小萍——」

那少婦吃了一驚地返過首來，她疑惑地望著其心，望著這個能叫出她小名的「陌生人」。

幾年前，小萍和她表哥雖在洛陽曾被其心遇上過，只是她壓根兒就認不出其心來。

其心望著那一雙清澈的大眼睛，霎時之間，時間倒流了……

他彷彿回到了童年的時光，那搖著雙辮的小姑娘，在一群頑童中處處衛護著自己，他走近了一些，那少婦叫問道：「你……你是誰？」

其心道：「我是其心，小萍，我是其心呀。」

小萍的臉上現著一個恍然的表情，彷彿想起了一件久被遺忘的事物，她拍著一雙濕淋的雙手，叫道：「啊——是你，董哥哥，是你……」

童年時親暱的稱呼脫口而出，依然是孩子時那麼可愛，其心只覺全心感到無比的溫馨，他叫道：「小萍，咱們好久不見了……」

小萍歪著頭道：「聽阿雄說，你成了了不起的大俠，董哥哥，你們做大俠的到底是怎麼樣的一種人？『大俠』這個官很大嗎？」

其心苦笑著搖了搖頭，這時，一個老媽子打扮的老婆子抱著一個一歲大小的孩子走了過來，對著小萍道：「少奶奶，少爺找著您呢，這些衣服讓老身來洗吧。」

小萍道：「就要洗好了，黃媽你快抱著小雄回去，別著涼了，我就回來。」

那老婆子答應了，小萍驕傲地對其心道：「這是我的孩子，滿週歲了。」

其心望著眼前這洋溢著愛的小母親，他不禁也沾染了些溫暖，他說了些幼時的事，但是令他失望的是小萍對那些似乎都已淡忘了，她的目光仍留在遠處黃媽抱著的孩子上。

其心沉醉在往事的甜蜜中，他說起昔年兩人攜手在山上採野花紮花環的事，小萍睜大了眼睛，極感興趣地——像是聽別人的故事一般地問道：「啊——有這樣的事嗎？」

其心在忽然之間默然了，他望著小萍容光煥發的悄臉，那是做母親的獨特的美麗，他由衷地感歎了。

小萍提起盛衣的籃子，對其心道：「我要回去啦，董哥哥，你到咱們家去坐呀——」

其心搖了搖頭，笑著道：「不，我就要走的，我只是路過這裡罷了。」

小萍只是一心惦念著她的家，她揮了揮手道：「啊——那我先走了。」

她揮了揮手，快步地走了，其心忽然覺得無比的索然，他望著小萍走入了叢篁，於是他只好也走開了。

他仰首望著天上的白雲，忽然間他領悟到自己得到了許多，也失去了許多，某些創痛確會令他感到哀傷，他的生命中還有更多的部分要得到充實，他的生命不只是感情，還有光，還有熱，那是英雄的生命呀。

他走到了山坡的頂上，輕風帶著涼意，拂在臉頰上令人舒暢，其心的眼前漸漸浮出了這幾年來的流浪史，他想起了西域的那一段生活，他的嘴角漸漸現出了微笑，於是，安明兒和凌月公主的倩影悄悄地爬上了其心的心頭。

他想起她們對他付出的情誼，那確使他深深地感動，她們曾對他笑，曾為他哭，那些真誠的眼淚和歡笑一起湧上了其心的心，他仰望著天，喃喃地道：「為我死的人，我拿什麼去報答？」

兩行眼淚流了下來，他不忍再想下去，揮袖擦乾了額上的淚水，向山下走去。

他默默地對著自己道：「安明兒，我該去看她一趟了，我曾答應她的。」

於是他的腳步漸漸轉向了西方。

西方，西方的盡頭是玉門關，玉門關的外面是無垠的黃沙。

但是，誰說西出陽關無故人？

全書完

風雲精選武俠經典

【臥龍生60週年刷金收藏版】

飛燕驚龍

臥龍生／著（共四冊）

臥龍生與司馬翎、諸葛青雲並稱台灣俠壇的「三劍客」
台灣武俠小說界，臥龍生獨領風騷被稱為「台灣武俠泰斗」
臥龍生是台灣著名武俠小說作家，也是海外新派武俠小說家一員

《飛燕驚龍》故事情節曲折離奇，波瀾起伏，幾無冷場，
成為當時台灣最暢銷的武俠小說，開創一代武俠新風。

—— 台灣武俠小說研究專家**葉洪生** ——

原本平靜的山莊，突然遭遇前所未聞的襲擊，從此武林道上又掀起腥風血雨。為了探尋武林密笈，師徒之間翻面成仇；幫主朋輩，爾虞我詐；兄弟之間，陷阱重重。種種原因使得崑崙派年輕弟子楊夢寰不得不步入武林之中。沈霞琳為楊夢寰師妹，天真純潔的她，對師兄一見鐘情，楊也在朝夕相處之下，與師妹漸生情愫，然一來歷不明的俊秀青年及無影女李瑤紅的出現，致使戀情生變……

上官鼎武俠經典復刻版4

七步干戈（四）大結局

作者：上官鼎
發行人：陳曉林
出版所：風雲時代出版股份有限公司
地址：10576台北市民生東路五段178號7樓之3
電話：(02) 2756-0949
傳真：(02) 2765-3799
執行主編：劉宇青
美術設計：吳宗潔
業務總監：張瑋鳳

出版日期：2023年6月 新版一刷
ISBN：978-626-7303-44-3
風雲書網：http://www.eastbooks.com.tw
官方部落格：http://eastbooks.pixnet.net/blog
Facebook：http://www.facebook.com/h7560949
E-mail：h7560949@ms15.hinet.net
劃撥帳號：12043291
戶名：風雲時代出版股份有限公司

風雲發行所：33373桃園市龜山區公西村2鄰復興街304巷96號
電話：(03) 318-1378
傳真：(03) 318-1378
法律顧問：永然法律事務所 李永然律師
北辰著作權事務所 蕭雄淋律師

行政院新聞局局版台業字第3595號 營利事業統一編號22759935

定價：320元

國家圖書館出版品預行編目資料

七步干戈 / 上官鼎著. -- 二版. -- 臺北市：風雲時代出版股份有限公司, 2023.05 冊； 公分

上官鼎武俠經典復刻版
ISBN 978-626-7303-41-2 (第1冊：平裝). --
ISBN 978-626-7303-42-9 (第2冊：平裝). --
ISBN 978-626-7303-43-6 (第3冊：平裝). --
ISBN 978-626-7303-44-3 (第4冊：平裝). --

863.57　　112003682